Η ΜΥΘΟΛΟΓΙΑ ΤΗΣ ΚΥΠΡΟΥ

και η κληρονομιά της
στην κυπριακή λαϊκή παράδοση
και τα κυπριακά έθιμα

Στας Παράσκος

Με νέα εισαγωγή
από τον Δρ. Michael Paraskos
Imperial College London

Μετάφραση από την πρωτότυπη αγγλική
έκδοση του 1981: Δέσποινα Πυρκεττή

The **Orage** Press

Η ΜΥΘΟΛΟΓΙΑ ΤΗΣ ΚΥΠΡΟΥ
(The Mythology of Cyprus)

Originally published in English in Nicosia, Cyprus, in 1981 by Pefkios Georgiades Publications. Published, as a facsimile of the original 1981 English edition, by the Orage Press, with a new introduction by Michael Paraskos, in 2016.

Greek edition translated from the English by Despina Pirketti.

Published by the Orage Press.

The Orage Press
16A Heaton Road
Mitcham
Surrey CR4 2BU
England

ISBN: 978-0-9929247-0-6

Printed by Lightningsource

Η ΜΥΘΟΛΟΓΙΑ ΤΗΣ ΚΥΠΡΟΥ

ΕΙΣΑΓΩΓΗ

Διηγείται μιαν ωραία ιστορία ο David Haste, άλλοτε προϊστάμενος τού Στας Παράσκου στο Κολέγιο Τέχνης του Κάντερμπουρι (νυν University for the Creative Arts), στη Νότια Αγγλία.

Αρχές της δεκαετίας του 1980, όταν η βρετανική κυβέρνηση ενθάρρυνε τις ανεξάρτητες σχολές τέχνης να συγχωνευθούν με τα πανεπιστήμια, πραγματοποιήθηκε μια συνάντηση στο Κάντερμπουρι προκειμένου να συζητηθεί η σημασία της έρευνας σε ένα πανεπιστήμιο. Εκείνη την εποχή, φυσικά, έρευνα σήμαινε, σχεδόν αποκλειστκά, έκδοση βιβλίου. Ο David ζήτησε, λοιπόν, από τους διδάσκοντες, να σηκώσει χέρι οποιοσδήποτε εξ αυτών είχε γράψει βιβλίο. Στην αρχή, δεν αντέδρασε κανείς. Καθόλου παράξενο, αφού όροι όπως «έρευνα» σπάνια χρησιμοποιούνταν σε σχολές τέχνης. Οι σχολές τέχνης απαρτίζονταν από καλλιτέχνες, και το έργο τους ονομαζόταν πρακτική, όχι έρευνα: με άλλα λόγια, ζωγράφιζαν ζωγραφικούς πίνακες και έγλυφαν γλυπτά, μα σχεδόν ποτέ δεν έγραφαν βιβλία. Εντούτοις, τελικά, σηκώθηκε ένα χέρι. Ένα μέλος του προσωπικού είχε γράψει βιβλίο, κι αυτός ήταν ο Στας Παράσκος, ζωγράφος και, ενίοτε, γλύπτης. Το βιβλίο του είχε τίτλο *Η Μυθολογία της Κύπρου*.

Το βιβλίο του Στας ήταν, εν πολλοίς, έκπληξη. Αν και καθ' έξιν αναγνώστης, ο Στας δεν υπήρξε ποτέ ακαδημαϊκή φύση. Κατ'ακρίβειαν, απεχθανόταν τη λέξη «ακαδημαϊκός» και, όπως οι περισσότεροι καλλιτέχνες της γενιάς του, την χρησιμοποιούσε αποδοκιμαστικά. Το γεγονός, λοιπόν, ότι ήταν ο μοναδικός διδάσκοντας στη σχολή τέχνης του Κάντερμπουρι που είχε κάνει κάτι το οποίο, κατά τα πρότυπα ενός πανεπιστημίου της δεκαετίας του 1980, θα μπορούσε να περιγραφεί ως ακαδημαϊκή έρευνα, ήταν για εκείνον ιδιαίτερα

7

ψυχαγωγικό. Τοσούτω μάλλον δεδομένης της καταγωγής του. Γέννημα πάμφτωχης αγροτικής οικογένειας στην Κύπρο της δεκαετίας του 1930, έφτασε στην Αγγλία, άφραγκος μετανάστης, τη δεκαετία του 1950. Είχε φοιτήσει σε σχολείο, έστω διακεκομμένα, μα δεν διέθετε κανένα προσόν. Ακόμη και ως φοιτητής τέχνης, στα τέλη της δεκαετίας του 1950, ήταν εξίσου εκτός και εντός του εκπαιδευτικού συστήματος. Στο Leeds College of Art (νυν Leeds Arts University), τότε καθοδηγούμενο από χαρισματικούς δασκάλους, όπως οι Harry Thubron, Tom Hudson και Tom Watt, φοιτούσε κατ' ανάγκην ανεπίσημα, αφού δεν διέθετε τα επίσημα προσόντα για να εγγραφεί κανονικά στο κολέγιο. Γι' αυτό και δεν απέκτησε ποτέ δίπλωμα DipFA, τον προπομπό του BA in Fine Art, και σίγουρα δεν απέκτησε ποτέ οποιονδήποτε πτυχιακό ή μεταπτυχιακό τίτλο στις τέχνες. Ουσιαστικά, ο μοναδικός επίσημος τίτλος σπουδών που του απονεμήθηκε ήταν το επίτιμο διδακτορικό από το University of Bolton για τις υπηρεσίες του στην τέχνη και την εκπαίδευση.

Μέχρι το 1981, ο Στας είχε ήδη γίνει, φυσικά, σημείο αναφοράς στα βρετανικά καλλιτεχνικά δρώμενα. Άρα, μάλλον δεν πρέπει να μας προκαλεί έκπληξη το ότι δεν ήταν πια το χωριατόπαιδο από τη Λάρνακα, μα ένας φιλόδοξος καλλιτέχνης και δάσκαλος τέχνης, πρόθυμος να πειραματιστεί, όχι μόνο με τους πίνακες και τα γλυπτά του, αλλά και στον τομέα της συγγραφής και των εκδόσεων. Υπάρχουν ορισμένα τεκμήρια για αυτή την αίσθηση δημιουργικής φιλοδοξίας. Το 1968 συνέλαβε την σχεδόν τρελή ιδέα να ιδρύσει την πρώτη σχολή τέχνης στην Κύπρο, εξασφαλίζοντας τη στήριξη του προέδρου, Αρχιεπισκόπου Μακαρίου. Την επόμενη χρονιά, ιδρύθηκε δεόντως στην Αμμόχωστο ο προάγγελος τού Κυπριακού Κολεγίου Τέχνης, το Κυπριακό Θερινό Σχολείο, με τον Στας και καμιά δεκαριά Βρετανούς φοιτητές τέχνης, κυρίως από το Λιντς, να περνούν

8

τους καλοκαιρινούς μήνες στην πόλη. Ως απότοκο αυτής της δραστηριότητας, ο Στας και το Επιμελητήριο Καλών Τεχνών, ΕΚΑΤΕ, εξέδωσαν το περιοδικό *Ποσειδών*, με σκίτσα, ποίηση και ιστορίες διά χειρός των συμμετεχόντων στο Θερινό Σχολείο. Πολλά από τα στοιχεία που διοχετεύτηκαν αργότερα στη *Μυθολογία της Κύπρου* εμπεριέχονται σε αυτό το περιοδικό.

Εξάλλου, το 1969 ο Στας εξέδωσε μια, τρόπον τινά, πρώιμη πραγματεία για την τέχνη, με τίτλο *Η Κύπρος του Χαλκού*, που επίσης λειτούργησε ως προάγγελος του βιβλίου *Η Μυθολογία της Κύπρου*. Αυτό, όμως, κάνει τα επιτεύγματά του ακόμη πιο εκπληκτικά. Γεννήθηκε στην τάξη των φτωχών χωρικών της Κύπρου, που μέχρι σήμερα ευτελίζεται ως αρτηριοσκληρωτική από τους Κύπριους αστούς. Ορίστε, όμως, που ένας «χωριάτης» δίδασκε σε βρετανικές σχολές τέχνης, ίδρυσε την πρώτη σχολή τέχνης στην Κύπρο και έγραφε βιβλία!

Αν οι καταβολές τού Στας τον καθιστούσαν μάλλον αναπάντεχο υποψήφιο συγγραφέα, τότε το ίδιο το θέμα του βιβλίου καθιστούσε τη *Μυθολογία της Κύπρου* ένα αναπάντεχο έργο – από οποιονδήποτε κι αν προερχόταν. Ήταν σχεδόν αδιανότητη η ιδέα ότι η Κύπρος ή τουλάχιστον οι Έλληνες Κύπριοι θα μπορούσαν να είχαν κοινωνική, πολιτισμική ή θρησκευτική ιστορία, διακριτή από την ιστορία των Ελλήνων της Ελλάδας. Κάτι τέτοιο δεν συγκρουόταν μόνο με την ακαδημαϊκή υπεροψία, που ακόμη και σήμερα υποβαθμίζει συχνά την αρχαία, βυζαντινή και μεσαιωνική κουλτούρα στο νησί ως τίποτε περισσότερο από εκφυλισμένη και περιφερειακή εκδοχή πιο κυρίαρχων κουλτούρων, αλλά, παράλληλα, αντιτασσόταν στα ελληνικά εθνικιστικά αφηγήματα, που τόνιζαν ότι οι Έλληνες της Κύπρου θα έπρεπε να ενωθούν με τους Έλληνες της Ελλάδας επειδή ανήκουν στον ίδιο λαό. Από μια εθνικιστική προοπτική, κάθε νύξη για μια μοναδική κυπριακή κουλτούρα έμελλε να πέσει

9

στην παγίδα που είχαν στήσει παλιά οι αποικιακές βρετανικές αρχές, και την εκμεταλλεύονταν για να εμποδίσουν την ένωση της Κύπρου με την Ελλάδα. Ακόμη και μέχρι τα τέλη της δεκαετίας του 1980, δεν ήταν ασυνήθιστες τέτοιες στάσεις.

Από τις συγκεκριμένες οπτικές γωνίες, η ιδέα μιας διακριτής μυθολογίας τής Κύπρου ήταν ανοησία, καθώς οι περισσότεροι, πολύ απλά, θεωρούσαν την αρχαία μυθολογία τού νησιού ως ελληνική μυθολογία.

Οφείλω να πω ότι δεν νομίζω πως ο Στας κίνησε να αμφισβητήσει αναφανδόν αυτές τις ιδέες για την ιστορική κυπριακή κουλτούρα. Ασφαλώς και ήταν ένας περήφανος Κύπριος, αλλά ήταν ταυτόχρονα ένας περήφανος Έλληνας, και είχε επίγνωση τού ότι η Κύπρος ήταν ποικιλοτρόπως ένα ελληνικό νησί. Όμως, ο Στας ήταν επίσης πλουραλιστής και, επηρεασμένος από έναν από τους ήρωές του, τον Βρετανό θεωρητικό τέχνης, Herbert Read, πίστευε ότι ήταν μάλλον βλακώδες να θεωρεί κανείς ότι η ανθρώπινη ταυτότητα θα μπορούσε να σημαίνει ένα και μόνο πράγμα. Με άλλα λόγια, η αρχαία μυθολογία τής Κύπρου ήταν ελληνική μυθολογία, μα παράλληλα ήταν μια ειδικά *κυπριακή* ελληνική μυθολογία, όπως θα καταδείκνυε το βιβλίο του. Προς επίρρωση της θέσης του, αντλούσε από τους θρησκευτικούς ταγούς τού αρχαίου κόσμου. Όπως δηλώνει στις εναρκτήριες παραγράφους της *Μυθολογίας της Κύπρου,* ο αρχαίος κόσμος τηρούσε φιλελεύθερη στάση απέναντι στη θρησκεία, κι αυτό αναπόφευκτα οδήγησε σε αποκλίσεις και αντιφάσεις στον τρόπο με τον οποίο οι ποιητές του αναδιηγούνταν θρησκευτικές ιστορίες. Τέτοιες ήταν οι αποκλίσεις, που επέτρεψαν την ανάπτυξη εντόπιων εκδοχών, οι οποίες αντανακλούσαν περιφερειακές διαφορές σε μέρη όπως η Κύπρος. Οι θρησκευτικές αρχές της εποχής μετά χαράς επέτρεψαν σε αυτές τις πλουραλιστικές κουλτούρες να συνυπάρξουν.

10

Κατά συνέπεια, *Η Μυθολογία της Κύπρου* δεν είναι απλώς ένα βιβλίο που αναδιηγείται τη στοιχειώδη ελληνική μυθολογία (όποια κι αν είναι αυτή) με έναν ιδιοσυγκρασιακό τίτλο που περιλαμβάνει την Κύπρο: είναι μια πλάγια έκκληση αναγνώρισης τού ότι μπορεί κάποιος να είναι Έλληνας και Κύπριος την ίδια στιγμή. Ή Τούρκος και Κύπριος ή Αρμένιος και Κύπριος, ή Μαρωνίτης και Κύπριος ή ακόμη Βρετανός και Κύπριος. Στο ίδιο πνεύμα, κάποιος που είναι Έλληνας *και* Κύπριος δεν οφείλει να σκέφτεται, να πράττει και να μιλά σαν Έλληνας από το κέντρο ή την περιφέρεια της Αθήνας ή της Θεσσαλονίκης. Μπορεί να είναι ένα εντελώς διαφορετικό είδος Έλληνα, με τον ίδιο τρόπο που οι ιστορίες των Ελλήνων θεών στη *Μυθολογία της Κύπρου* είναι ενίοτε πολύ διαφορετικές από τις ιστορίες των Ελλήνων θεών, όπως αυτές ιστορούνται σε πιο συμβατικά κείμενα.

Ίσως υπερτονίζω την πρόταση για μια υπόρρητη πολιτική ατζέντα σε αυτό το βιβλίο, αλλά όπως θα καταθέσει όποιος γνωρίζει την τέχνη του Στας, ήταν ένας έντονα πολιτικοποιημένος ζωγράφος. Και στα γραφόμενά του, τα περισσότερα στα ελληνικά, για κυπριακές εφημερίδες, ήταν βαθιά δοσμένος στους πολιτικούς σκοπούς της ελευθερίας, των ανθρωπίνων δικαιωμάτων και της αδιαπραγμάτευτης ανθρώπινης αξιοπρέπειας. Πιστεύω ότι αυτή η πολιτική ατζέντα διέπει ολόκληρο το βιβλίο.

Παρόλο που ο Στας αναπόφευκτα άντλησε πληροφορίες για τους Έλληνες θεούς από οικείες αρχαιοελληνικές πηγές, περιλαμβανομένου του Όμηρου και

11

του Ησίοδου, μερίμνησε να αναδείξει ανάγλυφα πώς οι θεοί αυτοί λατρεύονταν ειδικά στην Κύπρο. Ιδιαίτερα αξιόλογη είναι η περιγραφή τής λατρείας της Αφροδίτης στο Ιερό της Αφροδίτης, κοντά στα σημερινά Κούκλια. Αξιοσημείωτο επίσης είναι το ότι αφιερώνει ένα ολόκληρο κεφάλαιο στην επιβίωση στοιχείων παγανιστικής λατρείας στους μοντέρνους καιρούς. Τα κατάλοιπα αυτά, μάς λέει, είναι εμφανή στα έθιμα τόσο της ντόπιας Ελληνορθόδοξης Εκκλησίας της Κύπρου όσο και των παραδόσεων στα κυπριακά χωριά: πολλά από αυτά τα μοιράζονταν οι ελληνικές, τουρκικές και άλλες κοινότητες στο νησί. Μάλιστα, ίσως αυτό το κεφάλαιο να προβάλλει πιο έντονα στο βιβλίο, καθώς δεν ήταν προϊόν εκτεταμένης ανάγνωσης όπως τα άλλα κεφάλαια, αλλά γράφτηκε μετά από περιηγήσεις στην κυπριακή ύπαιθρο, συχνά με τη συνοδεία Βρετανού φίλου του, φιλοξενούμενου ζωγράφου, και μέσα από τις κουβέντες του με τους ίδιους τους χωρικούς. Ευφυώς, ο Στας πάντρεψε τα ύστερα έθιμα, που ανακάλυψε, με τις γνώσεις του για τις αρχαίες θρησκευτικές πρακτικές.

Με τις δραματικές αλλαγές στην κυπριακή ζωή, που ακολούθησαν την πρώτη έκδοση του βιβλίου το 1981, δεν είναι και τόσο αναπάντεχο το ότι πολλά από αυτά τα λαϊκά έθιμα έχουν πια χαθεί, κάτι που καθιστά τη *Μυθολογία της Κύπρου* ένα, τρόπον τινά, αξιοπερίεργο ιστορικό για έναν παλαιότερο, κυπριακό τρόπο ζωής, προτού το νησί αφομοιωθεί με τον μοντέρνο κόσμο.

Ωστόσο, ίσως ένα από τα εκλεκτότερα χαρακτηριστικά της *Μυθολογίας της Κύπρου* είναι ο εγκιβωτισμός, σε ένα κατά τα άλλα μη λογοτεχνικό βιβλίο, μιας μυθοπλαστικής ιστορίας: «Τα ταξίδια του Βροντέα». Αν υπήρχε συγκεκριμένο σχέδιο να αναδειχθεί η απαρέσκεια του Στας για τις ακαδημαϊκές συμβάσεις, υλοποιείται σίγουρα με αυτή την σύμφυρση γεγονότος και φαντασίας, που αποτελεί

12

ένα από τα πιο απολαυστικά μέρη του βιβλίου. Ο Στας φαντάζεται τον εαυτό του ως Βροντέα, οδοιπόρο στην αρχαία Κύπρο, και προσπαθεί να δώσει στους αναγνώστες μια αυθεντική γεύση τού αρχαίου κόσμου, όπως θα τον βίωνε κανείς από πρώτο χέρι, έστω ένας κάπως αθώος περιηγητής. Από προσωπική σκοπιά, η συγκεκριμένη πτυχή του βιβλίου με προβλημάτισε πολύ όταν πρωτοδημοσιεύτηκε, στην εφηβεία μου. Η ανάμειξη γεγονότος και φαντασίας φαινόταν τόσο αλλόκοτη! Παραδόξως, σήμερα αποτελεί ένα από τα αγαπημένα μου κομμάτια και, επαυξάνοντας την ειρωνεία, συνιστά τη συγγραφική μέθοδο που προεικονίζει τη δική μου εργασιακή πρακτική ως συγγραφέα. Δεν μπορώ να πω με σιγουριά αν από κει αρύεται η ιδέα μου, όμως είναι πιθανόν.

Εν πάση περιπτώσει, θαρρώ πως τώρα συνειδητοποιώ ότι αυτό που έκανε ο Στας όταν έγραψε τη *Μυθολογία της Κύπρου,* στο τέλος μιας πολύ ταραγμένης δεκαετίας στην ιστορία του νησιού, ήταν να αποφύγει σκόπιμα την προσέγγιση τόσο του στεγνού ακαδημαϊσμού όσο και του συναισθηματικά ανάπηρου εθνικισμού απέναντι στην κυπριακή ιστορία και κουλτούρα. Αντ' αυτού, πρότεινε έναν καινό, δημιουργικό τρόπο σκέψης για την Κύπρο και την Κυπριακότητα, αντλώντας από την ίδια προσέγγιση που υποστύλωνε την εικαστική του τέχνη, ως μέσο μετατόπισης από τις ταραχές του πρόσφατου παρελθόντος.

Και πάλι, δέχομαι ότι μπορεί να αναλύω υπερβολικά τα πολιτικά κίνητρα πίσω από ένα απολαυστικό και θεσπέσια ευανάγνωστο βιβλίο, που θα τέρψει όσους δεν είναι εξοικειωμένοι με τη μυθολογία της Ελλάδας και της Κύπρου, και εκείνους που ίσως είναι πιο εξοικειωμένοι με τις δεσπόζουσες εκδοχές της ελληνικής μυθολογίας. Ο Στας αγαπούσε τη μυθολογία και το φολκλόρ, και ως δεινός αφηγητής, απολάμβανε να διηγείται ιστορίες. Νομίζω, ωστόσο, ότι ανάμεσα στην ευπλαστότητα αυτών των

13

ιστορήσεων, στον ουσιαστικό πλουραλισμό τους, διέκρινε κάτι βαθιά ανθρώπινο και ανθρωπιστικό. Διέκρινε το δικαίωμα του ατόμου να ανασκευάζει και να αναδιηγείται ιστορίες, έκαστος με τον δικό του τρόπο, προκειμένου να αντανακλά τη δική του εποχή, τις δικές του περιστάσεις.

Δρ. Michael Paraskos FHEA, FRSA

Ο Michael Paraskos, γιος του Στας Παράσκου, είναι μυθιστοριογράφος και ζει στο Λονδίνο.

Η ΜΥΘΟΛΟΓΙΑ
ΤΗΣ ΚΥΠΡΟΥ

ΣΤΑΣ ΠΑΡΑΣΚΟΣ
Η Μυθολογία της Κύπρου

ΚΕΦΑΛΑΙΟ ΠΡΩΤΟ

ΚΥΠΡΙΔΑ ΑΦΡΟΔΙΤΗ

Η ΓΕΝΝΗΣΗ ΤΗΣ ΑΦΡΟΔΙΤΗΣ

Σύμφωνα με την κεντρική παράδοση, η Πάφος ήταν η γενέτειρα της Αφροδίτης, αν και κατά καιρούς πολλές άλλες πόλεις διεκδίκησαν αυτή την τιμή, όπως τα Κύθηρα, η Τύρος και ο ποταμός Λάδωνας στην Πελοπόννησο.

Το γεγονός ότι προκύπτουν τέτοιες ασυμφωνίες οφείλεται πρωτίστως στη γενικότερη στάση που επικρατούσε εκείνη την περίοδο. Για παράδειγμα, στην Κύπρο, όπου, από τα πρώιμα στάδια, δέσποζε το ελληνικό στοιχείο του πληθυσμού, ήταν αρκετά κοινός ένας πολύ φιλελεύθερος τρόπος, που επέτρεπε στους ανθρώπους να μιλούν όπως επιθυμούσαν για τις θεότητες. Τολμούσαν ακόμη και να εμπλακούν μαζί τους σε ευφυολογίες, πιστεύοντας ότι ήταν μπορετό να κερδίσουν την εύνοιά τους με υποσχέσεις, δωροδοκίες ή κολακείες. Κάθε άνθρωπος ήταν ελεύθερος να ερμηνεύσει τα πράγματα με τον δικό του τρόπο – υπήρχαν ελάχιστα ίχνη θρησκευτικού δόγματος όπως το αντιλαμβανόμαστε εμείς. Το πλησιέστερο αντίστοιχο ενός ιερού κειμένου ήταν η ποίηση, τα γραφόμενα των ποιητών, όπου μπορούσαν να βρουν ποικίλες απόψεις και αποδόσεις των βασικών θρύλων. Έτσι, διάφορες κοινότητες μπορούσαν να σταχυολογήσουν αποσπάσματα που θα ευνοούσαν την αξίωσή τους ότι εκεί γεννήθηκε η θεά. Αυτό εξηγεί επίσης τις αντιφάσεις στον χαρακτήρα της Αφροδίτης, που βρίσκουμε διάσπαρτες στην κλασική λογοτεχνία. Ορισμένοι πιστεύουν ότι ήταν κόρη του Διός και άλλοι ότι ήταν η ερωμένη του, αυτό όμως δεν σημαίνει, όπως κάποιοι συγγραφείς έχουν ισχυριστεί, ότι οι ίδιοι άνθρωποι πίστευαν ότι ήταν κόρη αλλά και ερωμένη του.

Ο Ησίοδος περιγράφει τη γέννηση της Αφροδίτης με τον εξής τρόπο: αφηγείται πώς, με τη διαμεσολάβηση της Γαίας, ο γιος της, Τιτάνας Κρόνος, γλίτωσε από τη μοίρα των αδελφών του, οι οποίοι, με το που γεννιούνταν, φυλακίζονταν στα τάρταρα από τον πατέρα τους τον Ουρανό, κυρίαρχο των αιθέρων. Επίσης, πώς, όταν μεγάλωσε ο Κρόνος, είδε τη μητέρα και τον πατέρα του να κάνουν έρωτα ανάμεσα στους πλανήτες, γι' αυτό και ακρωτηρίασε τον μοχθηρό Ουρανό, ευνουχίζοντάς τον και αφήνοντας τα γεννητικά του όργανα να πέσουν στη θάλασσα.

Τα αποκομμένα μέλη επέπλεαν στον ωκεανό για πολύ καιρό, και λευκός αφρός μαζεύτηκε γύρω τους, που γονιμοποιήθηκε από το σπέρμα. Μέσα από αυτό τον παράξενο αφρό, αναδύθηκε μια όμορφη θεά. Οι άνεμοι την μετέφεραν πρώτα προς τα Κύθηρα, όμως ανέλαβε ο Ζέφυρος, ο δυτικός άνεμος, και την οδήγησε στην κυπριακή ακτή, στην περιοχή της Πάφου. Εκεί την υποδέχτηκαν οι Εποχές και ο Έρως, ο φτερωτός θεός της αγάπης, που θα την συντρόφευε διαρκώς. Όπου κι αν πατούσε, το έδαφος άνθιζε με κάθε λογής λουλούδια. Έπειτα, την έντυσαν οι Χάριτες με τη φορεσιά που και οι ίδιες φορούσαν όταν παρευρίσκονταν στους χορούς του αθανάτων, κοσμώντας τα πολύτιμα φορέματα και τα κοσμήματά της, και εναποθέτοντας στέμμα χρυσό στο κεφάλι της. Με τη συνοδεία του Έρωτα και του Πόθου, θεού της λαχτάρας, ταξίδεψε τότε στον Όλυμπο για να διεκδικήσει τη θέση της στη συνέλευση των θεών. Εδώ πήρε το όνομα «Αφροδίτη», επειδή γεννήθηκε από τον αφρό της θάλασσας, αλλά και «Κύπριδα», αφού η Κύπρος ήταν η γη όπου πρωτοεμφανίστηκε. Η απέραντη ομορφιά της προκάλεσε τον φθόνο των θέαινων, μα οι θεοί την δέχτηκαν με ενθουσιασμό, και πολλοί προσπάθησαν να κερδίσουν την τρυφερότητά της.

Ο Ζευς, πατέρας των θεών, τής απέδωσε ένα ευρύτατο φάσμα. Θα γινόταν η θεά τής ομορφιάς, η βασίλισσα όλων των εκφάνσεων της αγάπης, η κηδεμόνας των κοριτσιών, και αφέντρα της γονιμότητας των ζώων και των φυτών (εξού και διάφορα γόνιμα δημιουργήματα θα γίνονταν τα ιερά της σύμβολα, όπως η κατσίκα, ο λαγός, ο σπουργίτης, η τριανταφυλλιά, η μυρτιά και η μηλιά, που ο καθαγιασμένος καρπός τους δινόταν από ιερείς σε γυναίκες που επιθυμούσαν να κυοφορήσουν). Επιπρόσθετα, θα γινόταν η προστάτιδα των γυναικών σε επικίνδυνα λειτουργήματα όπως οι εταίρες που, σε κάποιους ναούς της, μπορούσαν να ασκούν το επάγγελμά τους – και η προστάτιδα του γάμου, ιδιότητα με την οποία τής προσφέρονταν θυσίες σε γαμήλιες τελετές. Χήρες και γεροντοκόρες προσεύχονταν σε εκείνην για να αποκτήσουν σύντροφο.

Η λατρεία τής Αφροδίτης εξαπλώθηκε σε όλες τις μεσογειακές χώρες, με αποτέλεσμα τη μυριοπρόσωπη φύση τής Αφροδίτης που ξέρουμε. Η επωνυμία της διέφερε ανάλογα με τον τόπο λατρείας. Γι' αυτό και στην Πάφο ήταν γνωστή ως Πάφια Αφροδίτη, ενώ άλλες πόλεις την αναφέρουν με τους δικούς τους αντίστοιχους τίτλους: Αμαθουσία, Κυθέρεια, Εξώπολις κτλ. Εκτός από τους τοπωνυμικούς της τίτλους, κάποιες επωνυμίες έλκουν την καταγωγή τους από τις φύσεις διαφόρων λατρειών. Για παράδειγμα, σε κάποια μέρη ονομαζόταν Αποστροφία λόγω του συσχετισμού της με την αιμομικτική απόλαυση. Αλλού, ήταν γνωστή ως Φιλομηδέα για την αγάπη της για τον φαλλό, Φιλομειδής για την αγάπη της για το γέλιο, Εταίρα για την προστασία των πορνών, Απατουρία επειδή απατούσε στον έρωτα, και Venus Vertikordia επειδή έκανε τις γυναίκες να καλλιεργούν την

19

αγαμία. Στη Θήβα λατρευόταν με τρία διαφορετικά ονόματα. Δεν προξενεί, λοιπόν, έκπληξη το ότι το όνομα Αφροδίτη έχει θεωρηθεί κοινό για διάφορες θέαινες, αφού ακόμη και η καταγωγή της ήταν αμφιλεγόμενη: για κάποιους ήταν κόρη του Ουρανού, ενώ άλλοι βεβαίωναν ότι οι γονείς της ήταν ο Δίας και η Διώνη.

Οι δύο συνηθέστερες επωνυμίες της ήταν Ουρανία και Πάνδημος. Πολλοί πίστευαν ότι με την πρώτη επωνυμία ήταν η θεά της πνευματικής αγάπης, και με τη δεύτερη, η θεά των σεξουαλικών απολαύσεων. Εντούτοις, κάτι τέτοιο είναι αμφίβολο καθώς ορισμένοι ναοί, όπως εκείνοι της Κορίνθου και της Πάφου, παρόλο που ήταν αφιερωμένοι στην Ουρανία Αφροδίτη, ήταν στην πραγματικότητα περιβόητα κέντρα σεξουαλικής δραστηριότητας. Το γεγονός ότι κάποιοι την θεωρούσαν φιλήδονη οφείλεται εν μέρει στη σύνδεσή της με τη γονιμότητα. Ένα παράδειγμα της αντιφατικής φύσης των θρύλων που την περιβάλλουν, είναι η ακόλουθη ιστορία, όπου περιγράφεται ως προστάτιδα των νεαρών παρθένων.

Ο Πανδάρεως είχε κλέψει το χρυσό σκυλί που φύλαγε τον ναό του Διός στην Κρήτη. Το έδωσε στον Τάνταλο, βασιλιά της Λυδίας. Όταν ο Ερμής τού ζήτησε εξηγήσεις, ο Τάνταλος αρνήθηκε ότι είχε στην κατοχή του το αντικείμενο, προκαλώντας έτσι την μήνιν των θεών. Ο Ερμής, που δεν είχε γελαστεί από τα λόγια του βασιλιά, άρπαξε διά της βίας το χρυσό σκυλί και έριξε το Σίπυλο όρος πάνω στον ασεβή μονάρχη. Ο κλέφτης Πανδάρεως, που είχε καταφύγει στη Σικελία, χάθηκε λίγο μετά μαζί με τη γυναίκα του, αφήνοντας δύο μικρές κόρες, την Μερόπη και την Κλεοδώρα, που δεν θα επιβίωναν για πολύ, αν η Αφροδίτη δεν τις έθετε υπό την προστασία της. Τις τάιζε με γάλα, μέλι και κρασί, και καλλιεργούσε την εξαίσια ομορφιά τους, πείθοντας τις άλλες θεές να τους επιδαψιλεύσουν χαρίσματα, ώστε η σοφία, η χαρά και η επιδεξιότητα να τις καταστήσουν πρότυπα τής

20

ιδανικής γυναικείας φύσης. Όταν τα κορίτσια ωρίμασαν, η Αφροδίτη πήγε στον Όλυμπο, να ζητήσει από τον Δία να τους βρει καλόκαρδους και τρυφερούς συζύγους, μα στην απουσία της, οι σκληρές Άρπυιες απήγαγαν τις παρθένες και τις χάρισαν ως σκλάβες στις Ερινύες, τις θεότητες της εκδίκησης, ως τιμωρία για το έγκλημα του πατέρα τους.

Η ιστορία αυτή αναδεικνύει την αγάπη της Αφροδίτης για την αθωότητα. Παρά την ευρέως διαδεδομένη άποψη ότι οι ναοί της ήταν κέντρα ελευθεριότητας, υπήρξαν πολλές περιπτώσεις επιβολής αυστηρής αγαμίας στις ιέρειες. Στον ναό της Αφροδίτης Ακραίας στην Κύπρο, για παράδειγμα, όπου η Αφροδίτη εικονιζόταν με λουλούδι στο ένα χέρι και μήλο στο άλλο, μόνο παρθένες γίνονταν δεκτές για ιεροσύνη. Η πιο σκανδαλώδης φήμη της αποκτήθηκε κυρίως σε εποχές ηθικής παρακμής, όπως η Ελληνιστική περίοδος, όταν οι βασίλισσες τής πτολεμαϊκής Αιγύπτου ισχυρίζονταν ότι ήταν ενσαρκώσεις της θεάς στον ρόλο της βασίλισσας του έρωτα, και οι αυλικοί έχτισαν βωμούς και ναούς στο όνομά τους, ενώ οι ευγενείς οργάνωναν οργιαστικά συμπόσια για τις ερωμένες τους, που όλες έφεραν το όνομα της Αφροδίτης.

Ο ΣΥΖΥΓΟΣ ΤΗΣ ΑΦΡΟΔΙΤΗΣ

Αν και η Αφροδίτη λατρευόταν ως προστάτιδα του έγγαμου βίου, η ίδια δεν ήταν πιστή σύζυγος. Αυτό μπορεί να οφείλεται στην κακή τύχη που είχε να ζευγαρωθεί με τον Ήφαιστο, συνοικέσιο στο οποίο δεν συναίνεσε πρόθυμα. Ωστόσο, αν αφήσουμε κατά μέρους την όψη του, ο σύζυγός της δεν ήταν κανένας παρακατιανός! Ήταν ο θεός της φωτιάς και ο προστάτης των μεταλλουργών, ο σπουδαιότερος όλων των τεχνητών, και ευγενής γόνος του Διός και της Ήρας. Μα όταν γεννήθηκε, ήταν κουτσός και τόσο άσχημος που η μητέρα του, αηδιασμένη, τον πέταξε από τα ύψη του Ολύμπου στον ωκεανό, ελπίζοντας πως θα πνιγεί. Η μοίρα του, όμως, ήταν να σωθεί από τις θαλάσσιες νύμφες, την Θέτιδα και την Ευρυνόμη, που τον μετέφεραν στον βυθό του ωκεανού, όπου και τον φρόντιζαν για εννιά χρόνια.

Εκείνος ήταν τόσο ευγνώμων για την καλοσύνη τους, που τους έφτιαξε διάφορα τεχνουργήματα από μέταλλο. Ανακαλύπτοντας την έφεσή του, βάλθηκε να εξασκείται επιμελώς ώσπου έγινε εξαίσιος τεχνουργός, τόσο επιδέξιος ώστε να πλάσει δύο ευφυή αγάλματα, που μπορούσαν να περπατούν και να τον επικουρούν.

Στη συνέχεια, ο Ήφαιστος γύρεψε εκδίκηση από τη μητέρα του. Φιλοτέχνησε ένα θεσπέσιο θρόνο από χρυσάφι και αόρατα δεσμά, και τον έστειλε στην Ήρα. Εκείνη ενθουσιάστηκε τόσο πολύ, που αμέσως κάθισε στον θρόνο, ενεργοποιώντας άθελά της τον πονηρό μηχανισμό. Μεμιάς, τα δεσμά την ακινητοποίησαν! Δεν είχε τη δύναμη να τα αφαιρέσει, ούτε και οι άλλοι θεοί μπορούσαν να την βοηθήσουν. Εκτός του ότι η Ήρα δυσφορούσε, αισθανόταν και εξευτελισμένη. Όταν συνειδητοποίησαν ότι ο Ήφαιστος ήταν ο μοναδικός θεός που θα μπορούσε να την απελευθερώσει, οι θεοί έστειλαν αγγελιαφόρους στον ωκεανό

23

για να του ζητήσουν βοήθεια, όμως συνάντησαν την κάθετη άρνησή του. Ούτε οι απειλές ωφελούσαν, ούτε οι παρακλήσεις, ώσπου ο Διόνυσος, ο θεός του κρασιού, τον ξεγέλασε να γευτεί ορισμένα από τα πιο δυνατά κρασιά του: στη συνέχεια, φορτώνοντας τόν μεθυσμένο θεό- αρχισιδηρουργό στην πλάτη ενός μουλαριού, τον μετέφερε στην κορυφή του Ολύμπου. Ακόμη και μεθυσμένος, όμως, ο Ήφαιστος αρνιόταν να ελευθερώσει τη μητέρα του. Υποχώρησε μόνο όταν οι θεοί τού υποσχέθηκαν την καλλίστη των θεών για γυναίκα του. Ως καλλιτέχνης, με αγάπη για την ομορφιά, ο Ήφαιστος επέλεξε φυσικά την ωραιότερη όλων, την Αφροδίτη, και έτσι συνομολογήθηκε αυτό το τόσο αναπάντεχο ζευγάρωμα.

Αργότερα, ο Ήφαιστος συγχώρεσε τη μητέρα του και τής φερόταν με σεβασμό. Μάλιστα, σε μία περίσταση έφτασε στο σημείο να πάρει το μέρος της σε έναν καβγά που είχε με τον Δία. Τόσο έξαλλος έγινε ο πατέρας των θεών, που ξέσπασε η οργή του, άρπαξε τον γιο του από το πόδι και τον πέταξε κάτω απ' τον Όλυμπο. Η πτώση κράτησε εννιά μέρες μέχρι τους πρόποδες του βουνού, και σίγουρα θα σήμαινε το τέλος τού Ήφαιστου, αν δεν προλάβαιναν οι κάτοικοι της Λήμνου να τον αρπάξουν λίγο πριν φτάσει στο έδαφος! Ο θεός χρωστούσε ευγνωμοσύνη στους κατοίκους της Λήμνου. Τόσο πολύ τους συμπάθησε, μάλιστα, που αποφάσισε να κατοικήσει στο νησί τους. Στο μεταλλουργείο του είχε τη συνδρομή των Κυκλώπων, μονόφθαλμων γιγάντων, που τον βοήθησαν να φτιάξει όλα εκείνα τα θαύματα καλλιτεχνίας και τεχνουργίας για τα οποία έγινε πασίγνωστος. Τα επιτεύγματά του περιλάμβαναν τη δημιουργία των κεραυνών του Διός, πανοπλίες θεών και ηρώων, τους ταύρους του βασιλιά της Κολχίδας, που έβγαζαν φλόγες απ' τα ρουθούνια, και όλα τα παλάτια των αθανάτων. Το δικό του παλάτι στον Όλυμπο ήταν άφθαρτο και είχε τη λάμψη των αστεριών. Περιλάμβανε το εργαστήριό του με το αμόνι και είκοσι φυσερά. Παρά τη δεξιοσύνη και τον κόπο του, ο Ήφαιστος εξευτελιζόταν διαρκώς από τους άλλους θεούς για την ασχήμια του. Ο Όμηρος περιγράφει πώς αυτός ο αγαθότερος των θεών χλευαζόταν καθώς, χωλαίνοντας, πάσκιζε να υπηρετεί τους άλλους θεούς στα συμπόσια του Ολύμπου. Ακόμα και η Αφροδίτη, η σύζυγός του, τον παρίστανε να κουτσαίνει όταν ήθελε να διασκεδάσει τους εραστές της.

Από την άλλη, και ο Ήφαιστος ήταν εξίσου άπιστος στην Αφροδίτη, ενώ ανάμεσα στις κατακτήσεις του συγκαταλέγονταν οι Χάριτες Χάρις και Αγλαΐα, υπηρέτριες της γυναίκας του, που είχαν την ευθύνη της ερασμιότητας και της ευγένειας. Κανένα από τα παιδιά τής Αφροδίτης δεν ήταν δικό του, ωστόσο απέκτησε αρκετά νόθα και φερόταν σε όλα – και στα δικά του παιδιά και στα παιδιά της Αφροδίτης – με καλοσύνη και αβρότητα.

Σε μία περίπτωση, κατάφερε να πληρώσει με το ίδιο νόμισμα την άστατη γυναίκα του και τον τότε εραστή της, Άρη, θεό του πολέμου. Ο Άρης ήταν ένας από τους δώδεκα Ολύμπιους και ως τέτοιο τον τιμούσαν οι κάτοικοι της Κύπρου, αν και πρέπει να ειπωθεί ότι το κίνητρό τους ήταν μάλλον ο φόβος παρά η αφοσίωση: ο Άρης είχε φήμη οξύθυμου και ενίοτε υπέρμετρα βάρβαρου θεού. Ως γιος του Διός και της Ήρας, κληρονόμησε φυσικά σθένος και ηγετικές ικανότητες, αλλά ο Δίας αναγκαζόταν συχνά να τον επιπλήττει για τις θερμόαιμες υπερβολές του, που έκαναν τους άλλους θεούς να δυσανασχετούν. Ήταν επίσης παρορμητικός και η ασκεψία του καμιά φορά τον οδηγούσε σε πτώση, όπως όταν ηττήθηκε και ακινητοποιήθηκε από τους δύο γιγάντιους γιους του Ποσειδώνα, τον Ώτο και τον Εφιάλτη, κι έχασε την ελευθερία του για 13 μήνες. Μια άλλη φορά προκάλεσε τον Ηρακλή σε μονομαχία για να εκδικηθεί τον θάνατο του γιου του, Κύκνου, αλλά πληγώθηκε και αναγκάστηκε να

25

καταφύγει, μουγκρίζοντας, στον Όλυμπο. Μάλιστα, αυτό το περιστατικό μπορεί να του στοίχιζε ακριβότερα αν δεν επενέβαινε εξ αρχής ο Δίας για να τον σώσει από βαρύτερη τιμωρία. Κατά τη διάρκεια του Τρωικού πολέμου, προσπάθησε να στρέψει τη μια πλευρά εναντίον της άλλης, υποστηρίζοντας κάποτε τους Έλληνες και άλλοτε τους Τρώες, με αποτέλεσμα ο πόλεμος να τραβήξει δέκα ολόκληρα χρόνια. Ωστόσο, δεν την γλίτωσε ατιμώρητος: ενώ μαινόταν μάχη, αποπειράθηκε να επιτεθεί στην Αθηνά, που τον σώριασε καταγής με μια πέτρα. Επιπρόσθετα τεκμήρια της εκδικητικής του φύσης απαντούν στην ιστορία του Αδώνιδος.

Ο Άρης συναντούσε κρυφά την Αφροδίτη για αρκετό καιρό, πιστεύοντας ότι είχαν καλυμμένα τα νώτα τους, μα μια μέρα που ο ήλιος περνούσε από τα παράθυρα του παλατιού του Ήφαιστου, τους είδε περιπλεγμένους στο κρεβάτι. Εκείνη τη στιγμή, ο Ήφαιστος βρισκόταν στη δουλειά, μα ο ήλιος, όταν η πορεία του τον έφερε πάνω από το σιδηρουργείο, μετέφερε στον θεό της μεταλλουργίας τα τεκταινόμενα. Ο Ήφαιστος άφησε μια βαθιά κραυγή που ταρακούνησε τη γη, και δάκρυσε. Έξαλλος από ζήλεια, κατέστρωσε την εκδίκησή του. Έβαλε όλη του την τέχνη για να φτιάξει από φωτιά και ατσάλι ένα δίχτυ τόσο ισχυρό, που θα ήταν άρρηκτο, μα ταυτόχρονα τόσο λεπτό που ούτε καν θεός θα μπορούσε να το δει. Όταν επέστρεψε εκείνη τη νύχτα, άπλωσε το δίχτυ πάνω από την κλίνη της Αφροδίτης, ώστε η παραμικρή κίνηση να το ρίξει. Έπειτα ανακοίνωσε την πρόθεσή του να επισκεφτεί τους κατοίκους τής Λήμνου. Κίνησε το επόμενο πρωί.

Ακούγοντας τα νέα, ο Άρης καταχάρηκε και έγινε απρόσεκτος. Έσπευσε στο παλάτι, όπου αντάμωσε την Αφροδίτη που τον περίμενε, και αμέσως έπεσαν στο κρεβάτι σφιχταγκαλιασμένοι. Εκείνη τη στιγμή, το δίχτυ έπεσε πάνω τους και παγιδεύτηκαν.

26

Και πάλι, ο ήλιος ανέλαβε ρόλο αγγελιαφόρου, έτσι ο Ήφαιστος δεν άργησε να μάθει για την επιτυχία του σχεδίου του. Επέστρεψε σπίτι όσο πιο γρήγορα μπορούσε, για να βρει τους εραστές περιπλεγμένους στη στάση που είχαν, αμέσως πριν πέσει πάνω τους το δίχτυ. Το θέαμα της άπιστης γυναίκας του, πιασμένης επ' αυτοφώρω στην ερωτική πράξη, τον διαπέρασε, και μέσα από ένα σύμφυρμα απόγνωσης και θριάμβου, έβγαλε μια φρικτή κραυγή που ξεσήκωσε τους άλλους θεούς και τους έκανε να τρέξουν στη σκηνή. Η θέση τους ήταν λεπτή: οι θεές ερυθρίασαν και γύρισαν στα σπίτια τους, μα οι θεοί παρέμειναν στην αίθουσα, σκουντώντας πειραχτικά ο ένας τον άλλο και γελώντας με την καρδιά τους με το θέαμα. Κάποιοι προσποιήθηκαν τους οργισμένους αλλά μετά βίας κρατούσαν τα γέλια τους, άλλοι αντάλλαζαν κοινοτοπίες που άρμοζαν στην περίσταση, ενώ ο Ερμής, που ήταν ερωτευμένος με την Αφροδίτη, δήλωσε ότι και όλος ο κόσμος να τους κοιτούσε, και τα δεσμά να ήταν δυο φορές πιο σφιχτά, και πάλι θα αντάλλαζε θέσεις με τον Άρη. Οι άλλοι θεοί συνέχισαν να κοροϊδεύουν τους εραστές και κάποιοι θυμήθηκαν ότι σε τέτοιες περιπτώσεις, κατά τα ειωθότα, αποσπούσαν πρόστιμο από το παράνομο ζεύγος.

Μέσα στην αναταραχή, μόνο ο Ποσειδώνας ανησυχούσε για την αξιοπρέπεια τού εραστή, και ενθάρρυνε τον Ήφαιστο να τους αφήσει ελεύθερους, ενώ προσφέρθηκε να εγγυηθεί ο ίδιος ότι ο Άρης θα πλήρωνε το τίμημα για τη μοιχεία.

Ο Ήφαιστος, όμως, ήταν ανένδοτος και απάντησε ότι θα ήταν τεράστιο λάθος να αναλάβει ο Ποσειδώνας χρέη εγγυητή για κακούργους, που με την πρώτη ευκαιρία θα αποδρούσαν απ' τις ευθύνες τους. Μόνο όταν ο Ποσειδώνας προσφέρθηκε να καταβάλει ο ίδιος το ποσό, καταδέχτηκε ο απατημένος σύζυγος να χαλαρώσει το δίχτυ.

27

Οι ντροπιασμένοι εραστές σηκώθηκαν και απομακρύνθηκαν μάλλον άχαρα, αφού τα άκρα τους ήταν δύσκαμπτα και οι μύες τους πιασμένοι απ' την ακινησία. Ο Άρης κατέφυγε στη Θράκη για να επουλώσει την πληγωμένη του υπερηφάνεια, ενώ η Αφροδίτη γύρισε στη γενέτειρά της, όπου οι τρεις Χάριτες την έλουσαν και την μύρωσαν με έλαια και ένα σπάνιο άρωμα που, καθώς λεγόταν, δεν έσβηνε ποτέ. Την έντυσαν με πλούσια φορέματα και σύντομα αποκαταστάθηκε όλη της η ακτινοβολία και το κάλλος, δίχως ακόμα να γνωρίζει ότι κυοφορούσε παιδί, που θα ονομαζόταν Αρμονία.

Η Αφροδίτη, όμως, δεν συγχώρεσε τον κουτσομπόλη ήλιο, που την πρόδωσε στον Ήφαιστο. Τον εκδικήθηκε, εμπνέοντάς του φλογερό πάθος για τη Λευκοθέα, κόρη του βασιλιά της Βαβυλώνας. Για να εμφανιστεί στη Λευκοθέα, ο ήλιος πήρε την εμφάνιση της μητέρας της και την επισκέφτηκε, όμως η ζηλόφθονη αδελφή τής Λευκοθέας, που επίσης αγαπούσε τον ήλιο, ανακάλυψε τι συνέβαινε και τους πρόδωσε στον πατέρα της. Ο βασιλιάς, έξαλλος, διέταξε να ταφεί ζωντανή η ίδια του η κόρη. Ανήμπορος να σώσει την αγαπημένη του από τον θάνατο, ο ήλιος ράντισε τον τάφο με νέκταρ και αμβροσία, και το σώμα τής Λευκοθέας μεταμορφώθηκε σε αρωματικό θάμνο.

Μετά το συμβάν που τον έκανε περίγελο στον Όλυμπο, ο Άρης μετέθεσε την τρυφερότητά του στην Ηώ, τη «ροδοδάχτυλη αυγή». Η Αφροδίτη ζήλεψε και παρέσυρε την Ηώ σε πολυάριθμους ερωτικούς δεσμούς με θνητούς, με τελευταίο τον Τιθωνό, πρίγκιπα τής Τροίας, με τον οποίο απέκτησε δύο γιους. Επιθυμώντας να δεθεί για πάντα με τον καινούριο της εραστή, η Ηώς παρακάλεσε τον Δία να τον κάνει αθάνατο, αλλά δυστυχώς είχε ξεχάσει να ζητήσει αιώνια νιότη και ομορφιά, και σύντομα εκείνος γέρασε και εξασθένισε. Στο τέλος συρρικνώθηκε σε μια ρυτιδιασμένη

28

σάρκινη μάζα, δίχως τη δύναμη να αντλήσει οποιανδήποτε απόλαυση από τη ζωή, και ικέτευσε τους θεούς να τον απομακρύνουν από τον κόσμο τους. Ήταν, όμως, αθάνατος, και το αίτημά του δεν μπορούσε να εισακουστεί. Αντ' αυτού, οι θεοί τον μετάλλαξαν σε ακρίδα.

ΤΑ ΠΑΙΔΙΑ ΤΗΣ ΑΦΡΟΔΙΤΗΣ

Σε αυτό το σημείο οφείλουμε να αναφέρουμε τα παιδιά που γέννησε η Αφροδίτη με διάφορους εραστές της, αφού, όπως έχουμε δει, δεν υπήρξε πιστή σύζυγος.

Το παιδί που απέκτησε με τον Διόνυσο ήταν μάλλον το πιο αξιοσημείωτο. Πήρε το όνομα Πρίαπος και σταδιακά κατέλαβε μια αρκετά σημαντική θέση ανάμεσα στους ελάσσονες θεούς. Μάλιστα, σε ορισμένα μέρη της Ιταλίας και της Ελλάδας, λατρευόταν στους ίδιους ναούς με τη μητέρα και τον πατέρα του. Στη Μικρά Ασία, διεκδικούσε κύρος μείζονος θεού διότι εκεί υπήρχαν αποκλειστικά δικοί του ναοί και τελούνταν γιορτές προς τιμήν του. Είναι γνωστό ότι ο Πρίαπος είχε κάπως περίεργη εμφάνιση, και η αιτία τής παραμόρφωσής του αξίζει να αναφερθεί.

Οι σχέσεις ανάμεσα στην Αφροδίτη και τη γυναίκα του Διός, την Ήρα, δεν υπήρξαν ποτέ ιδιαίτερα καλές, διότι η Ήρα αισθάνθηκε εξ αρχής ότι η νεαρή θεά την είχε επισκιάσει με την ομορφιά της.

Εξάλλου, η Ήρα είχε αποκτήσει τον Ήφαιστο, ένα γιο κουτσό και άσχημο, ενώ μπορούσε να φανταστεί πόσο όμορφο θα ήταν το παιδί της Αφροδίτης. Αποφάσισε, λοιπόν, μοχθηρά, να παρέμβει στη φυσική διαδικασία της γέννησης, για να μην υποστεί κι άλλες ντροπές. Παριστάνοντας τη φίλη της θεάς, προσφέρθηκε να της παρασταθεί στον τοκετό, μα ο στόχος της ήταν να ασκήσει εξουσία στο νεογέννητο. Λόγω της παρέμβασής της, το παιδί γεννήθηκε παραμορφωμένο σε όλα του τα μέλη: το πρόσωπό του ήταν λίγο-πολύ ανθρώπινο, αλλά η κεφαλή του είχε σχήμα φαλλού, και τα αυτιά του ήταν κατσικίσια. Κατ᾽ακρίβειαν, το παιδί ήταν η εικονιστική επιτομή της λαγνείας, μια αμυδρή καρικατούρα των ορέξεων της μητέρας του. Τόσο πολύ αηδίασε και ντράπηκε η

31

Αφροδίτη, που τον εγκατέλειψε χωρίς δεύτερη σκέψη σε ένα βουνό, με την ελπίδα να πεθάνει. Ωστόσο, όπως συμβαίνει συχνά με ό,τι επιθυμούμε να χάσουμε ή να καταστρέψουμε, ο περιφρονημένος Πρίαπος εντοπίστηκε από βοσκούς της Λαμψάκου και σώθηκε από βέβαιο χαμό. Η εμφάνιση του παιδιού θεωρήθηκε θαύμα στα τοπικά χωριά και γρήγορα έγινε ο δημοφιλέστερος θεός της περιοχής. Αργότερα, όμως, ανακάλυψαν την αντιστοιχία ανάμεσα στα χαρακτηριστικά του και τη φύση του, και αναγκάστηκαν να τον διώξουν λόγω της συχνότητας με την οποία ξελόγιαζε τις γυναίκες τους. Λίγο μετά, η πόλη χτυπήθηκε από φρικτή νόσο. Οι κάτοικοι απέδωσαν την αιτία της στην αποπομπή τού παράξενου μικρού θεού, κι έτσι ο Πρίαπος αποκαταστάθηκε, και ένας σπουδαίος ναός χτίστηκε προς τιμήν του. Ο ναός αυτός θα γινόταν περιβόητος για τις ηχηρές ακολασίες που εκτυλίσσονταν στο εσωτερικό του. Μεταγενέστερα, οι Ρωμαίες νύφες έπρεπε να κάθονται ιππαστί σε μια εικόνα του Πρίαπου, και στους ελληνικούς γάμους, ομοίωμα στο σχήμα του φαλλικού θεού μεταφερόταν εν πομπή μέσα σε καλάθι. Κόκκινα πριαπικά φυλαχτά τοποθετούνταν πλάι σε πολύτιμα αποκτήματα και κρεμάζονταν γύρω από τον λαιμό για προστασία από το κακό μάτι. Αυτό, επειδή οι αρχαίοι πίστευαν ότι το άσεμνο σχήμα τού θεού προσέλκυε την πρώτη και πιο επικίνδυνη ματιά κακόβουλου πλάσματος. Έτσι, ήταν συνήθης πρακτική να τοποθετούνται τέτοιες εικόνες σε περίοπτες θέσεις κοντά σε ιδιωτικά ενδιαιτήματα, ενώ σε πολλούς οικιακούς θεούς αποδιδόταν φαλλική μορφή. Τη ρωμαϊκή εποχή, μια πέτρινη κολόνα με γενειοφόρο κεφάλι και πέος σε στύση υψωνόταν έξω από τα περισσότερα δημόσια κτίρια. Η συνηθέστερη θυσία που προσφερόταν στον Πρίαπο ήταν ένα γαϊδούρι, επειδή το γκάρισμά του είχε ξυπνήσει τη νύμφη Λωτίδα όταν ο θεός ετοιμαζόταν να την βιάσει.

32

Ένας άλλος γιος της Αφροδίτης, παρόλο που ήταν γέννημα αμιγώς θεϊκής ένωσης, απέκτησε μάλλον λιγότερη σπουδαιότητα. Ο πατέρας του ήταν ο Ερμής. Ευάρμοστα ονομάστηκε Ερμαφρόδιτος. Παρότι αγλαόμορφος νέος, αποδείχτηκε ότι ήταν ανδρόγυνη φύση. Αυτό, όμως, δεν ίσχυε εξ αρχής. Ο Οβίδιος αφηγείται την ιστορία της μεταμόρφωσής του.

Εξιστορεί πώς, σε ηλικία 15 ετών, το αγόρι κίνησε για μακρύ ταξίδι, με στόχο να αποκτήσει γνώση, να συναντήσει και να ξεπεράσει δυσκολίες και έτσι να κερδίσει σεβασμό και να γίνει άντρας. Καθ' οδόν, πέρασε από μια πηγή της Ναϊάδας Σαμαλκίδας, που περιφρονούσε το κυνήγι και όλες τις συνήθεις ασχολίες των άλλων νυμφών, και που με κάποιον τρόπο κατάφερε να διαφύγει της προσοχής της δεινής κυνηγού, Αρτέμιδος. Ήταν εξαιρετικά πεισματάρα και μάλλον ματαιόδοξη, και όταν είδε τον ωραίο νέο αποφάσισε να τον κάνει δικό της. Στην αρχή προσπάθησε να τον ελκύσει με τα σωματικά της προσόντα, μα το αγόρι ήταν αθώο και απλώς μπερδεύτηκε με τη συμπεριφορά της. Εκείνη, λοιπόν, προσποιήθηκε ότι θα έφευγε μα, αντίθετα, κρύφτηκε πίσω από ένα δέντρο. Ήταν ζεστή μέρα, και το αγόρι ήταν κουρασμένο και διψασμένο. Τα κρύα νερά της πηγής ήταν μεγάλος πειρασμός. Νομίζοντας ότι ήταν μονάχος του, γυμνώθηκε και μπήκε στο νερό. Εκείνη τη στιγμή, η Σαμαλκίς άρπαξε την ευκαιρία, βγήκε από την κρυψώνα της και γρήγορα βρέθηκε πίσω του. Προσπάθησε με γρήγορες κινήσεις να τυλιχτεί γύρω του, αλλά δεν ήταν εύκολο, αφού εκείνος πάλευε και ξεγλιστρούσε απ' τη λαβή της. Πάλεψαν για πολλή ώρα, έπεφταν στο νερό και ξανάβγαιναν στην επιφάνεια, μα η δύναμή του ήταν μεγαλύτερη και εκείνη είχε αρχίσει να εξασθενεί. Συνειδητοποιώντας ότι μπορούσε να τον χάσει, προσευχήθηκε στους θεούς να μην τους χωρίσουν, και έτσι τα σώματά τους ενώθηκαν και ήταν πια αδύνατο να ξεχωρίσει

33

κανείς αν το νέο πλάσμα ήταν αρσενικό ή θηλυκό ή και τα δύο. Από τότε, όλοι οι άντρες που λούζονταν στην πηγή της Σαμαλκίδας γίνονταν θηλυπρεπείς.

Η Αφροδίτη είχε αποκτήσει άλλα δύο παιδιά με θεούς, τον Έρυκα, γιο τού Ποσειδώνα, και την Αρμονία, κόρη του Άρη. Ο Έρυξ είναι γνωστός κυρίως για την ανοησία που έκανε, να προκαλέσει τον Ηρακλή σε δοκιμασία πάλης που, όπως ήταν αναμενόμενο, τον οδήγησε στον θάνατο. Τάφηκε σε βουνό της Σικελίας που έκτοτε φέρει το όνομά του.

Η Αρμονία, όμως, παντρεύτηκε τον Κάδμο, βασιλιά της Θήβας. Όλοι είχαν παραστεί στη γαμήλια τελετή, εκτός από την Ήρα, που την απέχθειά της για την Αφροδίτη, την είχε επεκτείνει στα παιδιά της. Δόθηκαν, φυσικά, μεγαλοπρεπή δώρα από όλους τους καλεσμένους, μα τίποτα δεν ήταν ωραιότερο από το περιδέραιο που ο ίδιος ο Κάδμος χάρισε στη νύφη. Ήταν ηφαιστότευκτο, και η δεξιοσύνη τού Ήφαιστου στα τεχνουργήματα ήταν θρυλική. Το περιδέραιο άστραφτε και έλαμπε καθώς χόρευε πάνω του το φως. Φορώντας το, η Αρμονία ήταν πιο σαγηνευτική παρά ποτέ.

Το βασιλικό ζεύγος έζησε ολβίως μαζί για κάποια χρόνια, ενώ η Αρμονία γέννησε πέντε παιδιά, ένα γιο και τέσσερις θυγατέρες. Πάνω σε αυτά τα παιδιά έβγαλε την οργή της η Ήρα, και το καθένα με τη σειρά υπέφερε τραγωδίες και εξευτελισμούς, ώσπου το φορτίο της θλίψης έγινε πολύ βαρύ για να το αντέξει το βασιλικό ζεύγος, και έτσι στα γηρατειά τους αποσύρθηκαν αυτοεξόριστοι στην Ιλλυρία. Αυτό, όμως, ενέτεινε ακόμη περισσότερο τον καημό τους και εν τέλει ζήτησαν από τον Δία να τους απαλλάξει. Εκείνος εισάκουσε και έδρασε με προθυμία. Ο Κάδμος και η Αρμονία μεταμορφώθηκαν σε φίδια που τυλίγονταν το ένα γύρω απ' το άλλο. Για να είναι πιο ευτυχισμένοι στη νέα, παράξενη ζωή τους, ο Δίας τούς οδήγησε στα ευλογημένα λιβάδια των

34

Ηλυσίων Πεδίων, τόπο ανάπαυσης όλων των ενάρετων ηρώων.

Όσο για το θεσπέσιο περιδέραιο, πέρασε από πολλά χέρια από κει κι έπειτα, μα είχε προσλάβει μιαν αύρα κακού, μια κακόβουλη επιρροή που αποδείχτηκε μοιραία για όσους το κατείχαν, περιλαμβανομένου του Αργοναύτη Αμφιάραου, του γιου του, Αλκμαίωνα, και του βασιλιά Φηγέως. Λέγεται ότι ο τελευταίος ιδιοκτήτης τού περιδέραιου το πρόσφερε ως θυσία στον ναό του Αδώνιδος και της Αφροδίτης, στην Αμαθούντα της Κύπρου.

Τα παιδιά της Αφροδίτης περιλάμβαναν τον Αινεία, τον ήρωα της Αινειάδας, καρπό του δεσμού της με τον Αγχίση. Ανάμεσα στους γιους της Αφροδίτης που είχαν θνητό πατέρα, ο Αγχίσης ήταν ο πιο ένδοξος, και η ιστορία του αξίζει να αναφερθεί με κάποια λεπτομέρεια:

Κάποιες φορές, οι δυνάμεις της Αφροδίτης έμοιαζαν σχεδόν απεριόριστες. Έχει καταγραφεί ότι ακόμη και ο τρανός Δίας υπέκυψε στα μάγια της και ερωτεύτηκε ένα αγόρι από τη Φρυγία, τον Γανυμήδη, τον οποίο μετέφερε στον Όλυμπο με αετό για να ικανοποιήσει τον πόθο του. Και άλλοι θεοί επηρεάστηκαν κατά καιρούς με παρόμοιο τρόπο, συνάπτοντας ερωτικές σχέσεις με άντρες και γυναίκες. Ως αποτέλεσμα, η Αφροδίτη έγινε απρόσεκτη και καυχιόταν ανενδοίαστα μπροστά τους για τη δύναμή της. Μονάχα οι τρεις παρθένες θεές ήταν ασφαλείς! Ο Δίας αναγκάστηκε εν τέλει να δράσει για να διατηρήσει την εξουσία του: την πλήρωσε με το ίδιο νόμισμα, αφού την ανάγκασε να ερωτευτεί τον Τρώα πρίγκιπα Αγχίση.

Η ερωτοχτυπημένη θεά κίνησε για την Τροία μέσα από τις νεφέλες, το πολύχρωμό της φόρεμα σαν πύρινη αχλή, να λαμπυρίζει στον αέρα. Φτάνοντας στο όρος Ίδη, όπου ο Αγχίσης έβοσκε τα πρόβατά του, περικυκλώθηκε αμέσως από

35

λύκους, λιοντάρια, λεοπαρδάλεις και αρκούδες που την κοιτούσαν θαμπωμένα. Εκείνη, που αγαλλίαζε με την αγριοσύνη τους, έριξε πόθο στην καρδιά τους: τα πλάσματα αποσύρθηκαν στη σκιασμένη κοιλάδα και ζευγάρωσαν με τα ταίρια τους. Ο Αγχίσης είχε μαγευτεί, κι αμέσως αισθάνθηκε τον πόθο να απλώνει σε όλο του το κορμί. Η ακούσια φύση της λαχτάρας ήταν ενοχλητική, μα σύντομα πέρασε και είδε μόνο τη φλεγόμενη ομορφιά της Αφροδίτης, που και εκείνη βρισκόταν κάτω από παρόμοιο ξόρκι. Μέσα από αυτό τον ταραχώδη δεσμό γεννήθηκε ο Αινείας, ένας απ' τους ήρωες της Τροίας. Ωστόσο, ο άμοιρος Αγχίσης ξέχασε την προειδοποίηση της Αφροδίτης, να κρατήσει μυστική την αγάπη τους, και καυχήθηκε σε άλλους. Γι' αυτή του την αμαρτία, τον τύφλωσε ο Δίας με κεραυνό.

36

ΟΙ ΑΚΟΛΟΥΘΟΙ ΚΑΙ ΣΥΝΟΔΟΙ ΤΗΣ ΑΦΡΟΔΙΤΗΣ

Στη χορεία της Αφροδίτης συγκαταλέγονταν θεότητες διαφορετικού κύρους, όπως ο Πόθος, η Πειθώ και ο Ίμερος που, αν και αντιπροσώπευαν τις ιδιότητες που σημαίνουν τα ονόματά τους, δεν είχαν διακριτές προσωπικότητες. Αρκετά διαφορετικές ήταν οι τρεις Χάριτες, η Ευφροσύνη, η Αγλαΐα και η Θάλεια, που δρούσαν ως θεραπαινίδες της Αφροδίτης, ντύνοντας και μυρώνοντάς την.

Ήταν ελάσσονες θεότητες, κόρες του Διός και της νύμφης Θέτιδος, και οι περισσότεροι Έλληνες τις θεωρούσαν αιώνιες παρθένες, αν και σε ορισμένα μέρη της Ελλάδας, η Αγλαΐα διατηρούσε ερωτικές σχέσεις με τον σύζυγο της Αφροδίτης, τον Ήφαιστο.

Τομέας τους ήταν η ερασμιότητα και η χάρη, με ιδιαίτερη έμφαση στις καλές τέχνες, ειδικά την ποίηση, ενώ μοιράζονταν πολλούς ναούς με τις εννέα Μούσες: οι Μούσες χάριζαν έμπνευση, και οι Χάριτες έπρεπε να προσδώσουν αισθητική μορφή στο έργο τους. Στον Όλυμπο, όταν ο Απόλλων έπαιζε άρπα, οι Χάριτες χόρευαν με την Αφροδίτη, και οι Μούσες τραγουδούσαν. Και οι τρεις Χάριτες ήταν εξαιρετικά δημοφιλείς ανάμεσα σε θνητούς και αθανάτους.

Οι θεότητες που περιέβαλλαν την Αφροδίτη ήταν χωρισμένες σε συμπληρωματικά ζεύγη. Ο Ίμερος δημιουργούσε τις ερωτικές ορέξεις που ικανοποιούσε η Ηδονή, ενώ ο Έρως και ο αδελφός του, Αντέρως, αποτελούσαν συμμαχία στην οποία ο πρώτος προκαλούσε αισθήματα αγάπης ενώ ο δεύτερος τιμωρούσε όσους δεν ανταποκρίνονταν σ' αυτά. Αυτή η διάδραση θετικών και αρνητικών δυνάμεων είναι αντιπροσωπευτική τής πεποίθησης των αρχαίων Κυπρίων ότι η δημιουργία αρχίζει στο συναπάντημα των αντιθέτων, και εξηγεί γιατί η θεά της αγάπης παντρεύτηκε τον άσχημο Ήφαιστο και έγινε ερωμένη τού βίαιου Άρη.

37

Ο Έρως, ο φτερωτός βοηθός της θεάς, έχει εικονιστεί στην τέχνη και τη λογοτεχνία ως νέος, παιδί ή ακόμη και βρέφος. Η κατσίκα, ο λαγός, το ρόδο και ο πετεινός ήταν ιερά για τον Έρωτα. Σύμφωνα με τον Ησίοδο, ήταν γιος του Χάους και συνόδευε την Αφροδίτη στα ταξίδια της. Εντούτοις, σε ορισμένα μέρη πίστευαν ότι ήταν γιος της. Άλλοι τον θεωρούν εραστή της. Όποια εκδοχή κι αν υιοθετηθεί, το σίγουρο είναι ότι ήταν ο αρχιερέας της θεάς. Κουβαλούσε μαζί του μια φαρέτρα με χρυσά βέλη, περασμένη στους ώμους του. Όταν θεός ή θνητός λαβωνόταν από βέλος, ερωτευόταν το πρώτο έμβιο ον που αντίκριζε. Η Αφροδίτη έκανε συχνά χρήση της δύναμής του.

Ο Έρως παντρεύτηκε την Ψυχή, που εντάχθηκε στη χορεία της Αφροδίτης μόνο μετά τις αρχικές δυσκολίες που αναφέρουμε πιο κάτω. Η ιστορία του Έρωτα και της Ψυχής αντικατοπρίζει τη θεά σε κακοπροαίρετη διάθεση.

Αν και η Αφροδίτη ήταν γνωστή σε όλους και αναγνωριζόταν από όλους ως η ωραιότερη των πλασμάτων, θνητών και αθανάτων, η ίδια μπορούσε να αισθανθεί ζήλεια για την ομορφιά άλλων γυναικών. Η πριγκίπισσα Ψυχή ήταν ένα παιδί σπάνιας ομορφιάς, και καθώς μεγάλωνε, ο κόσμος άρχισε να λέει ότι κανένας θνητός δεν μπορούσε να την παραβγεί. Μάλιστα, κάποιοι έφτασαν σε σημείο να χτίσουν ναούς στο όνομά της, όπου την λάτρευαν ως ενσάρκωση της Αφροδίτης. Η ίδια η Ψυχή ήταν αθώα και καθόλου ματαιόδοξη. Εντούτοις, η φήμη της εξαπλώθηκε και προκάλεσε τον φθόνο της θεάς, που έστειλε τον Έρωτα στη γη, με οδηγίες να την λαβώσει για να ερωτευτεί τον γηραιότερο και ασχημότερο άντρα που θα συναντούσε. Όταν, όμως, ο Έρως έφτασε τη νύχτα στο προσκέφαλο τής κόρης που κοιμόταν, τόσο τον συνεπήρε η ομορφιά της, που έσκυψε πάνω της να την περιεργαστεί από κοντά. Η πριγκίπισσα αισθάνθηκε μια παράξενη παρουσία στην κάμαρά της και

38

άνοιξε ξαφνικά τα μάτια της. Παρόλο που εκείνη δεν μπορούσε να τον δει στο σκοτάδι, εκείνος είχε χαθεί στον αποθαυμασμό του, κι έτσι σαν ξύπνησε η Ψυχή, ο Έρως τα έχασε, λαβώθηκε με ένα απ' τα βέλη του και την ερωτεύτηκε. Μόλις συνειδητοποίησε ότι αυτή η ανατροπή θα εξόργιζε την αφέντρα του, και ότι η οργή της θα συνεπαγόταν τιμωρία, πανικοβλήθηκε. Η μόνη λύση που μπορούσε να σκεφτεί ήταν να απαγάγει κρυφά το κορίτσι, ελπίζοντας ότι η θεά δεν θα το ανακάλυπτε. Την πήρε, λοιπόν, μακριά, ελαύνοντας μέσα στη νύχτα σε μυστικό παλάτι. Για επιπλέον προφύλαξη, δεν αποκάλυψε την ταυτότητά του στην πριγκίπισσα και την προειδοποίησε να μην προσπαθήσει να μάθει ποιος είναι. Από κει κι έπειτα, την επισκεπτόταν κάθε βράδυ στο παλάτι, μα έφευγε κάθε φορά πριν το ξημέρωμα, για να μη φανεί το πρόσωπό του.

Η Ψυχή ήταν τρισευτυχισμένη, μόνο που οι δύο ζηλόφθονες αδελφές της εντόπισαν το παλάτι και της ζήτησαν εξηγήσεις. Αφού τους ιστόρησε πόσο χαρούμενη ήταν, ο φθόνος τους μεγάλωσε και έβαλαν σκοπό να τερματίσουν τη χαρά της. Τους γοήτευσε η σκέψη τού ανώνυμου εραστή, κι αποφάσισαν εν τέλει ότι σ' αυτό το σημείο θα μπορούσαν να προκαλέσουν τη μεγαλύτερη ζημιά. Της έβαλαν την ιδέα ότι ίσως να ήταν ένα αποτρόπαιο τέρας, που περνούσε την ώρα του ώσπου να την σκοτώσει. Είχαν ακούσει για ένα φοβερό φίδι, της είπαν, που είχε μακελέψει τα γύρω χωριά, και την συμβούλευσαν να μάθει αν όντως αυτός ήταν, όσο το δυνατό πιο γρήγορα. Σαν έφυγαν, η άδολη, εύπιστη Ψυχή έτρεμε για τη ζωή της, ξεχνώντας την ευτυχία που απολάμβανε. Την ίδια νύχτα, όταν αποκοιμήθηκε ο Έρως, η Ψυχή σηκώθηκε από το κρεβάτι κι έφερε κοντά στο πρόσωπό του μια λυχνία. Εκεί που περίμενε το χειρότερο, την συνεπήρε η ανακούφιση και η λατρεία, μα πάνω στον ενθουσιασμό της, το χέρι της άρχισε να τρέμει και μια σταγόνα ζεστό λάδι έπεσε πάνω στους

39

ώμους του θεού. Μεμιάς ξύπνησε ο Έρως και, πληγωμένος από την αμφισβήτηση της αγαπημένης του, εξαφανίστηκε. Μαζί του εξαφανίστηκε η κάμαρα, το παλάτι και τα περιεχόμενά τους. Έτσι, ξαφνικά, η Ψυχή απέμεινε μονάχη, να κρυώνει σε ένα παράξενο, έρημο μέρος.

Ανάστατη, σκουντουφλούσε στο σκοτάδι, τρέχοντας πέρα-δώθε ώσπου έφτασε σε ένα ποτάμι. Εκεί, απελπισμένη, προσπάθησε να βάλει τέλος στη ζωή της. Όμως, ο θεός του ποταμού ήταν καλόκαρδος και δεν την κατάπιε: αντίθετα, την μετέφερε απάλαφρα στην απέναντι όχθη. Της φάνηκε, λοιπόν, πως μπορεί να μην είχαν χαθεί όλα. Αν οι θεοί έμπαιναν στον κόπο να την σώσουν, μπορεί να την επέστρεφαν στον εραστή της. Τρέφοντας κάποιες ελπίδες, άρχισε να αναζητά ένα ναό όπου θα μπορούσε να μάθει νέα του. Μάταια περιπλανήθηκε από τόπο σε τόπο, γιατί κανείς δεν είχε την παραμικρή ιδέα για την ταυτότητά του. Έπειτα από πολλούς μήνες, κι ενώ έφτασε πάλι στο χείλος της απελπισίας, βρέθηκε σε ναό αφιερωμένο στη θεά Δήμητρα, που την συμβούλευσε να αναζητήσει συγκεκριμένο βωμό της Αφροδίτης, και εκεί να ικετεύσει για έλεος. Αυτό ακριβώς έκανε, δίχως να γνωρίζει ότι η Αφροδίτη είχε ήδη μάθει για τον δεσμό της με τον Έρωτα κι ήταν αποφασισμένη να εκδικηθεί. Φέρθηκε στην Ψυχή με απαξίωση και της ανέθεσε μια σειρά από ακατόρθωτους άθλους.

Ο πρώτος ήταν να ξεχωρίσει σε διαφορετικούς σωρούς το σιτάρι, το κριθάρι και το κεχρί που είχαν ανακατευτεί σε τεράστιες ποσότητες στις αποθήκες του ναού. Μάλιστα, είχε στη διάθεσή της ελάχιστες ώρες για να ολοκληρώσει τον άθλο. Στα πρόθυρα της απόγνωσης, ένας στρατός από μυρμήγκια, σταλμένος από τον αγαπημένο της Έρωτα, ήρθε να την συντρέξει, και έτσι ολοκλήρωσε τον άθλο στην ώρα της.

Έπειτα, διατάχθηκε να πάρει μια τούφα από χρυσόμαλλο πρόβατο. Ο άθλος αυτός έμοιαζε ευκολότερος. Κίνησε με ανάλαφρη καρδιά, ροβολώντας στην κοιλάδα όπου βοσκούσαν. Μα στους πρόποδες του λόφου συνάντησε έναν φιλικό θεό, που την προειδοποίησε ότι όλοι όσοι είχαν προσπαθήσει να κουρέψουν τ' άγρια πρόβατα, σκοτώθηκαν, και παρά να προσπαθήσει να κάνει το ίδιο, θα ήταν καλύτερα να μαζέψει το μαλλί που άφηναν τα πρόβατα στους ακανθωτούς θάμνους κοντά στα βοσκοτόπια. Ακολουθώντας τη συμβουλή του, τα κατάφερε κι αυτή τη φορά.

Τώρα, όμως, η Αφροδίτη υποψιάστηκε πως η Ψυχή δεχόταν βοήθεια, γι' αυτό και της ανέθεσε κάτι πολύ πιο δύσκολο. Προσποιήθηκε ότι, μετά τη γέννηση του παιδιού της, ανησυχούσε για την ομορφιά της κι ότι ο μοναδικός τρόπος να την ανακτήσει πλήρως θα ήταν να χρησιμοποιήσει μια μαγική αλοιφή που την κατείχε μονάχα η Περσεφόνη, βασίλισσα του Κάτω Κόσμου. Σ' αυτήν έπρεπε να αποταθεί η Ψυχή. Το δόλιο το κορίτσι, όσο κι αν έστιβε το μυαλό του δεν μπορούσε να βρει τρόπο να ανταποκριθεί στις εντολές τής Αφροδίτης, διότι ήταν ευρέως γνωστό ότι μονάχα οι νεκροί είχαν πρόσβαση στον Κάτω Κόσμο. Αφού βρέθηκε γι' άλλη μια φορά στα πρόθυρα της απόγνωσης, ήρθε βοήθεια. Άκουσε τη φωνή του Έρωτα να την συμβουλεύει πώς να καταφέρει να εισχωρήσει στο βασίλειο των νεκρών, και ακόμη πιο σημαντικά, πώς να ξαναβγεί από κει. Την προειδοποίησε να μη φάει τίποτα απ' όσα θα της πρόσφερναν, ούτε να ανοίξει το κουτί που θα της έδινε η Περσεφόνη.

Μπήκε λοιπόν η Ψυχή στο σκοτεινό βασίλειο. Παρότι την είχε κυριεύσει ο τρόμος, υπέβαλε το αίτημά της στη βασίλισσα. Πολλές φορές τής πρότειναν τσιμπήματα για να ανακουφίσει την πείνα της και ποτά για να σβήσει τη δίψα της, μα εκείνη ευλαβικά αρνήθηκε να αγγίξει οτιδήποτε. Στο τέλος, η Περσεφόνη τής απόθεσε στα χέρια μια μικρή

41

κασετίνα, που περιείχε το μυστικό της ομορφιάς, και την ορμήνευσε να την πάει στην Αφροδίτη. Αδράχνοντας το πολύτιμο αντικείμενο, η Ψυχή κίνησε στην κακοτράχαλη διαδρομή που θα την οδηγούσε πίσω στον δικό της κόσμο, μα καθώς προχωρούσε, βάλθηκε να αναρωτιέται για το περιεχόμενό του. Πολύ γρήγορα την κέντρισε η ιδέα ότι ίσως ο Έρως να την αγαπούσε πιο πολύ αν ήταν ωραιότερη. Κάθε λεπτό που περνούσε, η λαχτάρα να ανοίξει την κασετίνα μεγάλωνε όλο και περισσότερο, ώσπου την κατακυρίευσε. Στο τέλος, δεν μπορούσε να αντισταθεί. Μα μόλις σήκωσε το καπάκι, το πνεύμα του ύπνου, που είχε κρύψει η Περσεφόνη στο κουτί για να φυλάει το μυστικό της, απέδρασε και περιτύλιξε την Ψυχή σε βαθιά έκσταση, ώσπου έπεσε χάμω και κοιμήθηκε. Εκεί θα τελείωναν όλα, αν ο Έρως, από βαθιά αγάπη για εκείνην, δεν εκλιπαρούσε τον Δία να του επιτρέψει να παντρευτεί την πριγκίπισσά του. Ο Δίας συγκινήθηκε από την επιθυμία τους και έδειξε έλεος, χαρίζοντας στην Ψυχή αθανασία σαν να ήταν ισόθεη. Ακόμη, με απειλές και υποσχέσεις, έπεισε την Αφροδίτη ν' αλλάξει γνώμη και να συναινέσει στον γάμο. Αργότερα, ο Έρως και η Ψυχή απέκτησαν μια κόρη, που την ονόμασαν Ηδονή.

Στο τέλος, η Ψυχή συμφιλιώθηκε πλήρως με την Αφροδίτη κι έγινε μια από τις συνοδούς της. Η ιστορία της καταδεικνύει ότι η ψυχή, ενισχυμένη απ' την αγάπη και εξαγνισμένη απ' την εμπειρία και το άλγος, είναι ικανή να κατανικήσει τον θάνατο.

Η ΑΦΡΟΔΙΤΗ
ΚΑΙ Ο ΤΡΩΙΚΟΣ ΠΟΛΕΜΟΣ

Η πιο περίφημη απ' όλες τις ελληνικές ιστορίες, μα και το επίκεντρο της ελληνικής φαντασίας, είναι η Άλωση της Τροίας. Είναι ενδιαφέρον το ότι τα γεγονότα αυτά είχαν ενσκήψει μετά την απόφαση ενός άντρα, ο οποίος βιάστηκε να κρίνει, και από τη ματαιοδοξία τριών θέαινων, μια από τις οποίες ήταν η Αφροδίτη.

Με την Αφροδίτη, λοιπόν, ξεκινάμε, στο γαμήλιο γλέντι του Πηλέα, βασιλιά τής Θεσσαλίας, και της Νηρηίδας Θέτιδας. Ήταν καλεσμένοι όλοι οι θεοί, εκτός από την Έριδα, θεά της διχόνοιας, που ήταν ευερέθιστη και ολέθρια. Έξαλλη μπροστά σ' αυτό το θέαμα, θέλησε να χαλάσει τη διασκέδαση: έριξε ανάμεσά τους ένα χρυσό μήλο με την επιγραφή «Τη καλλίστη». Αυτό το υπέροχο μήλο, από ατόφιο χρυσάφι, κύλισε στο πάτωμα και βρέθηκε μπροστά στην Ήρα, την Αθηνά και την Αφροδίτη, που έτυχε να στέκονται πλάι-πλάι. Αμέσως διεκδίκησαν το μήλο και οι τρεις, με αποτέλεσμα να ξεσπάσει μεταξύ τους έντονος καβγάς. Αν δεν επενέβαινε ο Δίας για να τις χωρίσει, θα πιάνονταν στα χέρια. Έτσι, οι τρεις θεές απευθύνθηκαν στους καλεσμένους για να αποφασίσουν, μα εκείνοι φρόνιμα προέβλεψαν ότι οποιαδήποτε απόφαση θα επιβάρυνε τον κριτή με δύο πανίσχυρες και κακοφανισμένες εχθρούς: αρνήθηκαν, λοιπόν, ευγενικά. Έτσι, αποτάθηκαν στον Δία, που δεν είχε καμία διάθεση να αποφανθεί για ένα τόσο λεπτό ζήτημα, και διέταξε τις θεές να υποβάλουν τη διαφορά τους στη διαιτησία του ωραιότερου θνητού, που εκείνο το διάστημα ήταν ο Πάρις, γιος του βασιλιά Πρίαμου και της βασίλισσας Εκάβης της Τροίας. «Πηγαίνετε στο όρος Ίδη», τους είπε, «στον γιο του Πρίαμου. Είναι φιλόκαλος, και έχει τα προσόντα να επιλέξει τη νικήτρια».

Έτσι, ο Ερμής συνόδευσε τις τρεις ανθυποψήφιες στο όρος Ίδη, όπου ο Πάρις έβοσκε τα πρόβατά του. Παρότι είχε φήμη δίκαιου και σοφού άντρα, οι τρεις θεές δοκίμασαν να εξασφαλίσουν την εύνοιά του, τάζοντάς του ευάρμοστες ανταμοιβές – με άλλα λόγια, δωροδοκώντας τον! Η Ήρα τού πρότεινε πλούτη και δύναμη, η Αθηνά σοφία και πολεμική επιδεξιότητα. Μα η Αφροδίτη, μαντεύοντας ενστικτωδώς την ιδιαίτερη αδυναμία του, έλυσε το μαγικό ζωνάρι της, με το οποίο είχε εμπνεύσει ίμερο σε αμέτρητες καρδιές, και του έταξε για γυναίκα την ωραιότερη θνητή του κόσμου. Ο Πάρις δίστασε ανάμεσα στις τρεις, μα στην πραγματικότητα δεν είχε καμία αμφιβολία για την επιλογή του: όσο ελκυστική κι αν ήταν η σκέψη της φήμης, της δύναμης και της σοφίας, η ομορφιά ήταν άμεση και σαγηνευτική. Απένειμε το βραβείο στην Αφροδίτη και μεμιάς απέκτησε μία σύμμαχο και δύο εχθρούς. Ούτε που του πέρασε από το μυαλό ότι με την κρίση του έθετε σε κίνηση μια αλληλουχία γεγονότων που θα οδηγούσαν σε τραγωδία και όλεθρο.

Ο καιρός περνούσε και το κορίτσι δεν έλεγε να εμφανιστεί. Όλο και πιο ανυπόμονος, ο Πάρις εξόπλισε στόλο και κίνησε να την βρει. Στο ταξίδι του τον συνόδευε, ανάμεσα σ' άλλους, ο γιος της Αφροδίτης, ο Αινείας. Οι σφοδροί άνεμοι τούς έφεραν στις ελληνικές ακτές, κι από κει κατά μήκος του ποταμού Ευρώτα, στην πόλη της Σπάρτης, όπου τους υποδέχτηκε εγκάρδια ο βασιλιάς Μενέλαος και η γυναίκα του, Ελένη.

Η βασίλισσα Ελένη, κόρη του Διός και της Λήδας, ήταν η ωραιότερη γυναίκα της εποχής της. Σχεδόν παιδί ακόμη, την είχε απαγάγει ο Θησέας, βασιλιάς των Αθηνών, από τον οποίο την έσωσαν τα αδέλφια της, οι ημίθεοι Κάστωρ και Πολυδεύκης. Στη συνέχεια, παντρεύτηκε τον Μενέλαο, βασιλιά της Σπάρτης, και έτσι οι άλλοι μνηστήρες που ήταν ακόμη βαθιά ερωτευμένοι μαζί της, ορκίστηκαν να την φυλάνε, αυτήν και τον άντρα της, από κάθε πράξη βίας ή αδικίας.

45

Τη δέκατη μέρα της παραμονής των Τρωών στη Σπάρτη, ο Μενέλαος έλαβε επείγον μήνυμα ότι είχε πεθάνει ο παππούς του και ήταν απαραίτητη η παρουσία του στην κηδεία. Άνοιξε, λοιπόν, πανιά για την Κρήτη, αφήνοντας την Ελένη να ψυχαγωγήσει τους ξένους.

Την επόμενη μέρα, αποφάσισαν και οι Τρώες να φύγουν. Αποχαιρετώντας την Ελένη, απέπλευσαν προς τη Σαλαμίνα, αλλά δίχως να απομακρυνθούν πολύ, εκμεταλλεύτηκαν την κάλυψη του σκότους για να ρίξουν άγκυρα. Την ίδια νύχτα, απήγαγαν την Ελένη μαζί με τον γιο της, βρέφος ακόμη, και τους μετέφεραν τελικά στην Τροία. Η Αφροδίτη ενορχήστρωσε την απαγωγή, καθώς είχε μαγέψει την Ελένη ώστε να πιστέψει πως ο Πάρις ήταν στην πραγματικότητα ο σύζυγός της, που πρόσφατα είχε φύγει. Συνέτειναν επίσης η Πειθώ και ο Έρως, με τις γνωστές τους δυνάμεις.

Έχοντας εκπληρώσει τη φιλοδοξία του, ο Πάρις άνοιξε πανιά πρώτα για την Κρανάη, όπου πέρασε τη νύχτα με την άρτι αιχμάλωτη γυναίκα του. Μετά βίας μπορούσε να αποκολληθεί από την ομορφιά της. Από κει έπλευσαν προς την Τροία, μα την επόμενη μέρα, θαλασσοταραχή διέκοψε το ταξίδι τους. Είχαν την τύχη να βρουν καταφύγιο στην Κύπρο, παρόλο που βρισκόταν εκτός πορείας. Από την Κύπρο κίνησαν για την Σιδώνα, όπου ο Πάρις, μεθυσμένος ακόμη απ' την επιτυχία του, δολοφόνησε τον ντόπιο βασιλιά και διαγούμισε τους θησαυρούς του για να χαρίσει δώρα στην Ελένη. Έπειτα, κίνησαν ξανά για την Τροία, όπου έφτασαν τελικά μέσω Φοινίκης και Αιγύπτου. Ο Πρίαμος, που η ίδια η αδερφή του είχε μεταφερθεί στην Ελλάδα από τον Ηρακλή, όπου αναγκάστηκε να παντρευτεί τον Τελαμώνα, διέκρινε την ευκαιρία να ξεπληρώσει παλιούς λογαριασμούς, και μετά χαράς καλωσόρισε την Ελένη στον οίκο του.

Στο μεταξύ, ο Μενέλαος πληροφορήθηκε την πρόσφατη απάτη κι έσπευσε για την πατρίδα του, ενώ άρχισε να προετοιμάζεται για πολεμικά αντίποινα. Ο σκοπός του αναγνωρίστηκε ως δίκαιος και όλη η Ελλάδα ζώστηκε τ' άρματα για χατίρι του. Ο αδελφός του, Αγαμέμνων, επιλέχθηκε να ηγηθεί των συνδυασμένων δυνάμεων. Ο Αγαμέμνων βγήκε προς άγραν συμμάχων, και τώρα είναι που προσπάθησε να εμπλέξει τον Κινύρα τής Πάφου στον πόλεμο, στέλνοντας τον Ταλθύβιο, τον Οδυσσέα και τον ίδιο τον αδελφό του, τον αδικημένο Μενέλαο, στην Κύπρο. Ο Κινύρας υποσχέθηκε να βοηθήσει, μα σαν έφυγαν οι Έλληνες, έστειλε μονάχα ένα καράβι ως δείγμα συμπαράστασης. Για να κατευνάσει την αναμενόμενη οργή του αποδέκτη, ο Κινύρας έκανε επίσης ένα προσωπικό δώρο στον Αγαμέμνονα, τον μεγαλοπρεπή θώρακα, που περιγράφεται στην «Ιλιάδα». Ούτως ή άλλως, όμως, οι Έλληνες ήταν τόσο απασχολημένοι με τις προετοιμασίες, που δεν τους πέρασε από το μυαλό να αναλάβουν τιμωρητική δράση, και έτσι η ειρήνη διατηρήθηκε στην Κύπρο, και το νησί συνέχισε να ευημερεί.

Όσο για τους Έλληνες συμμάχους, συγκεντρώθηκαν στην Αυλίδα, στη βορειανατολική Ελλάδα, όπου ο Αγαμέμνων ξεκίνησε την εκστρατεία του καταλαμβάνοντας την Τένεδο, λιμάνι που φρουρούσε την προσέγγιση στην Τροία. Από κει προχώρησε στην ίδια την Τροία, και έστειλε πρέσβη, με σημαία ανακωχής, να απαιτήσει την επιστροφή τής Ελένης. Το αίτημα απορρίφθηκε και οι Έλληνες επιτέθηκαν.

Έτσι ξεκίνησε ο πόλεμος και σύντομα φάνηκε ότι οι δύο πλευρές ήταν ισοδύναμες. Η μια μάχη μετά την άλλη, η μια έφοδος μετά την άλλη αποδεικνύονταν ατελέσφορες. Οι απώλειες ήταν βαριές και οι στρατοί συνέχιζαν να παραπαίουν για δεύτερη, τρίτη, τέταρτη χρονιά χωρίς σημαντική πρόοδο. Ομοίως, και οι θεοί ήταν διχασμένοι. Η Ήρα και η Αθηνά συνέδραμαν την ελληνική αξίωση, ενώ η Αφροδίτη, ο

47

εραστής της, Άρης, και ο Απόλλων υποστήριζαν την Τροία. Εμπλοκή είχαν επίσης ο Ποσειδών, ο Ήφαιστος και ο Ερμής για τους Έλληνες, και η Άρτεμις και η Ίρις του ουράνιου τόξου για τους Τρώες. Ως επί το πλείστον, ο Δίας παρέμενε ουδέτερος, μα πιο πολύ συμπαθούσε τους Τρώες παρά τους Έλληνες. Όσο για την Θέτιδα, παρόλο που παρέμεινε στις παρώρειες της δράσης, έτεινε κατά καιρούς προστατευτική χείρα στον Αχιλλέα, τον γιο της, που πολεμούσε για τον Αγαμέμνονα.

Δυστυχώς, αν και δεν της έλειπε το κουράγιο, η Αφροδίτη δεν ήταν εφάμιλλη των άλλων στον πόλεμο, και λαβώθηκε δύο φορές. Την πρώτη φορά χτυπήθηκε από ελληνικό βέλος κι αναγκάστηκε να καταφύγει στον Όλυμπο και στις επουλωτικές αλοιφές της Διόνης, όταν ο Δίας, ανήσυχος για την ασφάλειά της, την συμβούλευσε να αφοσιωθεί στην ειδικότητά της, την τέχνη του έρωτα, και να αφήσει τις συμπλοκές στους πιο κατάλληλους. Ωστόσο, εκείνη ήταν αφοσιωμένη στον Πάρι και τον Αινεία, γι' αυτό και αγνόησε την προειδοποίησή του και γύρισε στη μάχη. Αν και δεν κατάφερε να επηρεάσει την τελική έκβαση του πολέμου, μπόρεσε να προσφέρει ουσιαστική βοήθεια σε μεμονωμένους Τρώες, αντιμέτωπους με θανάσιμο κίνδυνο. Το ακόλουθο περιστατικό ιστορεί μια τέτοια περίσταση.

Με τον πόλεμο στον ένατο χρόνο, ο Πάρις είχε πεισθεί από τον αδελφό του, Έκτορα, να βάλει τέλος, διευθετώντας ατομική μάχη ανάμεσα στον ίδιο και έναν εθελοντή από την άλλη πλευρά. Έτσι, ο Πάρης βγήκε μπροστά και δήλωσε ότι θα αντιμετώπιζε σε μονομαχία οποιονδήποτε Έλληνα, ώστε να διευθετηθεί το ζήτημα μια για πάντα. Ο Μενέλαος, βλέποντας την ευκαιρία να εκδικηθεί για την αδικία που υπέστη, αποδέχτηκε μεμιάς την πρόκληση. Όταν, όμως, είδε ο Πάρις ποιος θα ήταν ο αντίπαλός του, κυριεύτηκε από φόβο και ενοχή, και προσπάθησε να γλιστρήσει πίσω στον λόχο, τρομοκρατημένος. Τότε, ο Έκτωρας, ο αδελφός του, ο πιο τρανός ήρωας των τρωικών δυνάμεων, τον καθύβρισε και τον εκβίασε να γυρίσει στη θέση του στο πεδίο της μάχης. Όλοι οι άντρες επευφημούσαν, αποκαμωμένοι από τη διαρκή σφαγή και την αποτελμάτωση. Η συμφωνία επισημοποιήθηκε με όρκους, κρασί και αίμα αμνού. Η ίδια η Ελένη στάθηκε πλάι στον Τρώα βασιλιά, στα τείχη της πόλης, για να δει με τα μάτια της τη μονομαχία, ενώ τώρα πια η καρδιά της ήταν απόλυτα δοσμένη στην πλευρά τού πρώην συζύγου της. Κατ' ακρίβειαν, μόλις αδρανοποιήθηκε το ξόρκι, έφτασε σε σημείο να απεχθάνεται τον Πάρι.

Οι δύο αντίπαλοι παρατάχθηκαν στην ουδέτερη ζώνη, ο ένας αντίκρυ στον άλλο, με σπαθί και λόγχη. Ο Πάρις, έχοντας κερδίσει το δικαίωμα προτεραιότητας μετά από κλήρωση, πέταξε πρώτος το δόρυ του και χτύπησε την ασπίδα τού Μενέλαου, χωρίς όμως να την διαπεράσει.

Αφού προσευχήθηκε εν τάχει στον Δία, ο Μενέλαος αντεπιτέθηκε, τρυπώντας το δόρυ και το προστήθιο του αντιπάλου του. Ο Πάρις, όμως, ελίχθηκε με τέτοιο τρόπο που η μύτη πέρασε ξυστά από το πλευρό του. Στη συνέχεια, ο Μενέλαος έριξε το σπαθί του και χτύπησε βίαια τον εχθρό στη στεφάνη της περικεφαλαίας, σπάζοντας το δικό του σπαθί, αλλά σωριάζοντας τον Πάρι. Η κίνηση ήταν αρκετή ώστε να δώσει στον βασιλιά ένα δεύτερο πλεονέκτημα: χίμηξε έξαλλος πάνω στον Πάρι, τον άρπαξε από το κράσπεδο της περικεφαλαίας του και άρχισε να τον σέρνει προς τις γραμμές των Ελλήνων. Και αυτό θα ήταν το τέλος του Πάρι, αν δεν επενέβαινε η Αφροδίτη. Αόρατη, στάθηκε πλάι του και, τυλίγοντάς τον σε πυκνή νεφέλη, τον απομάκρυνε από τα βλέμματα των θεατών και από τον Μενέλαο, αφήνοντάς τον σε κάποια απόσταση πίσω από τις γραμμές των Τρώων. Αποσβολωμένοι, οι στρατοί συμπέραναν ότι ο Πάρις με κάποιο τρόπο απέδρασε, κι η δειλία του τους αηδίασε. Ο

Μενέλαος δικαίως διεκδίκησε τη νίκη και τη γυναίκα του, και σίγουρα θα του απέδιδαν και τα δύο. Όμως, αμέσως πριν εκδοθεί η τελική απόφαση, ο Τρώας Πάνδαρος, παραπλανημένος από τον Αθηνά, που δεν ήθελε να γλιτώσει η Τροία τον όλεθρο που απαιτούσε η εκδίκησή της, έριξε βέλος κατά του Μενέλαου, πληγώνοντάς τον. Η προδοσία εξόργισε τους Έλληνες, που αυθόρμητα χίμηξαν πάνω στους Τρώες με μανία, στερώντας όμως από τον Μενέλαο τη νίκη.

Η μέρα δεν είχε τελειώσει ακόμα. Ενθαρρυμένος από τον Αγαμέμνονα, ο ελληνικός στρατός, το ένα τάγμα μετά το άλλο, ρίχτηκε στη μάχη, αναγκάζοντας τον Έκτορα και τους Τρώες του να υποχωρήσουν άτακτα. Όντως, οι Τρώες υπέφεραν τις μεγαλύτερες απώλειες και οι θεοί ομοθυμαδόν συνέρρευσαν από τον Όλυμπο για να επηρεάσουν την έκβαση της κρίσης με τον ένα ή τον άλλο τρόπο. Η Αθηνά ήταν προσωπικά υπεύθυνη για τον θάνατο πολλών Τρώων, περιλαμβανομένου του αφελούς Πάνδαρου, ενώ συνέβαλε στον τραυματισμό τού Αινεία, που θα χανόταν αν δεν τον προστάτευε η Αφροδίτη, κάνοντάς τον αόρατο.

Στη μάχη, πάντως, ξεχώρισε ένας άντρας, ο Έλληνας Διομήδης. Πρώτα επιτέθηκε στην Αφροδίτη, κόβοντάς την στην παλάμη, που της προκάλεσε σφοδρό πόνο, και την ανάγκασε να καταφύγει στον απάνεμο Όλυμπο, αν και άφησε τον Απόλλωνα να φυλάει τον γιο της. Στη συνέχεια, όταν ο Άρης χίμηξε εκδικητικά στο πεδίο της μάχης, σκορπώντας τον όλεθρο ανάμεσα στους Έλληνες, ο Διομήδης τον αντιμετώπισε σε αρματομαχία, και τραυμάτισε σοβαρά τον θεό τού πολέμου στην κοιλιά. Η κραυγή που άφησε τότε ο Άρης ήταν τόσο φοβερή, που σύστηκαν τα βουνά. Αναγκάστηκε, λοιπόν, και ο Άρης να αποχωρήσει. Φυσικά, ο Διομήδης δεν θα τα κατάφερνε όλα αυτά χωρίς θεϊκή βοήθεια: η Αθηνά είχε διευθετήσει εξ αρχής το συναπάντημά τους, και είχε βγάλει το βέλος τού Άρη από την πορεία του ώστε να προσγειωθεί αφοπλισμένο στη σκόνη. Ο Διομήδης είχε ήδη λαβωθεί δύο φορές και έτσι οι πράξεις του έδειχναν μεγάλο θάρρος. Καθ' όλη τη διάρκεια του πολέμου θα αποτελούσε μάστιγα για τους Τρώες, ενώ θα επέστρεφε με ασφάλεια στο Άργος, το βασίλειό του. Ωστόσο, η Αφροδίτη δεν θα τον απάλλασσε τόσο εύκολα: για να τον εκδικηθεί για τον τραυματισμό της, προκάλεσε ταραχές στη γη του κι οδήγησε τη γυναίκα του στην απιστία, με αποτέλεσμα ο Διομήδης να εγκαταλείψει απελπισμένος το σπίτι του και να πεθάνει αποκαμωμένος στην εξορία.

Άλλοι άντρες που διακρίθηκαν από την πλευρά των Ελλήνων ήταν ο Τεύκρος, ο Νέστορας, ο Οδυσσέας, ο Αίας και, φυσικά, ο Αχιλλέας: ο τελευταίος, όμως, καβγάδισε με τον Αγαμέμνονα στην αρχή του πολέμου για την ιδιοκτησία της αιχμάλωτης Βρισηίδας, έτσι η καθοριστική του συνεισφορά έγινε αισθητή μονάχα στα τελικά στάδια του πολέμου.

Αυτή τη χρονική στιγμή, λαβώθηκε ο Πάρις και επέστρεψε στην πρώτη του αγάπη (κάποιοι λένε την πραγματική του γυναίκα), την Οινώνη, την οποία είχε εγκαταλείψει για την Ελένη. Η Οινώνη είχε θεραπευτικές ικανότητες, μα η απόρριψη τού Πάρι την είχε πληγώσει και της ήταν αδύνατον να τον συγχωρέσει και να τον συνδράμει, με αποτέλεσμα ο Πάρις να εξασθενίσει και να πεθάνει. Η Οινώνη δεν μπορούσε να συνεχίσει να ζει μετά τον θάνατό του, διότι τον είχε αγαπήσει βαθιά, γι' αυτό και, λίγο αργότερα, κρεμάστηκε μετανιωμένη. Μετά τον θάνατο του Πάρι, ο αδελφός του, Δηίφοβος, διεκδίκησε το χέρι της Ελένης, δήθεν δικαιωματικά, και την ανάγκασε να τον παντρευτεί. Ο γάμος δεν θα κρατούσε πολύ, αφού εκείνο το πανούργο τεχνούργημα, ο Δούρειος Ίππος, είχε ήδη αρχίσει να χτίζεται πίσω από τις γραμμές των Ελλήνων.

51

Ο Ίππος ήταν ιδέα του Κάλχα, εμπνευσμένου μάντη. Το σχέδιό του ήταν να δημιουργήσει ένα γιγάντιο ξύλινο άλογο με κούφιο εσωτερικό, ώστε να χωράει μεγάλο αριθμό οπλιτών. Το άλογο κατασκεύασε ο Επειός, με προτροπή της Αθηνάς.

Όταν ολοκληρώθηκε ο Ίππος, οι Έλληνες επέλεξαν τους καλύτερους πολεμιστές τους για να το επανδρώσουν, έκαψαν τις ξύλινες σκηνές τους και κίνησαν για την Τένεδο. Το πεδίο της μάχης ήταν έρημο, με εξαίρεση το άλογο. Στην αρχή, οι Τρώες ήταν καχύποπτοι, στέκονταν γύρω του και συζητούσαν τι να κάνουν. Κάποιοι έλεγαν να το κάψουν, άλλοι να το ρίξουν στα βράχια, μα στο τέλος συμφώνησαν να το αφιερώσουν στην Αθηνά. Έπειτα, άρχισαν να γλεντούν, θεωρώντας πως είχε τελειώσει ο πόλεμος. Ο ιερέας του Απόλλωνα, Λαοκόοντας, προειδοποίησε τους Τρώες συντοπίτες του να μην εμπιστεύονται τους Έλληνες, μα πριν προλάβει να τους πείσει, δύο τεράστια φίδια αναδύθηκαν από τη θάλασσα, με μεγάλη ταχύτητα, και σκότωσαν τον Λαοκόοντα μαζί με τους δυο γιους του. Οι Τρώες, πεπεισμένοι ότι τα φίδια είχαν σταλεί από την Αθηνά για να τιμωρήσουν τον ιερέα, προσπάθησαν να επανορθώσουν, σέρνοντας το δυσοίωνο άλογο στην πόλη τους, κατεδαφίζοντας μάλιστα μέρος των τειχών για να χωρέσει. Η Αφροδίτη, έχοντας επίγνωση του κινδύνου, έκανε μια τελευταία προσπάθεια να σώσει την Τροία. Έστειλε κι άλλο ξόρκι στην Ελένη, που είχε ενημερωθεί για την πλεκτάνη των Ελλήνων, και την ανάγκασε να προδώσει το μυστικό στον Δηίφοβο. Εκείνος, όμως, δεν την πίστεψε. Την ίδια νύχτα, οι Έλληνες ξεχύθηκαν από τον Δούρειο Ίππο και άνοιξαν τις πύλες της πόλης.

Αυτή τη φορά, το ξόρκι της Αφροδίτης κράτησε μονάχα μια ώρα. Μόλις ξεθύμανε, η Ελένη κάθισε στο παράθυρο της κάμαράς της κι έκανε σινιάλο στους Έλληνες

52

να επιτεθούν. Η Τροία κατακλύστηκε από εχθρικά στρατεύματα, και οι κάτοικοί της, περιλαμβανομένων του Διήφοβου και του Πρίαμου, σφαγιάστηκαν. Ελάχιστοι Τρώες επέζησαν της σφαγής που ακολούθησε. Η Κασσάνδρα, που είχε προφητέψει τον αφανισμό της Τροίας αμέσως μετά την επιστροφή του Πάριδος από την Ελλάδα, πιάστηκε αιχμάλωτη. Θα την δολοφονούσαν στη Σπάρτη. Η βασίλισσα Εκάβη, που όλα τα παιδιά της είχαν χαθεί, θα έβρισκε κι εκείνη τραγικό τέλος, αφού μεταλλάχθηκε σε λύκο. Η Ανδρομάχη, πιστή γυναίκα του Έκτορα, πουλήθηκε σκλάβα και τα παιδιά της σφαγιάστηκαν. Ο Αινείας κατάφερε να αποδράσει, αφού αντιστάθηκε θαρραλέα. Προτού εγκαταλείψει τη φλεγόμενη πόλη, εντόπισε την Ελένη, μόνη, στο προστώο του ναού της Εστίας. Εξοργισμένος που η αιτία τόσης δυστυχίας ήταν ακόμη ζωντανή ανάμεσα σε τόσους σφαγιασμένους, αποφάσισε να την σκοτώσει. Ωστόσο, η μητέρα του η Αφροδίτη εμφανίστηκε ξαφνικά και τον ορμήνευσε να φροντίσει την οικογένειά του, που διέτρεχε θανάσιμο κίνδυνο. «Ο αφανισμός της Τροίας δεν προκλήθηκε από την Ελένη», του είπε, «αλλά απ' τους εκδικητικούς θεούς». Ο Αινείας κατάφερε να σώσει τον γιο του, Ασκόνιο, και τον τυφλό πατέρα του, Αγχίση, τον οποίο μετέφερε στους ώμους του, μα η γυναίκα του, Κρέουσα, χάθηκε στο σκοτάδι και δεν μπόρεσε να την βρει. Η οικογένεια βρήκε για λίγο καταφύγιο στο όρος Ίδη, και ο Ασκάνιος γύρισε στην Τροία να βοηθήσει μια ομάδα προσφύγων. Όσο για τον Αινεία, μετά από πολλές περιπέτειες, που τον οδήγησαν στη Δήλο, την Κρήτη, την Καρχηδόνα και την Ήπειρο, έφτασε στην Ιταλία, όπου παντρεύτηκε τη Λαβινία, κόρη του βασιλιά Λατίνου, και εγκαταστάθηκε στο Λαβίνιο, πρόδρομο της Ρώμης. Τρώες και Λατίνοι αντάλλαξαν έθιμα, νόμους και θρησκείες, και ενώθηκαν κάτω από την κοινή ονομασία των Λατίνων. Όμως, ο Αινείας δεν έζησε αρκετά για να χαρεί το νέο του βασίλειο. Πέθανε στη μάχη και η Αφροδίτη έπεισε τον Δία να τον δεχτεί

53

στις τάξεις των θεών. Ο πατέρας του Αινεία, Αγχίσης, είχε πεθάνει λίγο μετά την άφιξή τους στην Ιταλία, και τάφηκε στον ναό της Αφροδίτης στο όρος Έρυκας της Σικελίας. Η θεοποίηση του Αινεία αποτέλεσε πρότυπο για τη θεοποίηση των Ρωμαίων αυτοκρατόρων.

Την Ελένη την ανακάλυψε ο Μενέλαος στην κάμαρά της. Στην αρχή είχε σκοπό να την σκοτώσει, μα είδε το στήθος της ακάλυπτο και έριξε μακριά το σπαθί του. Την οδήγησε τελικά στην πατρίδα, αν και το ταξίδι τους δεν ήταν ομαλό: καθ' οδόν, η Ελένη απήχθη και πάλι, αφού η ομορφιά της παρέμενε ισχυρός πειρασμός, και ο Μενέλαος αναγκάστηκε να την αναζητήσει στην Κύπρο και την Αίγυπτο. Η άφιξή του στην Κύπρο συνέπεσε με τον θάνατο του παλιού του φίλου και συστρατιώτη, Δημοφώντα. Όταν πέθανε ο ίδιος ο Μενέλαος, η Ελένη διώχθηκε από τη Σπάρτη και κατέφυγε στη Ρόδο, όπου θεωρούσε πως η βασίλισσα Πολυξώ ήταν φίλη της. Ωστόσο, ο άντρας της Πολυξούς είχε σκοτωθεί στην Τροία και εκείνη θεωρούσε υπεύθυνη την Ελένη. Έτσι, μια μέρα που η Ελένη λουζόταν, η βασίλισσα έστειλε δυο δούλες της, ντυμένες Ερινύες, που την άρπαξαν και την κρέμασαν σε δέντρο.

Αφού επέστρεψε στο σπίτι του, ο Αγαμέμνων δολοφονήθηκε από την άπιστη γυναίκα του, Κλυταιμνήστρα, ενώ μια τραγική βεντέτα θα εκτυλισσόταν ανάμεσα στους επιγόνους του.

Μετά τον όλεθρο, η Τροία παρέμεινε ερειπωμένη για πολύ καιρό. Τελικά, ιδρύθηκε μια νέα πόλη, μα παρέμεινε τόπος ταπεινός μέχρι τη ρωμαϊκή εποχή. Οι Ρωμαίοι αισθάνονταν ειδική ευθύνη απέναντι στην Τροία, επειδή θεωρούσαν ότι ήταν απόγονοι του Αινεία. Οι επιφανέστερες ρωμαϊκές οικογένειες ισχυρίζονταν ότι κατάγονταν κατευθείαν από την Αφροδίτη, και γι' αυτό τον λόγο, όταν η

Τροία έγινε μέρος της ρωμαϊκής αυτοκρατορίας, της αποδόθηκαν ειδικά προνόμια και αντιμετωπιζόταν ως ανεξάρτητο κράτος. Στους νέους Τρώες χορηγήθηκαν εκτάσεις και απαλλαγή από φορολογία, με αποτέλεσμα η πόλη να αναπτυχθεί και να ευημερεί. Την ίδια εποχή, οι παλιοί τους εχθροί, οι Έλληνες, είχαν κατακτηθεί από τους Ρωμαίους και οι περισσότερες πόλεις που είχαν ταχθεί μαζί με τον Αγαμέμνονα στην εκστρατεία κατά της Τροίας, είτε είχαν ερημωθεί είτε κατάντησαν ασήμαντα χωριά.

ΚΕΦΑΛΑΙΟ ΔΕΥΤΕΡΟ

ΠΥΓΜΑΛΙΩΝ ΚΑΙ ΓΑΛΑΤΕΙΑ

Όταν ο Πυγμαλίων ήταν ακόμα νεαρός, συνέβη ένα περιστατικό που θα πίκραινε τη μετέπειτα στάση του και θα τον καθιστούσε μισογύνη. Εκείνη την εποχή, ο νόμος της γενέτειράς του, Αμαθούντας, υπαγόρευε ότι όλες οι γυναίκες θα έπρεπε να κοιμηθούν με έναν ξένο πριν τον γάμο τους, διότι πίστευαν ότι αν ένας σύζυγος τύγχανε να είναι ο πρώτος εραστής της συζύγου του, θα ανταγωνιζόταν τους θεούς στην εύνοιά της. Ωστόσο, οι κόρες της Αμαθούντας έκριναν σωστό να αψηφήσουν τον νόμο, επιθυμώντας να παραμείνουν παρθένες μέχρι τον γάμο τους. Έτσι, για να τις τιμωρήσει, η θεά Αφροδίτη φύτεψε μέσα τους ακόρεστη σεξουαλική όρεξη, που τις έκανε να χάσουν κάθε αίσθηση ντροπής και να δίνονται σε όλους τους άντρες ανεξαιρέτως. Οι πολίτες δεν πίστευαν στα μάτια τους, ενώ οι ίδιες οι γυναίκες αλγούσαν και δυσφορούσαν με την ακολασία τους: ίδρωναν, είχαν φαγούρα και αϋπνίες, έγιναν ευέξαπτες και με το παραμικρό επέπλητταν τους συζύγους και τα παιδιά τους: ουσιαστικά, κατάντησαν ανυπόφορες, τόσο για τους άλλους όσο και για τους εαυτούς τους. Στο τέλος, κάποιες άρχισαν να λαχταρούν τον θάνατο για να ησυχάσουν. Μερικές περιπλανιόνταν ημίγυμνες στους δρόμους τις νύχτες, ελπίζοντας να προσελκύσουν εραστές, άλλες όργωναν δάση και λειμώνες, εκτονώνοντας τον πόθο τους σε άκακα ζώα. Ήταν τόσο εξευτελιστικό! Μα η τιμωρία τους δεν είχε τελειωμό, γιατί η Αφροδίτη – κάποιοι λένε παρακινούμενη από εκδίκηση, άλλοι από οίκτο – τελικά τις μετέτρεψε σε πέτρες και τις στοίβαξε στους πρόποδες λόφου, όπου διακρίνονται ακόμα. Είναι γνωστές ως Προποιτίδες.

Τόσο πολύ αηδίασε ο Πυγμαλίων με τη συμπεριφορά των γυναικών, που αποφάσισε να απαλλαγεί από κάθε γυναικεία συντροφιά και να αφοσιωθεί εξ ολοκλήρου στο έργο του. Ολημερίς κι ολονυχτίς, στη σιωπή του εργαστηρίου του, σμίλευε μορφές από ξύλο και μάρμαρο, εξελίσσοντας

57

σταδιακά την τεχνική του, ώσπου έγιναν τα δημιουργήματά του τόσο αληθοφανή, που εύκολα μπορούσε κάποιος να τα περάσει για ζωντανούς άντρες και γυναίκες. Εκείνος, όμως, δεν επαναπαυόταν. Το είχε βάλει σκοπό να δημιουργήσει ένα άγαλμα τόσο τέλειο, που θα επισκίαζε ακόμη και τα πιο αξιοθαύμαστα έργα του. Η σφοδρή αυτή φιλοδοξία καταδυνάστευε τις σκέψεις του, αποκλείοντας κάθε ενδεχόμενο γήινης φιλίας και τον οδηγούσε σιγά-σιγά στα πρόθυρα της τρέλας.

Ωστόσο, τον λυπήθηκε η Αφροδίτη και, παίρνοντας τη μορφή ενός ωραιότατου κοριτσιού, του εμφανίστηκε σε όνειρο και του ενέπνευσε το όραμα που εκείνος λαχταρούσε. Σαν ξύπνησε ο Πυγμαλίων, θυμήθηκε το όνειρο και ρίχτηκε με αδημονία στη δουλειά, ελπίζοντας να αιχμαλωτίσει την ομοίωσή της. Για υλικά επέλεξε το εκλεκτότερο ελεφαντόδοντο, τόσο λείο και λευκό, που έμοιαζε με ανθρώπινη σάρκα, έστω απόκοσμη. Το άγαλμα που σμίλεψε ξεπερνούσε κατά πολύ ό,τι άλλο είχε δημιουργήσει. Τόσο άψογο, τόσο γαλήνιο ήταν το θέαμα, που για ώρες ατέλειωτες καθόταν και το παρατηρούσε, παρακαλώντας το να κινηθεί ή να μιλήσει. Από εκείνη τη στιγμή, κάθε μέρα έκανε το ίδιο, και μάλιστα κάποιες φορές φανταζόταν ότι άνοιγαν ελαφρά τα χείλη της ή ότι μια τρίχα έτρεμε στο αεράκι. Κάποτε φαινόταν πως κατέκλυζε το πρόσωπό της η ίδια η ζωή, και τότε άνοιγε διάπλατα τα χέρια του να την αγγίξει, μα οπισθοχωρούσε στο κρύο άγγιγμα, μ' αποκαρδιωμένο θαυμασμό. Καμιά φορά φιλούσε το άγαλμα και του μιλούσε τρυφερά. Σπάνια έφευγε από το πλευρό της, και όταν το έκανε ήταν μόνο για να περιπλανηθεί μονάχος στην παραλία ή σε κάποια μακρινή κοιλάδα όπου θα μάζευε λουλούδια ή κεχριμπάρι ή γυαλιστερά βότσαλα για να της πάει. Την έντυνε με ακριβά μεταξωτά, της φόραγε δαχτυλίδια στα δάχτυλα, μακριά περιδέραια γύρω από τον λαιμό της. Έπειτα, τοποθέτησε ο

58

Πυγμαλίων το άγαλμα σε ανάκλιντρο, σκεπασμένο με υφάσματα από τυριανή πορφύρα, και την αποκαλούσε ομόκλινή του. Ο καιρός περνούσε και το πάθος του για εκείνην θέριευε, όπως θέριευε και η μελαγχολία του.

Η Αφροδίτη ήταν η προστάτιδα της Αμαθούντας, όπου τιμούσαν με μεγαλοπρέπεια τη γιορτή της. Ετοίμαζαν για θυσία μια ντουζίνα δαμάλες με επιχρυσωμένα κέρατα και γέμιζαν τους ναούς με θυμιάματα. Οι ιερείς φόραγαν τα εκλεκτότερα τελετουργικά τους άμφια και οι λαϊκοί περιφέρονταν στους κήπους και τα περιστύλια. Τη μέρα της γιορτής, ο Πυγμαλίων πήρε μαζί του προσφορά μεγάλης αξίας, στάθηκε πλάι στον βωμό και προσευχήθηκε φλογερά να δοθεί ζωή στο άγαλμά του. Συγκινημένη από τη θλίψη του, η Αφροδίτη θέλησε να τον βοηθήσει. Ως ένδειξη της εύνοιάς της, η ιερή πυρά έκαιγε ζωηρά, και τρεις φορές μια σπίθα πετάχτηκε στον αέρα.

Αφού μάζεψε λουλούδια από κοντινό λειμώνα, ο Πυγμαλίων γύρισε στο σπίτι για να βρει μια κόρη να στέκεται εκεί όπου ήταν πριν το άγαλμα. Δίχως αμφιβολία ήταν εκείνη, το φιλντισένιο του άγαλμα είχε ζωντανέψει! Εκστασιασμένος με την ομορφιά της, έμεινε ενεός, δίχως να ξέρει τι να κάνει ή τι να πει. Σχεδόν αυτόματα, της πρόσφερε τα λουλούδια. Για μια στιγμή, εκείνη έμεινε ακίνητη, μα έπειτα άπλωσε τα χέρια της να δεχτεί το μπουκέτο, και όπως εκείνος ακούμπησε το δέρμα της, το βρήκε μαλακό και ζεστό. Ήθελε να την αγγίξει παντού, μα εκείνη απέστρεψε το βλέμμα και δεν τον κοίταζε, ούτε μιλούσε. Ο Πυγμαλίων, συγκλονισμένος, ψιθύρισε μια σύντομη ευχαριστήρια προσευχή, και επιστρατεύοντας όσο κουράγιο είχε, ομολόγησε την αγάπη του και την ζήτησε σε γάμο. Τότε, ερυθρίασμα χρωμάτισε το πρόσωπο του αγάλματος, και εκείνη ξαναγύρισε το βλέμμα πάνω του κι αποκρίθηκε: «Πυγμαλίων, γνωρίζω την αγάπη σου και, ναι, θα γίνω γυναίκα σου».

59

Λόγω της λευκής της επιδερμίδας, ο Πυγμαλίων την ονόμασε Γαλάτεια, και λίγο αργότερα την παντρεύτηκε. Στον γάμο τους παρέστη και η θεά Αφροδίτη. Εννιά μήνες μετά, η γυναίκα τού Πυγμαλίωνα έφερε στον κόσμο την κόρη τους, την Πάφο.

ΚΙΝΥΡΑΣ ΚΑΙ ΜΥΡΡΑ

Όταν μεγάλωσε η Πάφος, παντρεύτηκε έναν Σύριο, ονόματι Σάνδοκο, που τότε ζούσε στην Κύπρο, μα το σπιτικό τους το έστησαν στη γη της Κιλικίας. Εκεί ήταν που η Πάφος έμεινε έγκυος και γέννησε έναν γιο, που τον ονόμασαν Κινύρα.

Η γέννηση και τα πρώτα χρόνια του αγοριού είναι συνδεδεμένα με θρύλους: χάρη στη δεξιοσύνη του στην άρπα, έλεγαν ότι ήταν στην πραγματικότητα νόθος γιος τού Απόλλωνα, του θεού της ποίησης και της μουσικής. Ο Πίνδαρος, αντιθέτως, τον περιγράφει ως εραστή του θεού. Πάντως, όλοι συγκλίνουν στα εγκώμια για τη σοφία του, την εφευρετικότητά του, το αθλητικό του πνεύμα και τη γοητεία του, που έκανε την ίδια την Αφροδίτη να τον ερωτευτεί. Του αποδόθηκαν πολλές εκλεκτές αρετές και άθλοι απαράμιλλοι. Η εφεύρεση διάφορων μηχανικών συσκευών, η εισαγωγή στην Κύπρο των μετάλλων, της υφαντουργίας, της αγγειοπλαστικής – αλλά και εκτός αυτών, πολλά θαύματα και υπερφυσικές δυνάμεις. Πάντως, το πιο διαχρονικό μνημείο είναι η πόλη της Πάφου, την οποία ο ίδιος ίδρυσε και κυβέρνησε, ως εξής:

Η Κιλικία είχε χτυπηθεί από λιμό: οι ηλικιωμένοι, οι αδύναμοι, τα νεογέννητα και οι γαλακτοτροφούσες μητέρες τους ήταν οι πρώτοι που υπέκυψαν, μα σύντομα ακολούθησαν οι άλλοι. Χρειάζονταν απεγνωσμένα βοήθεια. Ο Κινύρας, και μια μικρή ομάδα ακολούθων του, άνοιξαν πανιά, με την ελπίδα να ανακαλύψουν κάποια εύφορη γη. Έτσι βρέθηκαν στο νησί της Κύπρου, στην ίδια ακτή όπου η Αφροδίτη είχε αναδυθεί προ αμνημονεύτων χρόνων. Πόσο εράσμια ήταν όλα εδώ, ανάμεσα στους καρπούς και τα αμπέλια! Σ' αυτό τον τόπο, μετά χαράς θα έβγαζαν ρίζες. Έχτισαν, λοιπόν, μια πόλη και στο κέντρο της ύψωσαν ναό στην Αφροδίτη, που πίστευαν ότι τους είχε καθοδηγήσει στη γενέτειρά της. Ο Κινύρας έγινε ο πρώτος βασιλιάς και αρχιερέας της νέας πόλης, την οποία ονόμασαν Πάφο προς τιμήν της μητέρας του, και εφάρμοσε διοικητικούς και θρησκευτικούς νόμους για τους υπηκόους του.

Ο Κινύρας δεν ήταν ούτε τύραννος μα ούτε και μαλθακός: συνέστησε ένα συμβούλιο γερόντων για να εξασφαλίσει σταθερότητα και ειρήνη. Οι εξουσίες που απονεμήθηκαν στο συμβούλιο ήταν σημαντικές. Μπορούσε, για παράδειγμα, να προβάλει βέτο στον θρόνο, να διορίσει τον διάδοχο, ή ακόμη και σε ακραίες περιπτώσεις, να εκθρονίσει τον βασιλιά. Εντούτοις, οι εκτελεστικές αποφάσεις ήταν βασιλική ευθύνη. Ο Κινύρας ετυμηγορούσε, χάραζε πολιτικές, οδηγούσε τον στρατό σε πόλεμο και ευάρμοστα διεκδικούσε το μεγαλύτερο μέρος από τα λάφυρα, είχε στη διάθεσή του κάθε σπιθαμή γης που ανήκε στο κράτος και καθόταν επικεφαλής στις γιορτές. Όλα ή τα περισσότερα περιστατικά ή έθιμα που θα αναφέρουμε συνδέονται χρονικά με τη βασιλεία του.

Όσο καιρό βασίλευε ο Κινύρας, ο ναός ευημερούσε και η Αφροδίτη επιδαψίλευε την εύνοιά της στην πόλη, στο νησί, αλλά και στον ίδιο τον βασιλιά, χαρίζοντάς του πλούτη και μακρόβια βασιλεία. Αφού γλίτωσε από την ένδεια, που θα προκαλούσε ο Τρωικός πόλεμος, η Πάφος έγινε για λίγο το ισχυρότερο κράτος στον μεσογειακό κόσμο. Αν όλα αυτά μπορούσαν από μόνα τους να φέρουν την ευτυχία, ο Κινύρας θα ήταν ο ευτυχέστερος των ανθρώπων, μα η προσωπική του ζωή είχε σημαδευτεί από κακοδαιμονία.

Ο γιος του, ο Αμάρακος, είχε ανακαλύψει πώς να αποσπά τη μυρωδιά των λουλουδιών και να δημιουργεί τα πιο ευωδιαστά αρώματα. Μα δεν αποκάλυπτε το μυστικό, ενώ απολάμβανε αυτάρεσκα την εφευρετικότητά του. Πολύ γρήγορα, αρκετοί από τους θεούς ζήλεψαν τη δεξιότητά του και εποφθαλμιούσαν το θαυμαστό του συσσώρευμα. Κάποιος ανάμεσά τους τον φθονούσε τόσο πολύ, που του έγινε εμμονή, και τελικά δολοφόνησε τον νεαρό άντρα σε ένα λιβάδι στα περίχωρα της Πάφου. Το θύμα μεταμορφώθηκε σε βότανο, αυτό που σήμερα λέμε μαντζουράνα.

Ο Κινύρας λυπήθηκε πολύ για τον χαμό του γιου του, μα δεν επέτρεψε στον καημό του να παρέμβει στην ομαλή διοίκηση του κράτους. Κι όμως, θα ακολουθούσαν χειρότερα. Έχουμε ήδη αναφέρει τη σπάνια, νεανική ομορφιά του. Όσο μεγάλωνε, γινόταν ακόμη πιο γοητευτικός, διότι τα χαρακτηριστικά του ωρίμαζαν με το επιπρόσθετο κύρος του αξιώματός του κι ήταν ίδιος κι απαράλλαχτος με θεό. Δυστυχώς, αυτή η συσσώρευση αρετών δεν πέρασε απαρατήρητη από τους δικούς του ανθρώπους: η κόρη του, Μύρρα, καταλήφθηκε από ανόσιο πάθος, που υπερέβαινε κατά πολύ τη φυσιολογική τρυφερότητα του παιδιού για τον γονιό. Στο τέλος, βρήκε έναν τρόπο να εκπληρώσει τη λαχτάρα της για εκείνον.

Η Μύρρα ήταν όμορφο κορίτσι. Μνηστήρες από πολλές χώρες συνέρρεαν για να ζητήσουν το χέρι της. Οι πρίγκιπες της Κύπρου ανταγωνίζονταν ο ένας τον άλλο ποιος θα είχε το προνόμιο να την παντρευτεί. Μπροστά σε μια στρατιά μνηστήρων, ο Κινύρας δεν ήξερε τι να κάνει, και ζήτησε από τη Μύρρα να επιλέξει η ίδια. Εκείνη παρέμεινε σιωπηλή, με το βλέμμα προσηλωμένο στον πατέρα της. Ο Κινύρας ερμήνευσε τη στάση της ως κοριτσίστικη σεμνότητα. Όταν την ρώτησε πώς θα ήθελε τον άντρα της, εκείνη αποκρίθηκε: «Να είναι σαν κι εσένα». Ο βασιλιάς

62

κολακεύτηκε και την επαίνεσε για την αφοσίωσή της, μα η αλήθεια ήταν ότι το κορίτσι δεν θα μπορούσε να διαλέξει κανέναν άλλο. Προσευχήθηκε στους ουράνιους θεούς να την τιμωρήσουν για τις αμαρτωλές της σκέψεις και να σβήσουν τον άνομο πόθο της, μα κανείς τους δεν αποκρίθηκε, ούτε καν ο Έρως – που αρνιόταν τις κατηγορίες των άλλων θεών ότι το δικό του βέλος είχε λαβώσει τη Μύρρα. Τα μεσάνυχτα, όταν όλοι κοιμούνταν, η Μύρρα ξαγρυπνούσε, αφού την έκαιγε άσβεστη φωτιά. Προσευχήθηκε ξανά, και σαν είδε πως δεν υπήρχε απόκριση και πως η απόγνωσή της δεν είχε τελειωμό, αποφάσισε να σκοτωθεί. Έδεσε τη ζώνη της στο δοκάρι της πόρτας και πέρασε θηλιά στον λαιμό της. Ήταν έτοιμη να πηδήξει από ψηλό σκαμνί, όταν ξύπνησε η τροφός της και την έσωσε.

Λίγο μετά, οι παντρεμένες γυναίκες της Πάφου ξεχύθηκαν στα λιβάδια για να γιορτάσουν τα Δημήτρια προς τιμήν της θεάς των καλλιεργειών. Ήταν όλες ντυμένες στα λευκά και πρόσφεραν στη θεά στεφάνια από στάχυα, τα πρώτα της σοδειάς. Η γυναίκα του βασιλιά, η Μεθάρμη, συμμετείχε στις τελετές, που κρατούσαν εννιά μέρες και κατά τη διάρκειά τους δεν επιτρέπονταν οι ερωτικές συνευρέσεις. Ενώ, λοιπόν, η κλίνη του βασιλιά ήταν άδεια από τη νόμιμη ομόκλινή του, η Μύρρα κατέστρωσε το απαίσιό της σχέδιο. Η νύχτα ήταν σκοτεινή. Όλη μέρα στοιβάζονταν σύννεφα, μα δεν έβρεχε. Αντίθετα, επικρατούσε η αίσθηση μιας πνιγηρής κλεισούρας, δίχως πνοή αγέρα και δίχως αστέρια, που την μισούσαν όσοι είχαν ευαίσθητη υγεία. Αν η Μύρρα ήταν λίγο πιο προσεκτική, θα ερμήνευε την ατμόσφαιρα, και άλλα πράγματα, ως οιωνούς. Αντ' αυτού, βγήκε κρυφά απ' την κάμαρά της και, νυχοπερπατώντας, διέσχισε την αυλή... Ο βασιλιάς κοιμόταν στο κρεβάτι του. Κάθισε δίπλα του και του χάιδεψε απαλά το μέτωπο. Εκείνος μισοξύπνησε, και τον ξελόγιασε σαν θηλυκός δαίμονας. Στο σκοτάδι δεν την

63

αναγνώρισε, ούτε που μίλησε εκείνη για να μην προδοθεί απ' τη φωνή της. Ακόμη, είχε την πονηριά να αλειφθεί με κλεμμένο άρωμα που συνήθως φορούσαν οι ιέρειες, κι αυτό ήταν αρκετό για να τον καθησυχάσει. Είχε σκοπό να φύγει αμέσως μετά και να πλυθεί, για να αποβάλει το άρωμα και να μην προκαλέσει υποψίες στον βασιλιά. Μα στο πάθος της στιγμής, ξέχασε τα σχέδιά της. Προσκολλήθηκε πάνω στον πατέρα της και αποκοιμήθηκαν μαζί. Εκείνος ξύπνησε πρώτος, αναγνώρισε την κόρη του και, ορροδώντας οργισμένος, τράβηξε σπαθί να την σκοτώσει. Ακούγοντάς τον, ξύπνησε κι η Μύρρα. Ξεχύθηκε φωνάζοντας στους κήπους του παλατιού. Ο βασιλιάς την πρόλαβε κι ήταν έτοιμος να σηκώσει το σπαθί του για το μοιραίο χτύπημα, όταν η Μύρρα, που έπεσε στα γόνατα, σε απεγνωσμένη προσευχή, πήρε να αλλάζει μορφή. Τα μαλλιά της έγιναν φύλλωμα, τα χέρια της κλαδιά, και το σώμα της άρχισε να σχηματίζει κορμό. Πολύ γρήγορα, όλα της τα μέλη σκεπάστηκαν από φλοιό, και στάθηκε μπροστά του, θάλλουσα μυρτιά. Ο βασιλιάς έμεινε αποσβολωμένος, το σηκωμένο σπαθί του να γυαλίζει στο ασημένιο φως. Αργά έκανε πίσω και τότε πρόσεξε την Αφροδίτη, να κάθεται ανάμεσα στα κλαδιά του δέντρου, το λαμπερό της φόρεμα να απλώνεται σε φύλλα και βλαστούς, το πρόσωπό της ήρεμο και ασημένιο σαν το πρωινό. «Κινύρα», τον πρόσταξε, «μείνε ακίνητος, μην πειράξεις την κόρη σου. Ναι, σε αδίκησε, μα έχει τιμωρηθεί. Κι εσύ, όμως, δεν είσαι εντελώς άμοιρος ευθυνών. Πρέπει, λοιπόν, ποτέ σου να μη βλάψεις αυτό το δέντρο. Είναι ό,τι σου έχει απομείνει από εκείνην. Θα κτίσεις βωμό στα πόδια της, και θα προσεύχεσαι εδώ καθημερινά διότι αυτό προστάζω. Αν υπακούσεις, μπορεί να βγει κάτι καλό απ' όλα τούτα». Αυτά είπε η θεά, κι εξαφανίστηκε, αφήνοντας βασιλιά και δέντρο μαζί στον κήπο.

Σαν γύρισε η Μεθάρμη, ξεχείλισε από θλίψη για τη μοίρα της Μύρρας. Τόσο σύντομα μετά την τελευταία

64

τραγωδία, τον χαμό του Αμάρακου, βρέθηκαν στα πρόθυρα της απελπισίας. Μα είχαν μεγάλη οικογένεια, τους απέμειναν άλλοι τρεις γιοι και έξι κόρες. Μετά από μακρά περίοδο πένθους, αποδέχτηκαν τη μοίρα τους και υποτάχθηκαν στη βούληση των θεών.

Οι εντολές της θεάς εφαρμόστηκαν κατά γράμμα. Πέρασαν τρεις εποχές, και μούρα κάρπισαν στο δέντρο σε πορφυρές συστάδες. Μια μέρα, εκεί που ο βασιλιάς ετοιμαζόταν να κάψει λιβάνι στον βωμό, τα φύλλα από πάνω του τρεμόπαιξαν και χωρίστηκαν, και ένα αγόρι θαυμαστού κάλλους έπεσε απ' τα κλαδιά στην αγκαλιά του. Το παιδί έγινε τόσο όμορφο, που οι Πάφιοι το αντίκριζαν με θρησκευτικό δέος, και του απένειμαν κάθε λογής τιμές. Τον φώναζαν Άδωνι, που θα πει Κύριος.

ΑΔΩΝΙΣ

Ακόμη και στους σύγχρονούς του, ο Άδωνις έμοιαζε να έχει τη φύση και την εμφάνιση αθάνατου. Η σύλληψή του, που βέβαια ήταν αιμομικτική, παραβάλλεται με τη σταυρεπικονίαση, και ο θρύλος του συμβολίζει τον κύκλο ζωής των φυτών που βλασταίνουν την άνοιξη, μεγαλώνουν το καλοκαίρι, πεθαίνουν προσωρινά τον χειμώνα και ξαναζωντανεύουν με την επιστροφή της άνοιξης. Ως βρέφος είχε αφιερωθεί στην Αφροδίτη και τέθηκε υπό τη φροντίδα των ιερειών του ναού, όπου οι ταγμένοι της θεάς τού απέδιδαν τιμές όμοιες με εκείνες που απέδιδαν στην ίδια. Μόλις έγινε αρκετά δυνατός ώστε να μπορεί να σηκώνει δόρυ, βάλθηκε να κυνηγά τα άγρια ζώα που περιφέρονταν ελεύθερα στα δάση της Πάφου. Η Αφροδίτη διασκέδαζε καθώς τον έβλεπε να ακολουθεί κατά πόδας το θήραμα, και καμάρωνε τη σπάνια δεξιοσύνη του, μα την ίδια στιγμή την προβλημάτιζε το απόλυτο δόσιμό του. Βάλθηκε, λοιπόν, να διδάξει στον περιπετειώδη νέο την τέχνη του έρωτα. Μεταμφιεσμένη σε νύμφη του δάσους, του κίνησε την προσοχή την ώρα που εκείνος κυνηγούσε, και με πονηρούς αναστεναγμούς και παρθενικά ερυθριάσματα, τον τράβηξε κοντά της. Το έδαφος ήταν γεμάτο ψηλά βρύα και λειχήνες, που άνθισαν κι έγιναν βιολέτες μόλις ξάπλωσαν πάνω τους. Αφού τον εκπαίδευσε αρκούντως, αποκάλυψε την πραγματική της ταυτότητα και από εκείνη τη στιγμή έγιναν αχώριστοι, τόσο που η Αφροδίτη άρχισε να παραμελά τα καθήκοντά της στον Όλυμπο. Μαζί περιφέρονταν σε δάση και κορφές, και είχαν στη συνοδεία τους κυνηγετικά σκυλιά που καταδίωκαν το θήραμα. Όταν τους αρκούσε η λεία, ξάπλωναν καταγής κι εκείνη συνέχιζε την εκπαίδευση. Αυτό, βέβαια, σκανδάλισε τις πιο συντηρητικές θεές, που έκριναν απρεπείς τους χαριεντισμούς της και σύντομα τα νοσηρά σχόλια διαδόθηκαν σχεδόν στην άλλη άκρη του κόσμου, ώσπου έφτασαν στα αυτιά της. Η Αφροδίτη θύμωσε. Όταν η Κλειώ, Μούσα της Ιστορίας, την προσέγγισε διά ζώσης, εκείνη έχασε την υπομονή της και ανταπέδωσε, πυροδοτώντας στη Μούσα πάθος για τον βασιλιά Πιέρο της Μακεδονίας, πάθος που κατέληξε σε εγκυμοσύνη της Κλειούς. Ο Υάκινθος, απότοκο αυτού του δεσμού, που τον προκάλεσε το άχτι, έμελλε να σκοτωθεί μάλλον ακούσια από τον εραστή του, Απόλλωνα, ο οποίος τον μετέτρεψε έπειτα σε λουλούδι. Η Αφροδίτη και ο Άδωνις συνέχισαν τον δεσμό τους, παρά την αυξανόμενη αποδοκιμασία και τη ζήλεια των πρώην εραστών της. Ανάμεσα σ' αυτούς, ο Άρης, θεός του πολέμου, ήταν ιδιαίτερα ζηλόφθονος και ορκίστηκε να πάρει εκδίκηση από τον νεαρό θνητό. Πήρε πρώτα μορφή κάπρου και τρομοκρατούσε την περιοχή της Πάφου, σκοτώνοντας και μακελεύοντας τους κατοίκους, με τόση αγριότητα που η αναδιήγηση των αποτρόπαιων του πράξεων εξαπλώθηκε γρήγορα σε κάθε γωνιά τού μέχρι τότε φιλήσυχου νησιού. Ο Άδωνις δεν μπορούσε να αντισταθεί σε μια τέτοια πρόκληση. Σαν ξύπνησε το κυνηγετικό του ένστικτο, αγνόησε τις προειδοποιήσεις της Αφροδίτης, ζώστηκε ασπίδα και δόρυ και κίνησε για να εξολοθρεύσει τη μάστιγα των συμπατριωτών του.

Έφτασε στον λόφο όπου πίστευαν πως κατοικούσε ο κάπρος, και έφριξε με το θέαμα: διάσπαρτα στον λειμώνα βρίσκονταν πεταμένα τα απομεινάρια δόλιων ανθρώπων. Κοίταξε γύρω, μήπως αναγνώριζε κάποιον γνωστό, μα τα κορμιά ήταν τόσο μακελεμένα που ήταν αδύνατον να ξεχωρίσεις το ένα απ' το άλλο. Ίσως για πρώτη φορά στη ζωή του, φοβήθηκε ο Άδωνις γιατί δεν είχε ξαναβρεθεί μπροστά σε τέτοιο αφανισμό. Ωστόσο, επιστρατεύοντας όσο κουράγιο είχε, πορεύτηκε με τόλμη προς το μεγαλύτερο ξέφωτο που μπορούσε να βρει, και εκεί ούρλιαξε προκαλώντας τον κάπρο.

Το αγρίμι δεν χρειαζόταν καμία προειδοποίηση: παρατηρούσε για καιρό τις κινήσεις τού νεαρού κυνηγού, αθέατο από την είσοδο τού λημεριού του. Υπολόγισε την απόσταση ανάμεσα στον Άδωνι και τον εαυτό του και, αφού κατέστρωσε στρατηγική, χίμηξε κατά πάνω στον νέο, σηκώνοντας γύρω του πυκνό σύννεφο σκόνης. Το αετίσιο μάτι του Αδώνιδος είχε τώρα τυφλωθεί, κι όταν ήρθε η στιγμή να ρίξει το δόρυ του, ήταν σαν να στόχευε ορδές φαντασμάτων. Ο κάπρος, ακλόνητος, δεν είχε παρά να κάνει έναν ανεπαίσθητο ελιγμό, ένα ελάχιστο τίναγμα για να αποφύγει το ακόντιο. Μέσα σε μια στιγμή, ο Άδωνις σωριάστηκε ποδοπατημένος και ξεκοιλιασμένος ανάμεσα στους νεκρούς που σάπιζαν. Ο Άρης έσκυψε πάνω από τον λαβωμένο του αντίπαλο, και για λίγο δεν μπορούσε παρά να θαυμάσει την ομορφιά του νέου. Μα τον κυρίευσε η ικανοποίηση τής εκδίκησης κι έφυγε χωρίς να κάνει την παραμικρή προσπάθεια να τον σώσει. Μια κουκουβάγια, αυτόπτης μάρτυρας των γεγονότων, έσπευσε να μεταφέρει τα νέα στην Αφροδίτη, που έτρεξε συγκλονισμένη στη σκηνή. Από μακριά ακούγοντας τους επιθανάτιους βρόγχους του Αδώνιδος, οδήγησε το τροχήλατο άρμα της, που το έσερναν γιγάντιοι κύκνοι, μέσα από δέντρα και βουνά της Κύπρου. Ώσπου να φτάσει, ήταν πολύ αργά για να σταματήσει την αιμορραγία. Τον απόθεσε σε κλίνη από μαρούλια και άσκησε όλη της τη θεϊκή ισχύ και γνώση για να τον επαναφέρει στη ζωή. Μάταια, όμως! Ακόμη και οι αθάνατοι είναι ανίσχυροι μπροστά στον θάνατο. Μόλις το πνεύμα του Αδώνιδος χωρίστηκε από το σώμα, οι λειμώνες στέγνωσαν και το χορτάρι χλόμιασε, ενώ τα δέντρα έριξαν φύλλα και ώριμους καρπούς.

Η Αφροδίτη ήταν καταβεβλημένη από το μαράζι. Έκλαιγε για μέρες και νύχτες, χωρίς σταματημό. Ακόμη και οι πιο αυστηροί θεοί συγκινήθηκαν και προσπάθησαν να την παρηγορήσουν, μα ήταν απαρηγόρητη. Στο τέλος αποφάσισε

69

να ζητήσει από τον Δία την επιστροφή του εραστή της. Εκείνος, που η θλίψη της δεν του ήταν άγνωστη, υποσχέθηκε να ρωτήσει την Περσεφόνη, βασίλισσα του Κάτω Κόσμου, αν ήταν πρόθυμη να αφήσει ελεύθερο τον νεαρό Άδωνι. Η Περσεφόνη, όμως, είχε ερωτευτεί τον ωραίο νέο και δεν ήταν διατεθειμένη να τον αφήσει να φύγει. Σαν είδε ο Δίας πόσο βαθιά αγαπούσαν και οι δύο εκείνον τον θνητό, σε σημείο που καμιά τους δεν άντεχε να τον αποχωριστεί, έκρινε σοφά ότι για τέσσερις μήνες τον χρόνο ο Άδωνις θα ζούσε όπου επιθυμούσε, δεδομένου ότι τους άλλους οκτώ μήνες θα μοίραζε τον χρόνο του ανάμεσα στις δύο θεές. Όπερ και εγένετο: Η Περσεφόνη τον είχε για τέσσερις μήνες, όσο ήταν το μερίδιό της, και η Αφροδίτη για οκτώ, αφού ο Άδωνις προτιμούσε να περνά τον ελεύθερο χρόνο του με τη θεά του έρωτα. Για να κρατήσει άσβεστη τη μνήμη του εραστή της, η Αφροδίτη ράντισε το αίμα του με νέκταρ. Σαν έσμιξε με το νέκταρ, το αίμα συσπάστηκε και σχηματίστηκε το λουλούδι που τώρα ονομάζουμε «ανεμώνη». Το όνομα προέρχεται από τη λέξη «άνεμος», διότι ο βίος του είναι βραχύς και τα πέταλα εύκολα παραδίδονται στην απαλότερη αύρα. Οι πιστοί τής Αφροδίτης αναπαριστούν τον θάνατο και την ανάσταση του Αδώνιδος στην αρχή της άνοιξης, που έρχεται σε διαφορετικές χρονικές περιόδους, ανάλογα με τη χώρα. Οι γιορτές αυτές ονομάζονται «Αδώνια» και διαρκούν δύο ημέρες... Την πρώτη μέρα, οι γυναίκες μοιρολογούν τον θάνατο του Αδώνιδος, και τη δεύτερη μέρα ο κόσμος γιορτάζει την ανάστασή του με θεαματικά δρώμενα.

Το μοιρολόι τής πρώτης μέρας των Αδωνίων είχε σκοπό να δείξει ότι οι γυναίκες μοιράζονταν τη θλίψη της θεάς τους, που προκλήθηκε από τον θάνατο του εραστή της, μα ήταν επίσης γεωργική ιεροτελεστία. Οι θεότητες της φύσης, όπως ο Άδωνις και η Αφροδίτη, χύνουν δάκρυα απαραίτητα για τη γονιμότητα του εδάφους. Η ιεροτελεστία

70

των κλαίουσων γυναικών είχε τον ίδιο σκοπό. Ομοίως, οι σπορείς μιμούνταν την πενθούσα Αφροδίτη όταν έριχναν τους σπόρους στη γη «για να πεθάνουν» ώστε να αναγεννηθούν ως στάχυα.

Οι ύμνοι που έψελλαν οι μοιρολογήτρες της Πάφου ήταν πολυάριθμοι και μακροσκελείς. Οι περισσότεροι απορρέουν από τη Βαβυλωνία και εισήχθησαν στην Πάφο από τον βασιλιά Κινύρα. Άλλοι ύμνοι προέρχονται από Φοίνικες αποικιστές και εμπόρους. Ένας από τους ύμνους έλεγε τα εξής:

Κατέβηκε, κατέβηκε στα έγκατα της γης,
και οι νεκροί κατέκλυσαν τον τόπο,
θλίβονται οι περίλυποι, στο φως παραπατούν
τον μήνα του Αδώνιδος
που σε ταξίδι κίνησε και σκόρπισε τον θρήνο...

Ύμνος που ψελλόταν στον ναό αναφέρεται στη σφαγή του Αδώνιδος:

Πολυέραστε της Αφροδίτης, κενώθηκε ο ναός
σοφέ ποιμήν, της γνώσεως Κύριε,
γιατί να σε σκοτώσουν;
Πώς καταλείπει η ζωή τόσους λειμώνες
θρηνολογούμε για τα αμύριστα λουλούδια
θρηνολογούμε για βλαστούς δίχως τα στάχυα
θρηνολογούμε για τα πρόβατα τα μάταια
και για τα πλάσματα που πια δεν δημιουργούνε

Καθώς προχωρούσε η μέρα, ο αριθμός των τεθλιμμένων αυξανόταν, αφού έρχονταν και από τα χωριά της Πάφου, κι οι τελετές γίνονταν όλο και πιο έξαλλες και υστερικές. Οι χωριατοπούλες, που αρέσκονταν να προκαλούν τις αρχές της πόλης, παρέλαυναν στους δρόμους με γυμνά στήθια και μπερδεμένα μαλλιά, φωνάζοντας βωμολοχίες και κουρελιάζοντας τα ρούχα τους. Ανάμεσά τους βρίσκονταν ομάδες μουσικών που έπαιζαν τύμπανα και αυλούς.

Η δεύτερη μέρα των Αδωνίων ήταν χαρμόσυνη. Ο κόσμος γιόρταζε την ανάσταση του Αδώνιδος με θυσίες ζώων, συμπόσια και προσευχές.

ΤΕΛΟΣ ΤΗΣ ΔΥΝΑΣΤΕΙΑΣ
ΤΩΝ ΚΙΝΥΡΑΔΩΝ

Σύμφωνα με τον Ανακρέοντα, τον ποιητή της Ιωνίας, ο βασιλιάς Κινύρας έζησε για εκατόν εξήντα χρόνια, και πέθανε γαλήνια μέσα σε αρίφνητα πλούτη. Τάφηκε στο Ιερό της Αφροδίτης, το οποίο χτίστηκε και με τη δική του συνδρομή, ενώ μνημονεύεται ως ένας από τους ελάχιστους ανθρώπους που είχαν το προνόμιο να δουν και να μιλήσουν με τη θεά διά ζώσης, αλλά και να γίνουν αποδέκτες της γενναιοδωρίας της. Οι διάδοχοί του, που έφεραν τον τίτλο «Άδωνις», στη μνήμη του γενναίου γιου του, θεωρούνταν οι επίσημοι εραστές της Αφροδίτης. Και αυτοί θάβονταν στο Ιερό, ενώ ολόκληρη η δυναστεία θα διαρκούσε για περισσότερα από χίλια χρόνια. Η παρακμή της ξεκινά στους χρόνους του Μεγάλου Αλεξάνδρου.

Όταν ο Αλέξανδρος εισέβαλε σε Συρία και Παλαιστίνη, έλαβε στρατιωτική βοήθεια από όλους τους Κύπριους βασιλείς, εκτός από τον Νικοκλή της Πάφου. Ο Νικοκλής κυβερνούσε στα πλαίσια θεοκρατίας και αρνήθηκε να βοηθήσει έναν άνθρωπο που έμοιαζε αποφασισμένος να καταστρέψει κράτη παρόμοια με το κράτος της Πάφου, στο όνομα του ελληνισμού. Ο Αλέξανδρος δεν συγχώρεσε ποτέ τον Νικοκλή και, αφού κατέλαβε το λιμάνι τής Τύρου, τον κατηγόρησε για διαφθορά και εγκατέστησε στη θέση του ένα ανδρείκελο, τον Αλύνομο, που οι αξιώσεις του για τον θρόνο ήταν μάλλον κίβδηλες, αφού όλη του τη ζωή την πέρασε ως απλός κηπουρός. Το επεισόδιο αυτό αποκαλύπτει πόσο περιφρονούσε ο Αλέξανδρος τους εχθρούς του, ενώ παράλληλα αναδεικνύει το μέτρο της δύναμής του. Ωστόσο, ο ανθρώπινος βίος είναι βραχύς, ειδικά του Αλέξανδρου. Αμέσως μετά τον θάνατό του, η παλαιά δυναστεία ανέκτησε την υπεροχή της και ο Τίμαρχος Κινύρας ανέλαβε το βασίλειο. Δύο χρόνια μετά, τον διαδέχθηκε ο γιος του,

Νικοκλής Β', που κυβέρνησε για άλλα δέκα χρόνια, προτού η πόλη υποταχθεί στους Πτολεμαίους, μετά την αυτοκτονία του.

Η κατάληψη της Πάφου από τους Πτολεμαίους ήταν μια καταστροφή που θα μπορούσε να αποφευχθεί. Μετά τον θάνατο του Μεγάλου Αλεξάνδρου το 295 π.Χ., δύο από τους πρώην Στρατηγούς του, ο Αντίγονος, που κυβέρνησε τη Συρία, και ο Πτολεμαίος, διοικητής τής Αιγύπτου, διεκδίκησαν το νησί της Κύπρου.

Μέσα από ένα πλέγμα δολοπλοκιών, ο Πτολεμαίος έφτασε στην Κύπρο με ισχυρό στρατό και κατέλαβε όλες τις πόλεις, εκτός από την Πάφο, την οποία αποφάσισε να απαλλάξει, επιδεικνύοντας ευαισθησία στα θρησκευτικά αισθήματα του λαού της. Ωστόσο, αυτή η κατάσταση επισφαλούς ανεξαρτησίας δεν θα διαρκούσε, αφού ο κατακτητής διαπίστωσε ότι ο Νικοκλής Κινύρας, ο Πάφιος βασιλιάς, είχε μυστικές δοσοληψίες με τον Αντίγονο, τον αντίπαλό του. Βαθιά προσβεβλημένος από την αθέτηση της υπόσχεσης, ο Πτολεμαίος έστειλε τιμωρητικά δύο από τους ικανότερους διοικητές του, τον Αργείο και τον Καλλικράτη, για να συλλάβουν και να εκτελέσουν τον βασιλιά. Οι δυνάμεις τους περικύκλωσαν την πόλη, και ο Νικοκλής διατάχθηκε να αυτοκτονήσει. Στην αρχή προσπάθησε να σώσει τη ζωή του, με απολογίες και υποσχέσεις υποταγής, φόρους τιμής και άλλα, μα σύντομα είδε ότι ήταν ανώφελο, γι' αυτό μάζεψε όση περηφάνια τού απέμεινε και αποσύρθηκε στην κάμαρά του, όπου και πέρασε θηλιά στον λαιμό του. Ήταν ο τελευταίος βασιλιάς της δυναστείας των Κινυραδών. Μετά την αυτοκτονία του, τα αδέλφια του κλείδωσαν τις πύλες του παλατιού, έβαλαν φωτιά και έθεσαν τέλος στη ζωή τους. Ανάμεσα στις φλόγες που κροτάλιζαν και τις οιμωγές των τρομαγμένων γυναικών, οι Πτολεμαίοι φώναζαν σε όσους ήταν ακόμη ζωντανοί ότι ήταν διατεθειμένοι να προσφέρουν ασυλία στις γυναίκες και τα παιδιά της βασιλικής οικογένειας. Η πρότασή τους μπορεί να

75

γινόταν δεκτή, αν η βασίλισσα Αξιοθέα, τρελαμένη από τη θλίψη και έξω από κάθε λογική, δεν επέμενε να αρνηθούν ευθύς οι συγγενείς της. Έτσι, όλες οι γυναίκες την ακολούθησαν στη στέγη του παλατιού όπου, ενώπιον του πλήθους που είχε μαζευτεί στην πλατεία, έσφαξαν πρώτα τα παιδιά τους, και ύστερα σφάχτηκαν οι ίδιες, ώσπου μόνο η τεθλιμμένη βασίλισσα απέμεινε όρθια. Δρασκέλισε έξαλλη τα σωριασμένα κορμιά, μοιρολογώντας το καθένα τους, ώσπου άρπαξε ένα μεγάλο παραπεταμένο σπαθί και έχωσε την λεπίδα του βαθιά στην καρδιά της, πέφτοντας στις φλόγες που είχαν πια τυλίξει απ' άκρου σ' άκρο το κτίριο. Η φωτιά κατασβήστηκε, μα δεν βρέθηκαν πτώματα. Οι λιγοστοί που απέμειναν από τη βασιλική οικογένεια έπρεπε τώρα να συστήσουν συμβούλιο και να επιλέξουν με τον παραδοσιακό τρόπο τον γηραιότερο ανάμεσά τους, που θα χριζόταν αρχιερέας τής θεάς. Η εξουσία, όμως, είχε χαθεί. Τα μοναδικά αξιώματα του ανδρός αυτού ήταν πια θρησκευτικά, διότι οι Πτολεμαίοι κατήργησαν τις πόλεις-βασίλεια και έθεσαν ολόκληρη τη νήσο υπό τη διοίκηση ενός κυβερνήτη. Αυτό συνεχίστηκε για άλλα τριακόσια χρόνια, μέχρι την κατάκτηση της Κύπρου από τους Ρωμαίους το 58 π.Χ.

Ο Νικοκλής Β' είχε εισάγει αριθμό μεταρρυθμίσεων προκειμένου να κατευνάσει τον επιθετικό ελληνισμό των διαδόχων του Αλέξανδρου. Ανέγειρε ιερό στην Ήρα και καλλιέργησε τη λατρεία του Απόλλωνα, θεούς που εκπροσωπούσαν μάλλον καινούς παρά παραδοσιακούς κυπριακούς τρόπους. Τα νομίσματά του εικόνιζαν την Αφροδίτη στη μια πλευρά και τον Απόλλωνα στην άλλη. Ο Νικοκλής είχε συνδυάσει την ιεροσύνη της Αφροδίτης με εκείνην την Ήρας, παρά το γεγονός ότι οι δύο θεές ήταν άσπονδες αντίπαλοι. Στην ουσία, οι δύο αυτοί ξένοι θεοί σφετερίζονταν τη θεά του νησιού και έτσι το κακό τέλος του βασιλιά δεν αποτέλεσε έκπληξη για πολλούς. Ωστόσο, ο

76

Νικοκλής μνημονεύεται μέχρι σήμερα, καθώς ένα μικρό χωριό στην αρχική τοποθεσία της Πάφου, φέρει το όνομά του: Νικόκλεια.

Έντεκα χρόνια μετά την κατάκτηση της Κύπρου από τους Ρωμαίους, ο Μάρκος Αντώνιος χάρισε το νησί ως δώρο στην Κλεοπάτρα. Η Κλεοπάτρα, όπως όλες οι πτολεμαϊκές βασίλισσες της Αιγύπτου, θεωρούσε πως ήταν ενσάρκωση της Αφροδίτης, έτσι το δώρο ήταν ευάρμοστο, μα η διευθέτηση κράτησε μόνο για μερικά χρόνια. Όταν η Κλεοπάτρα και ο εραστής της αυτοκτόνησαν το 31 π.Χ., οι Ρωμαίοι ανέλαβαν εκ νέου τον έλεγχο και απέδωσαν το αξίωμα τού ιερέα της Πάφου στο τοπικό παρακλάδι της οικογένειας των Πτολεμαίων ως αποζημίωση για την απώλεια του βασιλείου τους. Η θρησκευτική εμβέλεια του νέου Αρχιερέα επεκτεινόταν σε ολόκληρο το νησί, μα είχε ως επίκεντρο την Πάφο.

Με τον διορισμό του πρώτου Πτολεμαίου Αρχιερέα, η σύνδεση της οικογένειας των Κινυραδών με τον ναό, που διήρκησε χίλια χρόνια, έφτασε στο τέλος της. Οι Πτολεμαίοι διοικούσαν το Ιερό πιστά και εύρωστα μέχρι τους χριστιανικούς χρόνους.

Τον 4ο αιώνα μ.Χ., ο παγανισμός απαγορεύτηκε σε ολόκληρη τη Βυζαντινή Αυτοκρατορία. Το μεγαλοπρεπές Ιερό στην Πάφο μετατράπηκε σε χριστιανική εκκλησία, ενώ περίπου πεντακόσια χρόνια μετά, καταστράφηκε από Σαρακηνούς επιδρομείς. Όταν αναδομήθηκε η εκκλησία, ο ιερός μαύρος λίθος, κάθισμα της Αφροδίτης, εντοιχίστηκε. Τώρα εκτίθεται στο Κυπριακό Μουσείο, μα προτού μεταφερθεί εκεί, δηλαδή πριν μερικά χρόνια, άτεκνες γυναίκες προσέρχονταν στον τοίχο, πιστεύοντας ότι αν άγγιζαν το κάθισμα της θεάς, θα θεραπεύονταν από τη στειρότητα.

77

Για περισσότερα από χίλια χρόνια, από την εποχή του βασιλιά Κινύρα μέχρι τα χριστιανικά χρόνια, το Ιερό είχε παραμείνει κέντρο διανοητικής και πνευματικής ζωής, χώρος συνάντησης ανθρώπων από όλες τις χώρες, ενώ χάρη στη φήμη του, η Αφροδίτη θα παρέμενε εσαεί συνδεδεμένη με την Κύπρο.

ΙΕΡΗ ΠΟΡΝΕΙΑ
ΣΤΗΝ ΑΡΧΑΙΑ ΠΑΦΟ

Ο Κινύρας είχε εισαγάγει την ιερή πορνεία ως μέρος της λατρείας της Αφροδίτης, και το Ιερό στην Πάφο ήταν περιλάλητο για τις πολλές όμορφες ιέρειές του. Υπήρχε προηγούμενο γι' αυτό, αφού στους αρχαίους χρόνους η πορνεία ήταν επάγγελμα χωρίς κάποιο κοινωνικό ή ηθικό στίγμα. Μάλιστα, πιστευόταν ότι εξυπηρετούσε μια κοινωνική ανάγκη, και υπήρχαν πορνεία σε όλο τον ελληνικό κόσμο. Πολλά δημόσια πρόσωπα είχαν σχέσεις με εταίρες, ενώ η Αθηναία εταίρα Φρύνη απαθανατίστηκε με άγαλμα στους Δελφούς, το ιερότερο μέρος σε όλη την Ελλάδα. Η θρησκευτική πτυχή της πορνείας απέρρεε από την πεποίθηση ότι οποιοσδήποτε ερχόταν σε συνουσία με τη θεά τής αναπαραγωγής ή με ιέρειά της θα ανταμειβόταν πλουσιοπάροχα.

Οι ιέρειες της Αφροδίτης στην Πάφο, που το λειτούργημά τους δεν ήταν εξ ολοκλήρου σεξουαλικό, είχαν εκπαιδευτεί στους πολύπλοκους κανόνες της θυσίας, της προσευχής και του εξαγνισμού. Διαδραμάτιζαν προβεβλημένους ρόλους στα Αφροδίσια και συμμετείχαν σε τελετουργικές θυσίες. Όταν προσφέρονταν στη θεά δημόσιες προσευχές, η αθρόα συμμετοχή τους θεωρούνταν εκ των ων ουκ άνευ. Οι ιέρειες δεν χρειαζόταν να διαθέτουν ξεχωριστές ιδιότητες, εκτός από την προθυμία να εκτελούν τα καθήκοντά τους ευσυνείδητα. Ορισμένες αυτοεργοδοτούμενες εταίρες εργάζονταν με καθεστώς ειδικής απασχόλησης στο Ιερό, ενώ τους επιτρεπόταν να κρατήσουν μέρος των χρημάτων που κέρδιζαν εκεί.

Η συνήθης πηγή επίδοξων ιερειών ήταν η χαμηλότερη τάξη των διακόνων του Ιερού, οι ονομαζόμενοι ιεροί υπηρέτες. Κάποιοι απ' αυτούς τους υπηρέτες αγοράζονταν από το Ιερό, άλλοι αφιερώνονταν σ' αυτό από τους γονείς τους ως παιδιά. Οι αριθμοί τους ανέρχονταν σε χιλιάδες, και περιλάμβαναν και τα δύο φύλα, ενώ όλοι βρίσκονταν στη διάθεση τού Αρχιερέα. Ως επί το πλείστον, αναλάμβαναν οικιακά ή γεωργικά καθήκοντα, όμως κάποιες από τις γυναίκες επιλέγονταν να εκπαιδευτούν ως ιέρειες.

Άλλη πηγή ιερειών ήταν οι ευκατάστατοι προσκυνητές με τις δούλες τους. Εκείνη την εποχή, οι άντρες επεδίωκαν να εξασφαλίζουν την εύνοια των θεών τους με δωροδοκία, γι' αυτό και οι πλούσιοι αρέσκονταν να αγοράζουν όμορφα κορίτσια στα σκλαβοπάζαρα και να τα αφιερώνουν στην Αφροδίτη. Σε αντάλλαγμα, ανέμεναν ότι η θεά θα ανταπέδιδε την καλοσύνη τους. Έτσι, στο τέλος της τελετουργικής προσφοράς, οι δωρητές στέκονταν με τα χέρια απλωμένα και τις παλάμες προς τα πάνω, σε στάση προσδοκίας δώρου.

Όλες οι γυναίκες στην Πάφο όφειλαν να υπηρετούν στο Ιερό μια μέρα τον χρόνο, κατά τη διάρκεια γιορτής που τιμούσε την επανένωση της Αφροδίτης με τον εραστή της, Άδωνι, ο οποίος επέστρεφε από τους νεκρούς στην αρχή κάθε άνοιξης. Οι κόρες του ίδιου του βασιλιά Κινύρα υπηρετούσαν με αυτό τον τρόπο τη θεά – ένδειξη ότι ο κανόνας αφορούσε όλες τις γυναίκες συγκεκριμένης ηλικίας, ανεξαρτήτως κοινωνικής τάξης. Τα κορίτσια φορούσαν τελετουργικά μαντίλια και κάθονταν κατά σειρά μέσα στο Ιερό, αναμένοντας να τις επιλέξει κάποιος. Οι άντρες παρέλαυναν πάνω-κάτω, επιθεωρώντας τα κορίτσια, κι όταν κάποιο από αυτά τους άρεσε, έριχναν ένα ασημένιο νόμισμα στην ποδιά της και την διεκδικούσαν εν ονόματι της θεάς. Τα κορίτσια δεν είχαν δικαίωμα να αρνηθούν κανέναν άντρα, ενώ ο οβολός έμενε στο Ιερό. Το σκεπτικό του τελετουργικού ήταν η μίμηση τής επανένωσης της Αφροδίτης με τον Άδωνι. Για τον ίδιο λόγο, ιερός γάμος ανάμεσα στον αρχιερέα και μια ιέρεια τελούνταν στο Ιερό και ολοκληρωνόταν σε κάμαρα διακοσμημένη με πρασινάδα. Αυτές οι ιεροτελεστίες ικανοποιούσαν τη θεά της γονιμότητας, που ανταποκρινόταν, ενεργοποιώντας τις δημιουργικές δυνάμεις της φύσης ώστε να μεγαλώσουν τα σπαρτά, να ωριμάσουν οι καρποί και να αναπαραχθούν τα ζώα.

Στην πρώιμη αρχαιότητα, όταν ακόμη απαγορευόταν στις Πάφιες να παντρευτούν, εκτός κι αν πρώτα έρχονταν σε συνουσία με έναν ξένο, όλα τα κορίτσια όφειλαν να φέρονται προσωρινά ως ιέρειες, μέχρι να απαλλαγούν από την παρθενία τους. Εκείνες τις μέρες, οι Κύπριοι άντρες θεωρούσαν επικίνδυνη την εκπαρθένευση, και στο Ιερό της Αφροδίτης συνωστίζονταν κορίτσια που περίμεναν ξένους προσκυνητές. Δεν ήταν καθόλου παράξενο, ορισμένες γυναίκες να περιμένουν για χρόνια προτού ελκύσουν εραστή.

Είναι λάθος να υποθέτουμε ότι όλα τα Ιερά της Αφροδίτης ήταν μέγαρα ελευθεριότητας και ακολασίας και ότι όλες οι ιέρειες ήταν πόρνες μερικής απασχόλησης. Υπήρχαν Ιερά αφιερωμένα στην Αφροδίτη, όπου οι ιέρειες έπρεπε να είναι παρθένες, και αν κάποια απ' αυτές αθετούσε τους όρκους παρθενίας, τιμωρούνταν αυστηρά. Σε μία περίσταση, μάλιστα, ιέρεια τάφηκε ζωντανή. Οι άντρες, που κατηγορούσαν αναίτια μια παρθένα ιέρεια τής Αφροδίτης, κατηγορούνταν ενώπιον ιεροδίκη, που μπορούσε να τους καταδικάσει σε πυροσφράγιση στο μέτωπο.

Το λειτούργημα του αρχιερέα δεν ήταν ανοιχτό σε γυναίκες, όμως ορισμένες ιέρειες, με ξεχωριστά διαισθητικά ταλέντα, ανελίχθησαν και έγιναν μάντεις του Ιερού. Οι κοπέλες αυτές, ως δοχεία μέσα από τα οποία μιλούσε η θεά, ασκούσαν εξαιρετική επιρροή και τις συμβουλεύονταν κυβερνητικοί αξιωματούχοι και στρατιωτικοί, καθώς και ιδιώτες. Μιλούσαν εν ονόματι της Αφροδίτης, αφού πρώτα περιέρχονταν σε κατάσταση έκστασης μέσα από κάποια

81

τεχνική διέγερσης. Η γνώση ότι ζητήματα ζωής και θανάτου εξαρτιόνταν από τη συμβουλή τους ανάγκαζε τις χρησμοδότρες να εκτελούν τα καθήκοντά τους με σοβαρότητα. Κάποιες απαντήσεις ήταν διφορούμενες, και αυτό δεν είχε σκοπό μόνο να τις καλύψει σε περίπτωση αποτυχίας, αλλά εκπήγαζε και από την απροθυμία τους να δεσμευτούν επιπόλαια. Αν κρίνει κανείς από τη λαοφιλία τους, πρέπει να ασκούσαν καλά τα καθήκοντά τους και προς όφελος όσων ζητούσαν τη συμβουλή τους.

ΘΥΣΙΕΣ

Οι αρχαίοι Κύπριοι ήταν βαθιά θρησκευόμενοι άνθρωποι και βασίζονταν διαρκώς στους θεούς τους, οι περισσότεροι από τους οποίους ήταν θεότητες της φύσης. Προφανώς, ήταν ικανοί να επικοινωνούν μάλλον εύκολα με το υπερφυσικό, ενώ η συνήθης μέθοδος που εφάρμοζαν ήταν εκείνη της θυσίας. Στα Ιερά της Αφροδίτης πραγματοποιούνταν τακτικά θυσίες. Στην Πάφο, ο βασικός βωμός προοριζόταν μόνο για τις αναίμακτες προσφορές, δηλαδή εκείνες που δεν περιλάμβαναν σφαγή. Αυτό, όμως, δεν ίσχυε για τα άλλα μέρη του Ιερού. Η λειτουργία της θυσίας καθόριζε τη φύση της προσφοράς: λόγου χάρη, στην αρχή κάθε νέας εποχής βλάστησης, η παράκληση για συνδρομή της θεάς γινόταν με αναίμακτες χοές όπως μελόπιτες, κρασί, φρούτα ή λαχανικά. Μετά τη συγκομιδή των σπαρτών, πραγματοποιούνταν οι ίδιες θυσίες σε ένδειξη ευγνωμοσύνης. Συνήθως τοποθετούνταν στον βωμό ή κάπου κοντά του, ενώ άλλες φορές ρίχνονταν στη θάλασσα. Η επαφή, είτε με τον βωμό όπου έκαιγε η ιερή φωτιά είτε με τη θάλασσα όπου είχε γεννηθεί η Αφροδίτη, καθηγίαζε τις προσφορές, που στη συνέχεια καταναλώνονταν. Πίστευαν ότι η στερεά ύλη αντιπροσώπευε το σώμα της θεάς, ενώ τα υγρά συμβόλιζαν το αίμα της.

82

Θεωρούσαν ότι τα θυσιαστήρια ζώα κατοικούνταν από καλά πεύματα, έτσι τα σωθικά τους, το συκώτι, οι πνεύμονες και η καρδιά, ψήνονταν πρώτα και προορίζονταν για κατανάλωση, ενόσω το πνεύμα παρέμενε ακόμη μέσα τους. Έπειτα, μαγειρεύονταν άλλα μέρη τού κουφαριού για να προσφερθούν σε κοινό συμπόσιο για τη θεά και τους πιστούς της. Συνήθως, τα αρσενικά ζώα προσφέρονταν στους θεούς και τα θηλυκά στις θεές, όμως ο συγκεκριμένος κανόνας δεν εφαρμοζόταν στην Πάφο, όπου η Αφροδίτη δεχόταν μόνο αρσενικά ζώα. Όποια κι αν ήταν η θυσία, κριάρι, ταύρος ή χοίρος, έπρεπε να χαίρει άκρας υγείας, διότι η παραμικρή ανωμαλία δυσαρεστούσε τη θεά, και βαριές ποινές επιβάλλονταν σε όσους πρόσφερναν ελαττωματικά δείγματα.

Οι θυσίες χορηγούνταν από τις αρχές της πόλης, καθώς και από άτομα που ήθελαν κάποια ειδική χάρη ή επιθυμούσαν να συμβουλευτούν το μαντείο του Ιερού. Τα δημόσια πρόσωπα που αποχωρούσαν από το αξίωμά τους ήταν κατά παράδοση υποχρεωμένα να θυσιάσουν ζώο στην Αφροδίτη σε ένδειξη ευγνωμοσύνης για ευλογίες που είχαν απολαύσει κατά τη διάρκεια της θητείας τους.

Όλες οι θυσίες ήταν εορταστικές περιστάσεις, με ψυχαγωγικές εκδηλώσεις που χρηματοδοτούσαν όσοι επιθυμούσαν να εξασφαλίσουν την ευμένεια της θεάς. Καθώς οι περισσότερες θυσίες πραγματοποιούνταν την εορταστική περίοδο, υπήρχε μεγάλη όρεξη για τσιμπούσια, τραγούδι, χορό και αθλητικούς διαγωνισμούς. Κάποια από τα τραγούδια που έχουν διατηρηθεί απηχούν το κέφι και την οικειότητα που υπήρχε ανάμεσα στη θεά και τους λάτρεις της. Επειδή πίστευαν ότι η θεά παριστανόταν στη γιορτή, άφηναν γι' αυτήν μια κενή θέση στην άκρη του τραπεζιού των ευγενών, πλάι στον αρχιερέα.

Όσο για τις ίδιες τις θυσίες, ακολουθούσαν την τελετή εξαγνισμού: μια υδροχόη εξαγνιζόταν μέσω της επαφής της με τον βωμό, το μαχαίρι τοποθετούνταν σε καλάθι μαζί με στάχυα και περιφερόταν γύρω του. Έπειτα, ιερέας και πιστοί έπλεναν τα χέρια τους στο νερό, και το σώμα του θύματος ραντιζόταν με τα στάχυα. Έπειτα, ακολουθούσε η αφιέρωση. Ο ιερουργός έκοβε μια τούφα από το τρίχωμα του ζώου και, ενώ προσευχόταν, το έριχνε στην ιερή φωτιά. Η προσευχή αυτή, σε περίπτωση δημόσιας θυσίας, απαγγελλόταν μεγαλοφώνως, και δηλωνόταν ξεκάθαρα ο λόγος της θυσίας. Αν, όμως, η θυσία πραγματοποιούνταν από ένα άτομο, και ήταν προσωπικής φύσης, με πιθανότητα να τον εκθέσει, η προσευχή λεγόταν ψιθυριστά. Μετά την ολοκλήρωση της αφιέρωσης, οι ιέρειες και οι γυναίκες ανάμεσα στους συμμετέχοντες έκαναν επίσημη παράκληση για την παρουσία της Αφροδίτης. Το μέγεθος της φλόγας που γεννούσε η καμένη τούφα αποτελούσε ένδειξη της ευμένειας της θεάς και υποδείκνυε αν το αίτημα θα γινόταν δεκτό ή όχι. Αν η φλόγα είχε το σωστό μέγεθος, κοσμούσαν το θύμα με στεφάνια και το οδηγούσαν στον βωμό, όπου τραβούσαν το κεφάλι του προς τα πίσω για να είναι στραμμένο το πρόσωπό του στον ουρανό. Έπειτα, ο ιερέας τού έκοβε τον λαιμό, χρησιμοποιώντας το καθαγιασμένο μαχαίρι. Τα δυνατά ζώα τα ζάλιζαν, καταφέρνοντάς τους μερικά επιδέξια χτυπήματα με την αμβλεία άκρη του τσεκουριού, διότι η υπερβολική αντίσταση θα ήταν ανάρμοστη. Στη συνέχεια, έγδερναν και τεμάχιζαν το ζώο. Κάποια κομμάτια τα τύλιγαν σε λίπος και τα έκαιγαν στην ιερή φωτιά, ενώ τα περιέλουζαν με χοές από κρασί. Πίστευαν ότι τα καμένα κομμάτια και το κρασί τα κατανάλωνε η θεά. Ο ιερέας που πραγματοποιούσε τη θυσία δικαιούνταν τη δορά και ένα από τα πόδια κάθε ζώου, μα ο βοηθός που είχε χτυπήσει το ζώο δεν είχε δικαίωμα να φάει κανένα κομμάτι. Αντίθετα, εισέπραττε χρηματική αμοιβή. Αν απέμενε καθόλου κρέας μετά το τσιμπούσι, οι πιστοί δικαιούνταν να πάρουν και στα σπίτια τους.

Δεν χρειαζόταν να είναι κανείς πλούσιος για να βρει κατάλληλη θυσία. Κάποιες προσφορές ήταν ευτελείς και ευκολόβρετες – σπουργίτια, λουλούδια, πήλινα αγαλματίδια, θυμίαμα, ακόμη και τρίχες. Η βασίλισσα της Αιγύπτου, Βερενίκη, έταξε την κόμη της στη θεά, αν ο άντρας της επέστρεφε με ασφάλεια από επικίνδυνη αποστολή. Όταν επέστρεψε νικηφόρος, οι μπούκλες της τοποθετήθηκαν στο Ιερό της Αφροδίτης, μα λίγο μετά εξαφανίστηκαν, και ο αστρονόμος Κόνων ανέφερε ότι ο Δίας τις είχε πάρει μακριά και είχε σχηματίσει μ' αυτές έναν αστερισμό.

Φαίνεται πως σε ορισμένα μέρη προσφέρονταν ανθρωποθυσίες. Στη Σαλαμίνα και το Κούριο, για παράδειγμα, θυσιάζονταν κάθε χρόνο ανθρώπινα θυσιαστήρια. Άλλες πόλεις κατέφευγαν σ' αυτή την πρακτική μόνο σε εξαιρετικές περιπτώσεις. Οι ανθρωποθυσίες απαιτούνταν από την Αφροδίτη ως εκδίκηση για κάποιο μεγάλο αμάρτημα που είχαν διαπράξει οι κάτοικοι. Όταν μια πόλη απειλούνταν με καταστροφή, οι ανθρωποθυσίες προσφέρονταν κάποτε εθελοντικά για να προλάβουν το κακό. Έχουν ανακαλυφθεί σοροί κατά μήκος συγκεκριμένων ειδών βωμών με αυλάκια, ενδεχομένως για να επιτρέπουν την απορροή του αίματος, που ίσως να ήταν αποτέλεσμα ανθρωποθυσιών. Απ' την άλλη, οι σοροί μπορεί να ανήκαν σε αιχμάλωτους στρατιώτες που εκτελέστηκαν γι' αυτόν ειδικά τον σκοπό. Στη Λάπηθο, στο βόρειο μέρος της Κύπρου, ανακαλύφθηκαν σκελετοί ανδρών δεμένων πισθάγκωνα στην είσοδο τάφων: πρόκειται μάλλον για σκλάβους που θυσιάστηκαν μετά τον θάνατο των αφεντικών τους, και προορίζονταν ως θυρωροί ή αποδιοπομπαίοι τράγοι.

85

Οι πρακτικές αυτές εισήχθησαν στην Κύπρο από τον Τεύκρο, στο τέλος του Τρωικού πολέμου. Εκείνος ίδρυσε την πόλη της Σαλαμίνας, όπου μια φορά τον χρόνο, το θύμα, καθοδηγούμενο από νέους, υποχρεωνόταν να κάνει τρεις φορές τον γύρο του βωμού της Αφροδίτης, προτού ο ιερέας διαπεράσει με λόγχη τον λαιμό του. Στη συνέχεια, έριχναν το πτώμα στη φωτιά για να γίνει στάχτη. Οι θυσίες πραγματοποιούνταν προς εξιλέωση των συλλογικών αμαρτιών τού πληθυσμού της πόλης και για απαλλαγή από τον κίνδυνο αρρώστιας, λιμού ή οργής των θεών. Ωστόσο, από την πρώιμη εποχή, η ανθρώπινη συνείδηση αντιδρούσε σε τέτοια σκληρότητα και η ιεροτελεστία άλλαξε ποικιλοτρόπως. Στο Κούριο, δικαιολογούσαν την πράξη επιλέγοντας έναν εγκληματία (δηλαδή κάποιον που δεν του άρμοζε πλέον να ζει) ως θύμα, το οποίο πέταγαν απ' τον γκρεμό στη θάλασσα. Στην Αμαθούντα, απέφευγαν το θέμα θυσιάζοντας ξένους μόνο στον Ξένιο Δία, αλλά το έθιμο προσέβαλε την Αφροδίτη, και οι υπαίτιοι μεταμορφώθηκαν σε ταύρους. Σε άλλες πόλεις, απλώς προσομοίωναν την ανθρωποθυσία ή αντικαθιστούσαν τα ανθρώπινα θύματα με ζώα. Η πρακτική καταργήθηκε επί βασιλείας του Ρωμαίου αυτοκράτορα Αδριανού. Ο βασιλιάς Δίφιλος της Σαλαμίνας ήταν ο πρώτος των Ελλήνων ηγετών που χρησιμοποίησε βόδια ως υποκατάστατα. Παρουσιάζει ενδιαφέρον το γεγονός ότι τα βόδια κρίθηκαν κατάλληλα, αφού μέχρι σήμερα οι Κύπριοι χωρικοί αποδίδουν ανθρώπινες ιδιότητες στο βόδι και πολλοί απ' αυτούς θεωρούν την κατανάλωση βοδινού κρέατος ως κανιβαλισμό.

86

ΜΑΝΤΕΙΑ

Με το πέρασμα του χρόνου, το Ιερό της Αφροδίτης στην Πάφο συγκέντρωσε πληθώρα πληροφοριών που σχετίζονταν με κάθε προφητικό φαινόμενο. Οι πληροφορίες αυτές καταγράφονταν και ταξινομούνταν, και κληροδοτούνταν από τη μια γενιά ιερέων στην επόμενη. Οι ιεροτελεστίες που συνδέονταν με τη μαντεία φυλάττονταν ως κόρη οφθαλμού. Χρησμοδοτήσεις γίνονταν κατά τη διάρκεια γιορτών ή την Παρασκευή, που ήταν η μέρα της Αφροδίτης και θεωρούνταν τυχερή.

Μια απ' τις μεθόδους που χρησιμοποιούσαν ήταν η περίχυση λαδιού (που κόμιζαν ικέτες) πάνω σε κρύο νερό, και η ανάγνωση μελλοντικών γεγονότων με βάση τα σχήματα που αποτύπωνε το λάδι στην επιφάνεια. Άλλη μέθοδος ήταν η ηπατοσκοπία, δηλαδή η εξέταση του συκωτιού του σφαγίου. Η κατεύθυνση, το μέγεθος και το χρώμα των φλεβών ήταν κρίσιμοι παράγοντες και ερμηνεύονταν σε σχέση με την ομοιότητά τους με αντικείμενα ή γεγονότα: όσα βρίσκονταν στην πλευρά του δεξιού χεριού ήταν ευνοϊκά, και όσα βρίσκονταν στην αριστερή πλευρά, δυσοίωνα. Τα Πάφια μαντεία ήταν περιώνυμα, πράγμα που υποδεικνύει ότι οι προβλέψεις τους ήταν εν γένει ακριβείς, εύλογη εικασία αν λάβουμε υπόψη ότι τα συγκεκριμένα μαντεία ήταν σε μοναδικά πλεονεκτική θέση να συλλέγουν εμπιστευτικές πληροφορίες. Εξάλλου, τα Ιερά ήταν τόποι συνάντησης για κάθε κοινωνική τάξη. Οι άνθρωποι εξηγούσαν περιεκτικά την κατάστασή τους προτού ζητήσουν συμβουλή, κι έπειτα, η ψυχολογική επίδραση μιας ευνοϊκής πρόβλεψης διασφάλιζε συχνά ότι θα γινόταν πραγματικότητα! Ωστόσο, κατά καιρούς, οι χρησμοί των μαντείων ήταν τόσο σκοτεινοί και μυστηριώδεις, που έπρεπε αναγκαστικά να ερμηνεύονται από ιερέα, κάτι που έδινε την ευκαιρία στους υπεύθυνους να στοχάζονται και να εισπράττουν επιπλέον συμβουλές για τα δύσκολα ερωτήματα.

Πέρα από τους επίσημους μάντεις, υπήρχαν τρόπον τινά αυτοεργοδοτούμενοι μάγοι οι οποίοι σύχναζαν σε γιορτές και διαλαλούσαν τα ταλέντα τους στην αγορά ως προφήτες, ονειροκρίτες ή θεραπευτές, και κάμποσες εκδηλώσεις οιονεί θρησκευτικής μαγείας επιτελούνταν με σκοπό να ωθηθεί η θεά να αποκριθεί στο αίτημα κάποιου. Συχνά, πίσω από τέτοιες προσπάθειες κρύβονταν κακοπροαίρετα κίνητρα: εκδίκηση, κακεντρέχεια, απληστία κ.α. Διαφορετικά, χρησιμοποιούνταν για να εξορκίσουν τα κακά πνεύματα ή να προστατεύσουν κάποιον από ξόρκι.

Η λαοφιλία των μαντείων οφειλόταν εν μέρει στην προκατάληψη. Οι Έλληνες Κύπριοι πίστευαν ότι οι ασυνήθιστες εκδηλώσεις τής φύσης ήταν οιωνοί, κι όταν ενέσκηπταν, ζητούσαν από κατάλληλα εκπαιδευμένο μάντη να τους εξηγήσει τι σήμαιναν. Δεν είναι παράδοξη η στάση τους απέναντι στα φυσικά φαινόμενα, αν λάβουμε υπόψη ότι οι θεοί εκπροσωπούσαν διάφορες δυνάμεις της φύσης. Οι οιωνοί διαβάζονταν συχνά σε σχηματισμούς νεφών, στα φερσίματα των ζώων και με ποικίλους άλλους τρόπους. Ανθρώπινα, ζωικά, φυτικά και γεωλογικά τερατουργήματα, καθώς και τερατώδεις καιρικές συνθήκες ήταν ενδείξεις ότι κάποιος θεός είχε εκνευριστεί και έπρεπε να κατευναστεί με θυσία.

89

ΚΕΦΑΛΑΙΟ ΤΡΙΤΟ

ΤΑ ΤΑΞΙΔΙΑ
ΤΟΥ ΒΡΟΝΤΕΑ

ΓΙΟΡΤΕΣ

Επιστρέφω στο Αφροδίσιο. Οφείλω να παραδεχτώ ότι αυτό το μέρος μου αρέσει όλο και πιο πολύ, παρά την ακαθαρσία. Μια αηδιαστική δυσοσμία μπαγιάτικης τροφής και εντοσθίων εισχωρεί στην κάμαρά μου. Εδώ, δεν την προσέχει κανείς. Αν τύχει και την αναφέρεις, σε κοιτούν με έκπληκτα μάτια. Μα με τέτοια πανηγύρια, είναι όλοι τόσο εύθυμοι, που δυσκολεύεσαι να κρατήσεις τον θυμό ή ακόμη και την αηδία σου!

Χθες είδα τα γουρούνια που θα προσφερθούν αύριο για θυσία. Και τα δώδεκα έχαιραν άκρας υγείας. (Καθόλου παράξενο, σε μια τέτοια πόλη!) Πάντως, ελπίζω να είναι θετική η έκβαση για τους κατοίκους. Τα δύο τελευταία χρόνια, η σοδειά ήταν μάλλον φτωχή.

Περπατούσα για μια βδομάδα με ηλιόλουστο καιρό και έγινα μελαψός σαν Αιγύπτιος, το δέρμα μου σκλήρυνε (ειδικά οι πατούσες μου), έχασα βάρος, και η δύναμή μου διπλασιάστηκε. Είναι αλήθεια πως η άσκηση κάνει καλό.

Με ξάφνιασε κάπως το Ιδάλιο. Κάτι είχα ακούσει για την ιδάλια διαδικασία, μα δεν ήμουν προετοιμασμένος για κάτι τέτοιο. Ας πάρουμε τα πράγματα από την αρχή. Έφτασα τη Δευτέρα, κατά την ώρα του μεσημεριανού, και όπως ήταν φυσικό, το πρώτο πράγμα που ρώτησα ήταν πού θα μπορούσα να βρω ένα κατάλυμα. Ένας λιγνός, κομψός νέος προσφέρθηκε να με οδηγήσει στο κατάλληλο μέρος. Περπάτησα μαζί του μέσα από τα σύδεντρα, ώσπου φτάσαμε σε ένα μεγάλο σπίτι, μέσα σε μικρό, αλλά εξαιρετικά περίτεχνο κήπο. Μιλούσε με ανάλαφρο, μελωδικό επιτονισμό: «Αυτό εδώ είναι το σπίτι μου. Κόπιασε να φάμε όλοι μαζί». Τον ακολούθησα, λοιπόν, μέσα. Και το ίδιο το σπίτι ήταν διακοσμημένο, διανθισμένο πέρα ως πέρα με λουλούδια, οινοχόες, αγαλματίδια. Ήταν όλα πολύ χαριτωμένα, μα κάπως περίεργα. Φανταστείτε την έκπληξή μου, όταν ο οικοδεσπότης μου φώναξε ορισμένα ονόματα και, μέσα από διάφορες πόρτες, εμφανίστηκε η πιο παράξενη παρέα: ένα πλάσμα με τα άκρα του καλυμμένα με λωρίδες γκρίζας γούνας, με μουσούδα και δύο τεράστια αυτιά στο κεφάλι! Ένα άλλο πλάσμα, πασαλειμμένο με λίπος και βαφή, ντυμένο στα ροζ, με ροδαλή μάσκα και στριφογυριστή γουρουνίσια ουρά στα νώτα. Μπας κι ονειρευόμουν; Τότε εμφανίστηκε ένα τρίτο πλάσμα, όχι τόσο αλλόκοτο όσο τ' άλλα, μα εξίσου περίεργο με τον δικό του τρόπο. Ήταν ένας άντρας με πυκνό μαύρο μούσι και βροντερά φρύδια. Μπήκε στο δωμάτιο κουνιστός και λυγιστός, φορώντας ένα αραχνοΰφαντο γυναικείο ένδυμα, και αποπνέοντας το πιο ζαλιστικό άρωμα! Διαπιστώνοντας τη σύγχυσή μου, έσπευσε να με καθησυχάσει. Με αρρενωπή φωνή (πρέπει να είχε κρυώσει) μου εξήγησε ότι οι μεταμφιέσεις ήταν μέρος τής γιορτής της Άνοιξης, τα Ανθεστήρια. Οι δυο του κόρες – κατά τα άλλα, χαριτωμένα πλάσματα, με βεβαίωσε – είχαν μεταμφιεστεί αντίστοιχα σε κουνέλι και γουρούνι. Εκείνος ήταν ντυμένος γυναίκα και η γυναίκα του (ο κομψός νεαρός που με είχε φέρει ως εδώ) φορούσε ανδρικά ρούχα. Εξάλλου, η ιδέα της παρενδυσίας δεν ήταν καθόλου σπάνια. Πιστεύω ότι ο καθένας από εμάς

91

την εφάρμοσε κάποια στιγμή, μα σταδιακά το έθιμο εξασθένισε.

Για να μην τα πολυλογώ, απόλαυσα ένα εκλεκτό γεύμα με καλό κρασί, και βρήκα μέρος να μείνω. Αφού εξέφρασα την επιθυμία μου να συμμετάσχω στην τελετή, μου έδωσαν μια παλιά στολή της μητέρας, αρωματισμένη με μυρωδικά, για την οποία δέχτηκα τα πειράγματα των δύο θυγατέρων. Έπειτα, ο οικοδεσπότης μου είπε τις απαραίτητες προσευχές και όλοι μαζί γυρίσαμε στην πόλη.

Εδώ, η γιορτή ήταν στο αποκορύφωμά της: άνθρωποι και πλάσματα έτρεχαν από πόρτα σε πόρτα, γελώντας, τραγουδώντας, χορεύοντας. Η οικογένεια χωρίστηκε, ενώ πολύ γρήγορα με περιέλαβαν δύο ντόπιοι, που μου πρόσφεραν με το έτσι θέλω κρασί και με έραναν με πέταλα. Μη με ρωτήσετε αν ήταν άντρες ή γυναίκες! Έτσι πέρασε το απόγευμα, μέσα στην παραζάλη. Σαν να θυμάμαι το Ιερό λίγο έξω από την πόλη, θυμίαμα, λαμπερές, φανταχτερές στολές, και για μερικά λεπτά κάτι που έμοιαζε με όραμα: μια ψηλή, όμορφη γυναίκα να λαμπυρίζει ανάμεσα στα θεόρατα δέντρα.

Από κει κι έπειτα, θυμάμαι κορμιά και άκρα, θηρία, πετούμενα και τραγούδια. Κύριος οίδε πού πλάγιασα! Ξύπνησα στα σκοτεινά, σε έναν κήπο. Έβλεπα διάσπαρτους ανθρώπους πέρα-δώθε. Πρέπει να ήταν χάραμα, γιατί ο ουρανός ακόμη φωτιζόταν. Κάθισα για λίγο, κρατώντας το κεφάλι μου, ώσπου πρόσεξα ότι έβγαινε καπνός απ' τα πλησιέστερα σπίτια, κι άκουσα μουσική. Προχώρησα προς τα κει, και βρήκα μια παρέα μουσικών να τεντώνουν νωχελικά χορδές και να φυσούν σε αυλούς. Κάθισα μαζί τους. Κάποια στιγμή, έφεραν φαγητό και πολύ γενναιόδωρα το μοιράστηκαν μαζί μου. Όπως ανέτελλε ο ήλιος, στα χέρια τους κρατούσαν απομεινάρια από τις στολές της νύχτας. Έπειτα έφτασαν οι ιερείς. Αναρρίπισαν τη φωτιά και πρόσταξαν τους μουσικούς να παίξουν. Τώρα ο κόσμος άρχισε να χορεύει, αργά και καθώς πρέπει, γύρω απ' τη φωτιά, και όπως αγρίευε η μουσική, βάλθηκαν να ρίχνουν τα ρούχα τους στις φλόγες. Πολύ γρήγορα προσαρμόστηκα, και έβγαλα μερικά από τα ρούχα μου (ή μάλλον της οικοδέσποινάς μου). Πιστεύουν ότι κατεργάρικα και μοχθηρά πνεύματα κατοικούν στα ρούχα των ανθρώπων, και το κακό πρέπει να καεί, για να παραμείνει αγνό το γυμνό κορμί. Στην ουσία, τα ρούχα τούς εξιλέωναν για το όργιο της περασμένης νύχτας! (Εξού και η αμφίεση, που μπερδεύει τα δαιμόνια). Τώρα κάθομαι στο τραπέζι τού αβρού οικοδεσπότη μου, αφού έχω πιει πολύ περισσότερο κρασί απ' όσο έπρεπε! Να τολμήσω να εισηγηθώ πως όλο αυτό δεν είναι παρά ένα πρόσχημα; Μια δικαιολογία, αν θέλετε; Άραγε όντως το εγκρίνει η θεά; Όπως και να'χει, η ιδέα είναι μάλλον έξυπνη.

Τι μπορώ να πω για την Ταμασό; Όλος ο χαλκός μας από κει προέρχεται. Ό,τι μπορεί να υπάρξει, φτιάχνεται με χαλκό, από μαγειρικά σκεύη μέχρι πλακέτες και κοσμήματα. Έχω δει ακόμη και χάλκινες προσόψεις και χάλκινες στέγες – κυρίως πράσινες, φυσικά. Όμως, ο βασικός πόλος έλξης εδώ είναι το Ιερό Άλσος, και το δέντρο που καρποφόρησε το χρυσό μήλο που η Αφροδίτη έδωσε στην Αταλάντη.

Είδα γυναίκες να σχηματίζουν ουρές για τους καθαγιασμένους καρπούς, που χορηγούν οι ιερείς ως θεραπεία για την ατεκνία. Προφανώς, έχει αποτελέσματα! Το μέρος μού ασκεί μεγάλη γοητεία. Είναι φιλήσυχο, οργανωμένο, με τα άλση να αποπνέουν, θαρρείς, μιαν αίσθηση γαλήνης.

93

Έχω αποκλειστεί απ' όλες τις ιεροτελεστίες! Όχι για οποιοδήποτε ατόπημα εκ μέρους μου, ή οποιοδήποτε απαγορευτικό λόγω ατελούς προετοιμασίας ή χαλαρής ηθικής, μα επειδή είμαι άντρας. Ολόκληρος ο ανδρικός πληθυσμός της Ταμασού έχει αποκλειστεί. Καθόμαστε, λοιπόν, παρέα στην αγορά, κι αναρωτιόμαστε τι να διαδραματίζεται στο Ιερό. Μάλλον μάταιο, βέβαια – κανείς μας δεν θα μάθει. Ωστόσο, ας κάνουμε εικασίες! Υπάρχουν ένα σωρό παράξενες θεωρίες, οι περισσότερες τόσο αηδιαστικές που δεν μπορώ να τις μεταφέρω, και δείχνουν πόσο λίγη εμπιστοσύνη δείχνουμε εμείς οι άντρες στις γυναίκες. Ένα μέρος του εαυτού μου συναινεί με τη γενικότερη αίσθηση. Οι γυναίκες δεν είναι τόσο αξιόπιστες, μα είναι πολύ πιο φιλήδονες από εμάς.

Όμως, παρεκκλίνω από το θέμα μου, που είναι οι αντρικές θεωρίες για τις γυναικείες ιεροτελεστίες. Εδώ υπεισέρχεται το κωμικό στοιχείο, διότι αν τύχει και κατεβείς στην αγορά, όπως έκανα εγώ τις προάλλες, θα ακούσεις τις πιο ανόητες κουβέντες, όχι μόνο για τις ιεροτελεστίες, αλλά και για τα πιο φυσιολογικά χαρακτηριστικά των συζύγων αυτών των αντρών. Η όλη διάθεση είναι, μάλιστα, μολυσματική. Όλοι ξέρουν ότι πρόκειται για ψέματα, αλλά καθόμαστε εκεί και μιλάμε ώσπου να πέσουμε ανάσκελα, και ύστερα μελαγχολούμε φρικτά μέχρι να βρεθεί κάποιος άλλος να μας κεντρίσει!

Άφθονες δόσεις κρασιού συντηρούν την ατμόσφαιρα. Εγώ βαριέμαι γρήγορα, αλλά οι ντόπιοι όχι. Συνεχίζουν στο ίδιο κλίμα, κάποτε για τρεις ολόκληρες μέρες. Οι πιο βαρύνουσες εξηγήσεις των δραστηριοτήτων των γυναικών περιλαμβάνουν ακραίες μορφές σεξουαλικότητας, ίσως ένα τελετουργικό έμμηνου ρύσης, ενώ ένας άντρας νόμιζε ότι οι γυναίκες επιτελούσαν μια μορφή αιματηρής θυσίας, με θύματα που κουβαλούσαν απ' αλλού. Υπάρχουν διάφορες πιστευτές θεωρίες. Το αντικείμενο τής τελετής είναι να

94

ενισχυθεί η καρποφορία των δέντρων – αν μη τι άλλο, αυτό είναι το πρόσχημα. Ωστόσο, ας μην είμαι κυνικός. Σας μεταφέρω το γενικό πνεύμα που επικρατεί, κι εξάλλου κατάφερα να δω ένα μέρος της ιεροτελεστίας. Διεξάγεται πομπή στο ύπαιθρο και, παρόλο που αυστηρά μιλώντας, δεν επιτρέπεται η είσοδος σε άντρες, τίποτα δεν μας εμποδίζει να παρακολουθούμε από απόσταση. Οι γυναίκες βγήκαν απ' το Ιερό με αυστηρό σχηματισμό. Τα πάντα ήταν σε τάξη. Οι περισσότερες ήταν λευκοντυμένες, όμως κάποιες φορούσαν βαθύ κόκκινο. Η επικεφαλής κρατούσε μια μικρή δάδα.

Έπειτα πορεύτηκαν σε ένα λαβυρινθώδες μονοπάτι γύρω από τα οπωροφόρα δέντρα, τραγουδώντας χαμηλόφωνο τραγούδι, που δεν καταλαβαίναμε τα λόγια του, ειδικά όταν προχώρησαν στο απόμερο άκρο του κήπου. Πάντως, όταν μας πλησίασαν, καταφέραμε να δούμε καλά την παρέλαση, και τότε φάνηκε ότι οι περισσότερες κρατούσαν ένα αντικείμενο μέτριου μεγέθους, που μετά από προσεκτική παρατήρηση φάνηκε πως ήταν μια λίθινη ή ξύλινη απεικόνιση φαλλού. Είναι απίστευτο πόσο βαρετή μπορεί να γίνει μια τελετή, αν δεν λαμβάνεις κι εσύ μέρος! Οι γυναίκες συνέχισαν με τον ίδιο τρόπο για λίγη ώρα, έπειτα κάθισαν στο κέντρο, πρώτα τοποθέτησαν τα ομοιώματα πλάι σε ένα θεόρατο δέντρο, και μετά από λίγο ξανασηκώθηκαν και συνέχισαν να περπατούν. Βαρέθηκα και κίνησα προς το σπίτι. Καθώς περνούσα από κάτι σπίτια κοντά στην αγορά, με πλεύρισαν δύο κορίτσια που, προφανώς, είχαν καλύτερα πράγματα να κάνουν από το να παρίστανται σε θρησκευτικές τελετές. Μ' αυτά και μ' εκείνα, δέχτηκα την προσφορά τους. Καλά κρατούσαν οι εμπορικές συναλλαγές τις τελευταίες μέρες.

Την επομένη, κατηφόριζα προς την αγορά όταν είδα τον Αδριανό, γνωστό μου απ' τη γενέτειρά μου, στην απέναντι πλευρά του δρόμου, να αγκομαχά και να ιδρώνει περιστρέφοντας τα μάτια του, προφανώς γυρεύοντας εμένα. Τι μπορούσα να κάνω; Προχώρησα σκυφτός σε ένα πέρασμα, και το μόνο που κατάφερα ήταν να τραβήξω την προσοχή. Στο πι και φι βρέθηκε ξωπίσω μου! Καμώθηκα πως δεν τον είδα και έσπευσα στην αγορά μέσα από συντόμια, ελπίζοντας πως θα τον έχανα ανάμεσα στο πλήθος. Φρούδες ελπίδες! Το κυνηγητό κράτησε μονάχα μερικά λεπτά. Μόλις με πρόφτασε, εννοείται πως προσποιήθηκα τον χαρούμενο. «Τι υπέροχη έκπληξη!» κτλ. Εκείνος ήξερε πολύ καλά ότι είχα προσπαθήσει να του ξεφύγω, αλλά δεν έκανε τον κόπο να το σχολιάσει. Αντίθετα, προσποιήθηκε πως ήταν εξίσου έκπληκτος με μένα. «Ποιος το περίμενε πως θα σε συναντούσα εδώ! Ήρθα για κάτι δουλειές. Βρίσκομαι προ των πυλών της σπουδαιότερης συμφωνίας της ζωής μου. Χαλκός! Εκεί βρίσκονται τα χρήματα. Μα υπάρχει μια μικρή δυσκολία. Καθ' οδόν προς τα δω... πού να στα λέω! Με κατάκλεψαν κάτι ληστές, και μ' άφησαν απένταρο – όχι ότι θα δυσκολευτώ να μαζέψω το ποσό όταν θα γυρίσω πίσω – μα υπό τις περιστάσεις είναι κάπως άβολο. Ωστόσο, οι θεοί είναι καλόψυχοι! Ποιος θα το περίμενε πως εδώ, σε ξένη γη, θα έβρισκα τον φίλτατό μου σύντροφο (δεν ξέρω τι εννοούσε μ' αυτό), τον Βροντέα, που φημίζεται για την καλοσύνη του, και είναι ο μοναδικός άντρας στην Κύπρο που δεν κυκλοφορεί ποτέ χωρίς μετρητά. Άκου τι προτείνω», συνέχισε απνευστί, «αν καλύψεις τα έξοδά μου εδώ, θα σε μπάσω στη συμφωνία. Φυσικά, τους ληστές θα τους πιάσουν και θα τους εκτελέσουν, άρα θα πάρω πίσω κάποια απ' τα κλοπιμαία. Κι όταν όλα διευθετηθούν, θα γίνουμε και οι δυο μας πλούσιοι. Ή, αν μη τι άλλο, ευκατάστατοι. Λοιπόν, τι λες;»

Έπρεπε να σκεφτώ γρήγορα τι να απαντήσω. «Δεν υπόσχομαι τίποτα, παλιόφιλε. Ως συνήθως, τα παραλές με το εύρος της ευημερίας μου, αλλά...» κι εδώ προσποιήθηκα πως το σκεφτόμουν, «αν αυτό που λες αληθεύει – κι όντως η συμφωνία είναι ελκυστική – θα κάνω ό,τι μπορώ για να σε βοηθήσω. Δεν ανέφερες το ακριβές ποσό, και εγώ δεν συνηθίζω να κουβαλώ όλα μου τα λεφτά όπου πηγαίνω, μα άκου τι θα κάνω. Έλα να με βρεις σ' αυτό το σημείο σήμερα το απόγευμα, για να σου δώσω μερικά χρήματα και πιστωτική επιστολή για την οικογένειά μου στην Καρπασία. Έτσι, θα είναι όλοι ικανοποιημένοι». «Καλώς», αποκρίθηκε, «θα σε δω το απόγευμα».

Περιττό να πω ότι δεν είχα καμία πρόθεση να γυρίσω στο συγκεκριμένο μέρος! Γύρισα βιαστικά στο σπίτι και μάζεψα τα πράγματά μου. Ήμουν έτοιμος να φύγω, όταν εμφανίστηκε ο Αδριανός! Του είπα ότι είχε έρθει νωρίς και του ζήτησα να με περιμένει στη γωνία. Το έσκασα απ' την πίσω πλευρά. Ωστόσο, μερικά μίλια έξω απ' την Ταμασό, τον βρήκα να κάθεται στην άκρη του δρόμου, και να μασουλάει πίτες. Δεν χωρούσαν εξηγήσεις. Κάθισα δίπλα του και μοιραστήκαμε τις πίτες.

Γυρίσαμε στην Ταμασό. Δεν είχαμε προχωρήσει ούτε ένα μίλι μετά την τελευταία μας στάση, όταν σκόνταψα σε βράχο, στραμπούληξα τον αστράγαλό μου και βρέθηκα ανασκολοπισμένος από ένα ιδιαίτερα αιχμηρό αγκάθι, που δεν μπορούσα με τίποτα να αφαιρέσω! Ο Αδριανός προσπάθησε να βοηθήσει, αλλά έτσι όπως μου κοπανούσε το πόδι, δεν έκανε τίποτε άλλο εκτός από το να με εκνευρίσει! Έγραψα στη γυναίκα μου οδηγίες να στείλει τον δούλο μας, τον Φίλωνα. Εξ αρχής δεν έπρεπε να ταξιδέψω χωρίς εκείνον. Πρώτον, κάτι τέτοιο εγείρει υποψίες και, εξάλλου, παρά τις προσδοκίες μου, βρέθηκα να κουβαλώ κάμποσες αποσκευές.

Δεν υπήρχε εναλλακτική λύση έξω από την ιδιαίτερα επώδυνη επιστροφή στην Ταμασό, με την αμφίβολη βοήθεια του φίλου μου. Η ζέστη ήταν φοβερή. Τα χαλίκια καψάλιζαν τα πόδια μου και διψούσα διαρκώς. Φοβόμουν τον πυρετό,

97

ανέκαθεν. Απεχθάνομαι το πώς χάνεις τον έλεγχο του εαυτού σου λόγω πυρεξίας.

Ο Αδριανός στάθηκε σωστός απέναντι μου. Μου έφερε φαγητό, ειδήσεις, με απασχολούσε με κουβέντα, πλήρωσε τους λογαριασμούς (με τα δικά μου λεφτά, βεβαίως), μέχρι και γιατρό μού βρήκε! Προφανώς, συρρέει κόσμος για μια άλλη γιορτή. Δεν είχα συνειδητοποιήσει ότι θα ακολουθούσε τόσο γρήγορα. Ανάμεσα στους επισκέπτες ήταν και διάφοροι ιατράνθρωποι.

Ο γιατρός που με επισκέφτηκε είχε όψη κακούργου, με λερωμένα ρούχα, κηλιδωμένο δέρμα, χαλασμένα δόντια και αποκρουστική μυρωδιά. Ήμουν έτοιμος να τον στείλω στο καλό, αλλά εκείνην ακριβώς τη στιγμή με σούβλισε ένας πόνος στο πόδι και παρέλυσα, άλαλος. Στο μεταξύ, εκείνος είχε απλώσει τα συμπράγκαλά του χάμω κι εξέταζε το γόνατό μου με σοβαρότητα, μουρμουρίζοντας σε ξένη διάλεκτο. «Δεν μπορείς να τον γιάνεις;» ρώτησε ο Αδριανός. «Δεν νομίζω να είναι υπεράνω των δυνάμεών μου», απάντησε εκείνος. Έπειτα επέλεξε έναν αδρό, λευκό βολβό. «Κρόμμυο θαλάσσης», μου εξήγησε, σηκώνοντάς το ψηλά σαν μάγος σε πανηγύρι. Ξεφλούδισε ένα τμήμα του, ζήτησε νερό και βγήκε από το δωμάτιο, μάλλον για να το βράσει, διότι όταν γύρισε, το κρεμμύδι άχνιζε. Έριξε το μαλακό κομμάτι στην πληγή χωρίς καν να μπει στον κόπο να απολογηθεί (σφάδαζα απ' τον πόνο) και το έδεσε σφιχτά με μια λωρίδα ύφασμα. Μόλις τελείωσε, τον έπιασαν οι γλύκες και προσφέρθηκε να μας πουλήσει διάφορα παρασκευάσματα που θεράπευαν τα πάντα, από πανούκλα μέχρι ανικανότητα. Μερικές ώρες μετά, η πληγή άνοιξε και το αγκάθι έσταξε έξω μαζί με κάμποσο πύον. Είναι περίεργοι τύποι οι γιατροί – δεν συνάντησα ποτέ μου έναν, που να μη δείχνει εντελώς αναξιόπιστος. Μα ο πόνος πέρασε και μπορώ να περπατώ μες στην κάμαρά μου.

Τώρα είμαι καλά, έτοιμος να προχωρήσω στο Κίτιο. Η γιορτή που είχα αναφέρει κράτησε τρεις μέρες. Ήταν απρόσμενα αρχαϊκή, με έμφαση στην ομοφυλοφιλική συνουσία. Κάποτε συνέβαινε το ίδιο στην Καρπασία, πιστεύω, μα το έθιμο εγκαταλήφθηκε την εποχή του πάππου Φιλίππου. Δυσκολεύτηκα να το πάρω στα σοβαρά, τόσο όσο έπρεπε. Παρόλο που θεωρώ φυσιολογικό αυτό το πάθος, δεν βλέπω πώς τιμάται η Αφροδίτη. Ασφαλώς, το θέμα είναι η γονιμότητα και όχι η ψυχαγωγία ή η ικανοποίηση καθημερινών πόθων. Οι νεαροί άντρες υφίστανται αρκετά βίαιη μεταχείριση και οφείλουν να υποταχθούν στον ένα ή τον άλλο ιερέα, προσποιούμενοι μάλιστα ότι αντιστέκονται. Ανάμεσά τους, υπήρχαν νέοι εξαιρετικής ομορφιάς.

Προς ανακούφισή μου, χθες αφίχθηκε και ο δούλος Φίλων.

Γι' άλλη μια φορά έφτασα πολύ νωρίς, μα αφού ήρθα, ας ρίξω μια ματιά τριγύρω. Το τραύμα στο πόδι μου έχει επουλωθεί πλήρως, γι' αυτό μπορώ να περπατώ όσο θέλω. Ο Φίλων κουβαλάει τα πράγματά μου και ο Αδριανός λογαριάζει να φύγει σε μια-δυο μέρες, αφ' ενός για να παραλάβει τα δανεικά, κι αφ' ετέρου για να τρέξει κάτι συναλλαγές στην Καρπασία.

Ξαφνιάστηκα σαν είδα πως έβρεχε όταν έφτασα. Η αλυκή ήταν ασάλευτη και σκοτεινή, και η βροχή την διαπερνούσε πέρα για πέρα με φλύκταινες, σαν σφυρήλατο ασήμι. Ανάμεσα στα δέντρα, έβλεπα μια αποικία παπιών, που έμοιαζε να εκτείνεται για σχεδόν ένα μίλι. Υπήρχαν και φοινικόπτεροι, που διεκδικούσαν τον δικό τους κολπίσκο. Πορευτήκαμε μέσα από τις φοινικιές για να φτάσουμε στην πόλη. Το κέντρο του Κιτίου βρίσκεται σε υψίπεδο κι όλα τα σημαντικά Ιερά συγκεντρώνονται εδώ. Μέχρι το βράδυ, η βροχή είχε σταματήσει και ο ουρανός καθάρισε, και μια ευχάριστη κόκκινη λάμψη απλωνόταν πάνω σε όλη την περιοχή. Εξασφαλίσαμε διαμονή σε πανδοχείο και εκμεταλλευτήκαμε την ευκαιρία για να απολαύσουμε ένα καλό γεύμα που ετοίμασε ο ιδιοκτήτης, φοινικικής καταγωγής, ο οποίος εργοδοτεί Πέρσες. Πάντως, φαίνεται να επικρατεί φυλετική ένταση εδώ πέρα. Ο χώρος ήταν περιορισμένος και έπρεπε να μοιραστώ την κάμαρά μου με δύο Σύριους που είχαν έρθει για δουλειές. Ήταν θορυβώδεις και φλύαροι και γρήγορα με παρέσυραν στην κουβέντα τους. Μαζί με τέσσερις άλλους, πρέπει να ήταν μέλη κάποιας αποστολής ιδιωτικής πρωτοβουλίας, και ανυπομονούσαν να επισκεφτούν το περιλάλητο ντόπιο χαμαιτυπείο. Από τις περιγραφές τους, ακουγόταν μέρος εξαιρετικά ποταπό, μα συμφώνησα να τους συνοδεύσω για μια επίσκεψη.

Ήταν όπως ακριβώς είχα φανταστεί, χειρότερο ακόμα! Πάλι καλά που το επισκεφτήκαμε μετά το σούρουπο, διότι έκτοτε άκουσα ότι κανένας ευυπόληπτος πολίτης δεν θα σκεφτόταν να μπει σε τέτοιο μέρος μέρα μεσημέρι.

Στην είσοδο υψώνεται άγαλμα της Αφροδίτης Καλλίπυγου, όμορφα σμιλευμένο και εξαιρετικά σαγηνευτικό, όπως σε κρυφοκοιτάζει πάνω απ' τον ώμο της, τα νώτα της ανασηκωμένα σαν να σε προσκαλούν. Εδώ οφείλω να αναφέρω ότι το συγκεκριμένο χαμαιτυπείο δεν περιείχε κορίτσια, αλλά άντρες. Μέσα ήταν σκοτεινά, διότι οι δάδες που χρησιμοποιούσαν ήταν μικρές και αραιές. Από πιο κοντά, πρόσεξα ότι οι διακοσμητικές βάσεις τους ήταν μαντεμένιες ανδρικές φιγούρες, που επιδίδονταν σε διάφορες μορφές συνουσίας. Μας ξενάγησε ένα όμορφο αγόρι με μακριά μαλλιά, με περίτεχνους βοστρύχους που έπεφταν κάτω απ' τους ώμους του. Μιλούσε ψιθυριστά, μα πού και πού ελευθέρωνε ένα τραχύ γέλιο όταν αναλογιζόταν κάποια

100

λεπτομέρεια της διακόσμησης. Ήταν πολύ εξυπηρετικός με τους Σύριους, και έδειξε με τις κουβέντες του πως είχε εξοικειωθεί με την πολιτική και τις σεξουαλικές τους συνήθειες. Πρόσεξα, πάντως, ότι τις πιο θερμές ματιές τις επεφύλασσε για μένα. Και τα ψηφιδωτά εικόνιζαν σκηνές ομοφυλοφυλικής ψυχαγωγίας, που οι λεπτομέρειές της δεν διαφέρουν αρκετά ώστε να χρειάζονται πλήρη περιγραφή. Φυσικά, όλα παρουσιάζονταν καθ' υπερβολήν, όπως αναμενόταν: ένας συνδυασμός ανέφικτης χάριτος και εξωφρενικού κωμικού. Χοντροί άντρες με μικρόσωμους ακροβάτες, μικρόσωμοι άντρες με κραυγαλέους, λαρινούς εταίρους, δύο μυώδεις τύποι που αντιμετώπιζαν την όλη δραστηριότητα ως ένα είδος επίμοχθης γυμναστικής άσκησης. Πολλές από τις εικονίσεις έφεραν επιγραφές, μα δεν θυμάμαι καμία εκ του προχείρου. Έξω, είχε σηκωθεί ένα θερμό αεράκι και κάθε τόσο ένιωθα ένα ευχάριστο ρεύμα ανάμεσα σε δύο παράθυρα. Οι Σύριοι γνωστοί μου οδηγήθηκαν γρήγορα στα δωμάτια της επιλογής τους. Εγώ, αφού δεν δήλωσα προτίμηση, έμεινα να μιλάω με το αγόρι. Περπατούσαμε μαζί γύρω από τον ναό. Ήταν μάλλον δυσαρεστημένος με τη χαμηλή στάθμη του επαγγέλματός του (οι ντόπιοι τούς αποκαλούν σκυλιά) και ευχόταν να είχε γεννηθεί γυναίκα για να γλιτώσει από το μίσος. Τον παρηγόρησα, παρατηρώντας ότι ήταν πολύ νέος και όμορφος και ότι αυτές οι ιδιότητες δεν είναι απεχθείς. Τα λόγια μου τον ευθύμησαν, «Είμαστε όλοι κάτω από τη σκεπή της θεάς», μου είπε, και συνεχίσαμε να μιλάμε μέχρι τις πρώτες ώρες του πρωινού.

Έκανα τον γύρο του λιμανιού. Πόσο κοσμοπολίτικη ήταν η συνάθροιση! Τα ρούχα από μόνα τους λειτουργούσαν ως ένα είδος γεωγραφικού λεξικού. Η μέρα ήταν φωτεινή και ηλιόλουστη, ο ήλιος τρεμόπαιζε πάνω στο νερό, ο αφρός ήταν πυκνός και πάλλευκος, τριήρεις, πεντήρεις, ψαροκάικα, ιστία και πανιά με λάβαρα, αξιοπερίεργες πλώρες με ξένες επιγραφές. Στον μώλο άκουγες διάφορες παράξενες λαλιές, άσχημες, βολβώδεις λέξεις, βήχα, ήχους γδαρσίματος, μουσικές ομιλίες και γλώσσες που έμοιαζαν με τη δική μας, μα αποδείχτηκαν ακατανόητες. Ταυτόχρονα, το μέρος κατακλύζεται από επαίτες και παράλυτους και ένα σωρό κιβώτια. Είδα έναν άντρα να πέφτει στο νερό. Πρέπει να πνίγηκε, διότι δεν ξαναβγήκε στην επιφάνεια. Δεν συγκινήθηκε κανείς. Η πόλη ευημερούσε υπό φοινικική διοίκηση.

Σήμερα έφυγε και ο Αδριανός, κεφάτος. Έσμιξε με μια παρέα περιηγητών που κίνησαν για την Ανατολή, γι' αυτό διασκεδάζει κάπως – μπορεί να του δώσουν κι άλογο, είχαν κάμποσα μεταξύ τους. Υπέροχο αγόρι, μα άστατο!

Αφού βαρέθηκα το Κίτιο κι αφού ο καιρός άλλαξε προς το καλύτερο, αποφάσισα να ανέβω στο όρος της Αφροδίτης εκεί κοντά, και να επισκεφτώ τον περίφημο ναό. Τι απότομη που ήταν η αναρρίχηση! Το μονοπάτι είναι πολύ στενό κι ελίσσεται άβολα ανάμεσα σε βάτους και τσουκνίδες, πάνω από χαλαρό χαλίκι και κομμάτια από ολισθηρά βρύα, κι ώσπου να φτάσεις στην κορυφή, σου βγαίνει η πίστη! Όπως μπορείτε να φανταστείτε, η αναρρίχηση είναι αδύνατη τον χειμώνα, εκτός κι αν είσαι εκπαιδευμένος ορειβάτης. Παρόλ' αυτά, αποζημιώνεσαι για τον κόπο σου: καθ' οδόν, πλάι σε κάθε δέντρο, θάμνο ή έξαρμα, θα συναντήσεις κάποιο είδος βωμού. Μέχρι και τα βράχια και οι μεγαλύτερες πέτρες, για να μην πω τα ρηχά σπήλαια, σκαμμένα στην πλαγιά, που σχηματίζουν φυσικές κόγχες και κοιλότητες, έχουν καθαγιαστεί από τους ιερείς και φιλοξενούν αυτοσχέδιους βωμούς, όπου τοποθετούνται με ευταξία οι συνήθεις προσφορές: φασόλια, αμύγδαλα, λάδι ή ό,τι προαιρείστε, πέρα από τα χοντροφτιαγμένα κέρινα ή πήλινα ομοιώματα αποθανόντων προσκυνητών, που τα άλγη τους υποδεικνύονται από ανωμαλίες στα αντίστοιχα άκρα ή όργανα. Είναι και κάποια με πληγές, κάποια με πρηξίματα, πολλά απ' αυτά χωρίς δόντια. Μπροστά σ' ένα τέτοιο βωμό σταμάτησα κι έφτιαξα με υγρό χώμα ένα ομοίωμα με σχισμένο γόνατο διά αθύμησιν του πρόσφατου τραυματισμού μου. Αμέσως μετά, ο Φίλων και εγώ προσευχηθήκαμε, εγώ προσφέροντας ευχαριστίες για τη θεραπεία μου, και ο Φίλων για την άρρωστη μητέρα του. Τις προσευχές μας συνόδευε το τραγούδι των πουλιών (κελαηδούν όμορφα ανάμεσα σε δέντρα και θάμνους, και φαίνονται εξημερωμένα). Γύρισα να φύγω κι ίσα που πρόλαβα να μην αγγίξω έναν σκορπιό, κάτι που – κι αναφέρομαι στην αποφυγή, όχι στον σκορπιό – εκλαμβάνω ως καλό οιωνό. Το πλάσμα έτρεξε να ξαναχωθεί σε ένα αναποδογυρισμένο δοχείο ανάμεσα σε μια συστάδα από παραμελημένα αγαλματίδια.

Είναι καλό μέρος για προσευχή. Πρώτον, είναι ιδιωτικό: κανείς δεν μπορεί να σε αιφνιδιάσει, διότι η κλίση είναι απότομη και όποιος πλησιάσει αναγκαστικά θα κάνει θόρυβο. Μπορεί να σπάσει κανένα κλαδί, να αναδεύσει πέτρες ή να ανακινήσει τα τάματα των άλλων. Έτσι, μένουν ανήκουστες οι ικεσίες σου, αναντίρρητες, προορισμένες μονάχα για τη θεία πρόνοια. Δεύτερον, έτσι όπως στέκεσαι ψηλά, πάνω από τον υπόλοιπο κόσμο, νιώθεις αποκομμένος από τις καθημερινές σκοτούρες και αισθάνεσαι κάτι περισσότερο από άνθρωπος, ευάρμοστος σύντροφος θεών και θεαινών. Τρίτον, είναι καλό να προσεύχεσαι εκεί όπου προσευχήθηκαν άλλοι πριν από σένα, να νιώθεις την καθιέρωση της πέτρας μετά από αιώνες ψηλάφισης, ή να

103

μπαίνεις σε σπήλαιο που αντηχεί φωνές ανθρώπων προ πολλού νεκρών: πολιτευτών, λαϊκών, γυναικών και αγοριών, γριών παχύτερων κι από τον Σειληνό, που αγκομαχούν και κοντανασαίνουν. Είναι παράξενο συναίσθημα. Και ο Ησίοδος σε βουνό δεν είχε μάθει να άδει;

Αφού ανεβήκαμε στην κορυφή, βρήκαμε μια ομάδα επισκεπτών που είχαν φτάσει λίγο καιρό πιο πριν, απεσταλμένους ντόπιων αγροτικών κοινοτήτων, που συμμετείχαν σε τελετουργικό δέησης για εποχιακή βροχή. Αφού την ίδια μέρα απολαύσαμε ζεστή ψιχάλα, μπορούμε να υποθέσουμε με ασφάλεια ότι είτε αυτοί είτε η προηγούμενη ομάδα πέτυχαν τον σκοπό τους. Παρόλ' αυτά, αισθάνθηκα ότι είχα καθήκον να ενεργήσω ως αυτόκλητος αντιπρόσωπος της δικής μου πόλης, και τους ακολούθησα στις προσευχές. Η κορύφωση της τελετής είναι θεαματική και μάλλον συγκινητική. Ο ιερέας ράντισε τα κεφάλια μας με αγίασμα (στον βωμό, αφού είχαν αποδοθεί οι προσφορές) κι έπειτα οδηγηθήκαμε σε λιτανεία γύρω από το Ιερό και κάτω στην άκρη ενός απόκρημνου γκρεμού τρομακτικών διαστάσεων, όπου ο ιερέας, με επιτηδευμένες χειρονομίες, άδειασε στην άβυσσο όσο αγίασμα είχε απομείνει. Το βλέπαμε να πέφτει ώσπου έφτανε το μάτι μας. Την επόμενη μέρα είχαμε την ερμηνεία των οιωνών και λεπτομερείς προβλέψεις για βροχή ή ξηρασία.

Πέρασε σχεδόν μια βδομάδα από τότε που ήρθαμε, αν και δεν είχαμε σκοπό να μείνουμε. Μα οι γεωργοί που ανέφερα ότι συμμετείχαν στην παράκληση για βροχή δέχτηκαν επίθεση από ληστές, ούτε ένα μίλι από δω. Ένας γεωργός γύρισε πίσω και μίλησε για φόνους και βία, και η όψη του επαλήθευε όσα έλεγε. Προφανώς, μόλις κατέβηκαν απ' το βουνό οι γεωργοί, δέχτηκαν επίθεση από συμμορία ληστών, οπλισμένων με λόγχες και κοντοσπάθια. Σκότωσαν έναν επί τόπου, και τους άλλους τους αιχμαλώτισαν. Μόνο ο άνθρωπος που είχαμε μπροστά μας κατάφερε να αποδράσει, όχι χωρίς να λαβωθεί, μετά από μάχη με δύο ληστές. Οι ιερείς εδώ πιστεύουν πως πρόκειται για νεοσύστατη συμμορία ή ίσως για συμμορία που μετοίκησε από άλλη περιφέρεια, διότι δεν τους αναγνώριζαν απ' την περιγραφή του μάρτυρα. Απ' την άλλη, προσθέτουν, κάτι τέτοιο δεν είναι καθόλου ασυνήθιστο. Συχνά γίνονται επιδρομές στην περιοχή, μα οι κακούργοι ποτέ δεν παραβιάζουν το ίδιο το βουνό, φοβούμενοι θεϊκά αντίποινα.

Αυτό συνέβη πριν τρεις ημέρες και, παρά την απειλή, η ροή των προσκυνητών προς τον ναό συνεχίζεται σταθερά, μα έρχονται ένας-ένας παρά σε ομάδες. Μάλλον είχαν άγνοια της κατάστασης και γλίτωσαν, διότι οι ληστές έκριναν πως δεν άξιζαν τον κόπο. Χθες, πάντως, έφτασαν όσοι απέμειναν από άλλη ομάδα, και ιστόρησαν διαγουμίσματα και μακελέματα, άρα κανείς δεν πρέπει να αισθάνεται ασφαλής. Όλα αυτά δημιούργησαν μια περίεργη κατάσταση. Ο ναός είναι τόσο συνωστισμένος, που υπάρχει ελάχιστος χώρος για να προχωρήσεις, αφού δεν αποχωρεί κανείς, παρά μόνο περιμένουν να ακούσουν την είδηση πως οι ληστές συνελήφθησαν ή έφυγαν. Πόσο κουραστικό είναι! Οι ιερείς συνεχίζουν τις τελετές σάμπως και δεν συνέβη τίποτα, τα δώρα συσσωρεύονται στον βωμό, οι συζητήσεις μπαγιατεύουν και όλοι μας βαριόμαστε θανάσιμα. Καμιά φορά, οι ιερείς μεταφέρουν κάποιες προσφορές: φρούτα και στάχυα στο κελάρι, τα αγάλματα σε μια τεράστια σπηλιά στην ανατολική πλευρά του βουνού. Είναι ενδιαφέροντα τα αγάλματα, υποθέτω, και ανάμεσα σε ταύρους, τέρατα και ανθρώπινες φιγούρες, εντόπισα μια συστάδα καλοσμιλεμένων κερασφόρων κενταύρων με φίδια περιτυλιγμένα στον λαιμό τους. Τα χέρια των κενταύρων ήταν υψωμένα σε στάση λατρείας της Αφροδίτης, που είναι η θεά τους. Φαίνεται πως

105

ακόμα και οι ληστές την σέβονται, αφού κάποιοι είπαν πως τους είδαν να προσεύχονται ανάμεσα στους βωμούς.

Μας είχαν συμβουλεύσει διάφοροι ιερείς ποια διαδρομή να ακολουθήσουμε, ενώ μας προμήθευσαν με ένα ζευγάρι παλιά σπαθιά και ένα μακρύ καμπυλωτό μαχαίρι, καλοδιατηρημένο. Η κατάβαση ήταν, αν μη τι άλλο, πιο φιδωτή απ' την ανάβαση. Καταγδάρθηκαν τα πόδια μας ώσπου να φτάσουμε κάτω. Αφού ήταν νωρίς το πρωί, το τραγούδι των πουλιών ήταν ιδιαίτερα δυνατό, και κάλυπτε τον θόρυβο. Σαν φτάσαμε στους πρόποδες του βουνού, έπρεπε να αναζητήσουμε ορισμένα σημάδια (αλάνθαστα, μας διαβεβαίωσαν) που θα μας κρατούσαν μακριά από την περιοχή των ληστών. Πέρα από κάποια προσωπικά έγγραφα και ελάχιστα λεφτά, άφησα όλες μας τις αποσκευές στον αρχιερέα, για να μην αποτελέσουμε στόχο σε περίπτωση που μας εντόπιζαν οι ληστές. Προχωρείς πολύ αργά όταν δεν είσαι εξοικειωμένος με το έδαφος, και οι διαρκείς μας συζητήσεις για το ποιο απ' τα σημάδια ήταν αυθεντικό και ποιο όχι, μας καθυστέρησαν ακόμη περισσότερο. Δεν πρέπει να είχαμε προχωρήσει περισσότερο από δύο μίλια μέχρι να φέξει, αλλά ήμασταν αισιόδοξοι πως τους είχαμε ξεφύγει, αφού ούτε ακούσαμε, ούτε είδαμε οτιδήποτε που έστω αμυδρά να θυμίζει άνθρωπο. Μα κάναμε λάθος! Όπως μαζευτήκαμε γύρω από μια συστάδα δέντρων, βρήκαμε ένα άλογο δεμένο, να μασουλάει στεγνό χορτάρι. Ρουθούνισε και χτύπησε το πόδι του όταν μας εντόπισε. Έπειτα, εμφανίστηκαν πίσω από κάτι θάμνους δύο άντρες, ο ένας οδηγούσε απ' τα γκέμια άλλο άλογο. Προλάβαμε να κρυφτούμε ανάμεσα στα δέντρα. Απ' την όψη τους (ήταν ζωσμένοι σπαθιά), δεν είχαμε καμία αμφιβολία πως ήταν μέλη της συμμορίας. Περιττό να πω ότι, υποψιασμένοι καθώς ήταν και εκπαιδευμένοι στην υπαίθρια ζωή, μας πήραν χαμπάρι και έβαλαν τόσο δυνατές φωνές που θα ξεσήκωναν κάθε κακούργο στην Κύπρο! Έχασα πάσα

106

ελπίδα πως θα ζούσα, μα αποφάσισα να υπερασπιστώ τον εαυτό μου μέχρι το αναπόφευκτο τέλος. Δεν μπορούσα να προσποιηθώ πως ο Φίλων κι εγώ (όσο χρήσιμο κι αν μας φαινόταν το σπαθί) θα καταφέρναμε να υπερνικήσουμε τέτοιους άντρες στη μάχη, άντρες εντελώς αταίριαστους με τον πιο επίσημο τρόπο ζωής μας – όμως, τα όνειρά μου αποδείχτηκαν καλοί προφήτες! Τελικά, ένας από τους ληστές ήταν ήδη λαβωμένος, με το ένα χέρι τυλιγμένο σε επιδέσμους, άρα με σοβαρό μειονέκτημα. Ο Φίλων τού έριξε σουγιά και εγώ του έκοψα το άλλο χέρι, όση ώρα ο δούλος μου απασχολούσε τον δεύτερο ληστή. Έπειτα πέσαμε και οι δυο μας πάνω του, ώσπου καταφέραμε να τον λαβώσουμε. Ωστόσο, δυνατός καθώς ήταν, πρόλαβε να προκαλέσει ένα μάλλον σοβαρό τραύμα στον Φίλωνα. Όμως, ο Φίλων επέδειξε θαυμαστό σθένος. Τον ανέβασα στο άλογο που φαινόταν πιο ήμερο, και ανέβηκα στο άλλο. Κινήσαμε χωρίς να ξέρουμε πού πηγαίνουμε, ίσως κατευθείαν πάνω τους, μα λίγο-πολύ προς την κατεύθυνση που μας υπέδειξαν οι ιερείς. Πολύ γρήγορα ακούσαμε πίσω μας οχλοβοή και αντρικές φωνές. Ήταν προφανές ότι, αν δεν κάναμε κάτι, θα μας πρόφταιναν. Καλπάζαμε κατά μήκος ενός μικρού ρυακιού, γι' αυτό γρήγορα ξεπεζέψαμε, ελευθερώσαμε τα άλογα, διασχίσαμε το ρυάκι και, κουτσά-στραβά, προχωρήσαμε ανάμεσα στα δέντρα. Υποθέτω ότι οι ιππείς κίνησαν γι' αλλού, αφού δεν μας ακολούθησε κανείς. Την κατάλληλη στιγμή βρήκαμε ένα πανδοχείο, όπου ζητήσαμε καταφύγιο διότι ο Φίλων είχε αρχίσει να αιμορραγεί βαριά. Έπρεπε και να τον στηρίξω, αλλά και να μην αφήσω το αίμα να δείξει τον δρόμο στους διώκτες μας.

Μείναμε στο πανδοχείο όση ώρα χρειαζόταν για να δέσουμε το τραύμα του Φίλωνα και να χρησιμοποιήσουμε όσα χρήματα μάς απέμεναν ως εγγύηση για να δανειστούμε δύο ξεκούραστα άλογα και έναν οδηγό να μας πάει με ασφάλεια στην Αμαθούντα.

Η Αμαθούς είναι ένα πολύ γοητευτικό μέρος, και έχω χρόνο στη διάθεσή μου μέχρι να αναρρώσει ο Φίλων. Σύντομα θα πραγματοποιηθεί γιορτή εδώ πέρα. Πρώτα, όμως, θέλω να τονίσω την αρχαιότητα της πόλης, κάτι που διαπιστώνεις σε κάθε στροφή: από τα δέντρα στην παρακείμενη βουνοπλαγιά, τις ελιές και τα χαρούπια, πλατύτερα απ' οπουδήποτε αλλού έχω δει ως τώρα, μέχρι τα κτίρια, τις πύλες και τους τοίχους, πλουμισμένους με στρατιωτικά ανάγλυφα, τα άλση, τους βωμούς και τα ερείπια – όλα τους, συνδυασμένα, εκπέμπουν μιαν αίσθηση αρχαιότητας, εφάμιλλης των αρχαίων μας θρύλων. Φυσικά, υπάρχει και η αντίστροφη πλευρά του νομίσματος: οι φτωχότερες συνοικίες αποτελούν αισχύνη, στενές, σκοτεινές και λερωμένες από ζώα κι ανθρώπους! Μα δεν θα ήταν ευάρμοσστο να εστιάσω σε αυτά, μπροστά σε έναν τέτοιο πλούτο μεγαλοπρεπών και ωραίων αντικειμένων, με κάλλιστο ανάμεσά τους το Ιερό της Αμαθουσίας Αφροδίτης. Τόσο μεγάλο, που είναι ορατό από κάθε πλευρά της πόλης, με έναν εφταώροφο πύργο που συμβολίζει τις εφτά ζώνες των πλανητών, καθώς και τις εφτά ζώνες της γης. Είχα το προνόμιο να με ξεναγήσει σε αυτό το οικοδόμημα ένας από τους διάκονους ιερείς, ένα φιλικότατο πλάσμα, αλλά με την αρμόζουσα αξιοπρέπεια, που ήταν φανερό ότι καμάρωνε για τη θέση του, προλαβαίνοντας κάθε μου ερώτηση: «Τώρα, όμως, θα με ρωτήσεις...» Και η φράση γινόταν προοίμιο ιστοριών και εξηγήσεων, που μακάρι να μπορούσα να απομνημονεύσω. Τι είδα; Ορισμένα σημεία δεν μπορούσε να μου τα δείξει, προορίζονταν αποκλειστικά για χρήση από τον αρχιερέα, μα μου υπέδειξε μ' ενθουσιασμό το ληξιαρχείο και το αρχειοφυλάκιο της πόλης. Είχα εντυπωσιαστεί από τον γόνιμο συμβολισμό της όλης κατανομής: υπήρχε λόγος ή προηγούμενο για το καθετί. Κανένα αντικείμενο ή έπιπλο, καμία εικόνα περιττή. Μπορεί να ήταν αυτός ο πλούτος συντονισμένων λεπτομερειών που τώρα με κάνει να αμφισβητώ τη σειρά των εντυπώσεών μου (δεν επαίρομαι ότι είναι κάτι περισσότερο από εντυπώσεις). Για να κάνω μια πεζή σύγκριση, είμαι σαν κάποιον που γελά με ένα αστείο, μα δεν μπορεί επ' ουδενί να επαναλάβει την ιστορία που τον έκανε να γελάσει!

Οι ιερείς και οι ιέρειες έχουν ξεχωριστά ενδιαιτήματα, παρακείμενα του Ιερού, αν και κάποια ενώνονται με το κεντρικό κτίριο. Είναι πολυτελώς επιπλωμένα και διακοσμημένα, σε αντίθεση με την Αφροδίτη Ακραία, όπου οι ιερείς κοιμούνται ουσιαστικά σε τρύπες, και περιβάλλονται από μικρότερα Ιερά στον ιερό περίβολο, αφιερωμένα σε διάφορους θεούς. Στο ισόγειο του βασικού Ιερού βρίσκεται ένας μακρύς διάδρομος, με πυκνές κιονοστοιχίες, ανοιχτός στο κοινό, που μπορεί, με τη συνδρομή του αρχιερέα ή κάποτε κάποιου άλλου, να κάνει προσφορά στον βωμό. Εδώ βρίσκονται αγάλματα της Αφροδίτης και του Αδώνιδος, ο Άδωνις εικονισμένος ως δραστήριος κυνηγός, και εκείνη γυμνή, με ένα περιδέραιο από πράσινες και χρυσές πέτρες εκλεκτής ομορφιάς που αιχμαλωτίζει το βλέμμα, αλλά και επενδυμένες με θαυματουργές (και νοσηρές) δυνάμεις: αποδίδουν αθανασία ή θάνατο. Η δυαδικότητα αυτή, που καθιστά το περιδέραιο τρομακτικά σαγηνευτικό, αρύεται από τον ισχυρισμό ότι ο ίδιος ο Ήφαιστος το σφυρηλάτησε ως γαμήλιο δώρο για την Αρμονία, κόρη της Αφροδίτης. Έκτοτε, τόσο η Αρμονία όσο και κάθε άλλος κάτοχος του περιδέραιου,

109

κατατρύχεται από κακοδαιμονία. Οι ιερείς δεν επιτρέπουν σε κανέναν να το αγγίξει.

Βρήκα στέγη κοντά στο λιμάνι, πάνω από μια δημόσια πλατεία. Από το παράθυρό μου έβλεπα την επιμήκη αποβάθρα να εκτείνεται μέσα στο λιμάνι, διάσπαρτη από βάρκες και κιβώτια, κι άκουγα ανθρώπους από διάφορα έθνη να φωνάζουν οδηγίες, και τροχούς από άμαξες να τρίζουν και να κροταλίζουν μέσα απ' τους δρόμους.

Στην πλατεία δεσπόζει ένα τεράστιο άγαλμα του Ηρακλή Λεοντοφόνου, ο Κολοσσός της Αμαθούντας, με θηριόμορφο κεφάλι, κερασφόρος, γενειοφόρος (με το γένι τετράγωνο και σγουρό, κατά τον τρόπο των Ασσυρίων), και με μακριά, ατημέλητα μαλλιά. Γύρω από τη λεπτή μα μυώδη μέση του είναι δεμένη μια λεοντή, ενώ κρατάει τις πίσω πατούσες μιας λέαινας. Το κεφάλι της κρέμεται ανάμεσα στα σκέλια του, και το στόμα της είναι στόμιο βρύσης από όπου αναβλύζει ορμητικά καθαρό νερό. Στο κεφάλι και τους ώμους του κάθονται περιστέρια. Εφορμά ένας γλάρος και τα περιστέρια σκορπίζουν. Ο Κολοσσός έχει μια ακατέργαστη δύναμη, που θαρρώ πως λειτουργεί ενθαρρυντικά, ειδικά τη νύχτα που οι ναύτες μπλέκουν σε καβγάδες, και συμμορίες νέων αλληλοκαταδιώκονται μέσα στους σκοτεινούς δρόμους.

Συχνά ξεσπούν διαπληκτισμοί ανάμεσα στους κατοίκους, που διακρίνονται σε τρεις ομάδες. Είναι οι συνήθεις Έλληνες και Φοίνικες, μα ο μισός πληθυσμός και βάλε αποτελείται από αυτούς που ονομάζουμε Πρωτο-Κύπριους, εκείνους που κατά παράδοση θεωρούνται απόγονοι των αυτόχθονων της Κύπρου. Είναι μια ιδιαίτερη φυλή, που δεν ανήκει πουθενά αλλού στο νησί – πάντως, σίγουρα, σε καμία αναγνωρίσιμη κοινότητα: είναι κοντόχοντροι, ρωμαλέοι και δυσανάλογοι: τα κεφάλια και τα χέρια τους παραείναι μεγάλα. Έχουν τη δική τους γλώσσα και λέγεται πως αρέσκονται σε ανθρωποθυσίες, μα το δίχως άλλο πρόκειται για κακοπροαίρετη φήμη, απόρροια της εφιαλτικής τους όψης. Σε καιρό πολέμου, τείνουν να τάσσονται με τους Φοίνικες, ενώ έχω διαπιστώσει ψήγματα ανθελληνικών αισθημάτων στην πόλη.

Οι μάντεις και οι προφήτες της Αμαθούντας περιβάλλονται από μια σκανδαλωδώς δυσάρεστη φήμη, όπως δείχνει ένα χαρακτηριστικό παράδειγμα: κάποιος Θάσιος συμβούλευσε τον Αιγύπτιο βασιλιά Βούσιρι να θυσιάσει έναν ξένο στον Δία, για να απαλλαγεί η χώρα του από ανελέητη μάστιγα. Όπερ και εγένετο, αλλά για κακή τύχη του Θάσιου, ο ξένος που ο Βούσιρις επέλεξε ως θύμα ήταν ο ίδιος μάντης! Και δεν σταμάτησε εκεί. Αφού η θυσία αποδείχτηκε αποτελεσματική, ο Βούσιρις έκρινε πρέπον να θανατώνει οποιονδήποτε ξένο πατούσε πόδι στο βασίλειό του. (Δεν μπορώ να σκεφτώ τι επίδραση είχε κάτι τέτοιο στο εμπόριο!) Τελικά, εμφανίστηκε ο Ηρακλής. Του επεφύλαξαν την ίδια μεταχείριση. Τον κουβάλησαν στον βωμό, δεμένο πισθάγκωνα, μα εκείνος εύκολα λύθηκε και θυσίασε τον Βούσιρι και ολόκληρη την οικογένειά του στον βωμό του Διός. Δικαίως θα χαρακτηρίζαμε ολέθρια αυτά τα περιστατικά. Ούτως ή άλλως, όμως, θα συμβουλευτώ τον συνήθη μάντη μου προτού εγκαταλείψω αυτό το μέρος.

Έκανε πολλή ζέστη αυτή τη βδομάδα και δεν μπορούσα εύκολα να ενθουσιαστώ, ωστόσο συμμετείχα στις περισσότερες δραστηριότητες της γιορτής της Κάρπωσης. Ένας από τους πόλους έλξης της γιορτής ήταν η παράσταση ενός νεαρού, που πειστικά μιμήθηκε τις κραυγές και τις κινήσεις γυναίκας που γεννά. Η παράσταση σχετίζεται με τον μύθο του Θησέα και της Αριάδνης: οι άνθρωποι εδώ πιστεύουν ότι, αφού σκότωσε τον Μινώταυρο, ο Θησέας ήρθε στην Αμαθούντα με την Αριάδνη, που ήταν έγκυος. Εκείνος την εγκατέλειψε κι η Αριάδνη πέθανε στον τοκετό. Σύμφωνα

111

με τον θρύλο, οι ντόπιοι την φρόντιζαν όσο καιρό έμεινε εδώ, και μετά τον θάνατό της την ταύτισαν με την Αφροδίτη, εδραιώνοντας έτσι τη γιορτή τής Κάρπωσης, σε ανάμνηση της εγκυμοσύνης της. Κάποια στιγμή, κατά τη διάρκεια της τελετής, ρίξαμε τη στάχτη από καμένο κρέας σε τάφο, που είναι γνωστός ως Τάφος της Αφροδίτης, στο ίδιο άλσος. Μπορεί να φαίνεται παράξενο να υπάρχει τάφος για μία αθάνατη, μα οι ντόπιοι το δικαιολογούν σε σχέση με την περίσταση της Αριάδνης, και με την πεποίθηση ότι η θεά είχε κατεβεί στη γη των νεκρών, όταν αναζητούσε τον Άδωνι.

Υπήρχε αθρόα προσέλευση κόσμου στη γιορή, και τα άλση ήταν γεμάτα προσκυνητές και πωλητές με κάθε λογής πραμάτεια, από λάδι και πήλινα μέχρι γλυκά και ζωντανά. Εμείς (διότι ο Φίλων θεώρησε ότι αισθανόταν αρκετά καλά για να παρευρεθεί) κοιμόμαστan τις νύχτες κάτω από τα δέντρα μαζί με τους εμπόρους και τις πραμάτειες τους. Με τέτοιο κλίμα, ήταν η πιο λογική και ανακουφιστική κίνηση: η πόλη έζεχνε φρικτά. Μόνο την τρίτη μέρα της γιορτής, το μεσημέρι, άρχισε ο κόσμος να μαζεύει τα πράγματά του για να πάει παρακάτω. Ως το βράδυ, ο τόπος ήταν σχεδόν έρημος, αν εξαιρέσεις τις διάφορες προσφορές που είχαν τοποθετηθεί στο άλσος. Με δυο λόγια, ήταν η πιο εντυπωσιακή εμπειρία του ταξιδιού μου μέχρι αυτή τη στιγμή.

Αργότερα, με έπιασε φοβερός πονοκέφαλος κι ένιωθα άσχημα, νωθρά. Ήταν ακόμη καμίνι. Κίνησα για την Πάφο. Διπυρίτης άρτος και κρασί για μένα. Προσέλαβα έναν ημιονηγό, που είχε όψη ίδια κι απαράλλαχτη με απατεώνα. Λογαριάζαμε να φτάσουμε με το μουλάρι τουλάχιστον ως το Κούριο. Ο Φίλων ήταν σε θέση να ταξιδέψει και ο πρόξενος μού έδωσε ένα λογικό δάνειο.

Προτού φύγω, επισκέφτηκα έναν χρησμολόγο, αγέλαστο και με διαπεραστικό βλέμμα. Με ατένισε για λίγο,

112

έπειτα έκλεισε τα μάτια του και έγραψε τους εξής στίχους. Ήταν η προφητεία του:

Εμπιστέψου τ' Άλογο και το Μουλάρι
οι Ουρανοί θα σου προλειάνουν την πορεία
Κίνα, τώρα, στο ταξίδι σου, διαβάτη
και οι θεοί θα σου αποδώσουν ευλογία.
Θα αποκτήσεις πλούτο και σοφία
και μη φοβάσαι των ληστών την υπουλία
Συ δεν θα γίνεις δούλος, ούτε πτώμα
θα απολαμβάνεις διαρκώς ευημερία

Η ταλαιπωρία μου και το καμίνι της μέρας με είχαν υποχρεώσει να προσλάβω τον ημιονηγό. Κουτσά-στραβά προχωρήσαμε για περίπου εφτά μίλια, αφού σταματήσαμε κάμποσες φορές για μπάνιο (κατόπιν υπόδειξης του γιατρού), και ως τη δύση του ήλιου φτάσαμε σε έναν ογκόλιθο, που περιβαλλόταν από πολλές μικρότερες πέτρες. Συναποτελούσαν έναν τεράστιο σωρό, τον οποίο οφείλαμε να συμπληρώσουμε με μια πέτρα ο καθένας, διότι λειτουργούσε και ως αυτοσχέδιος βωμός για τον Ερμή, προστάτη των ταξιδιωτών και επίσης, αλίμονο, των κλεφτών. Έχει ενδιαφέρον να σημειώσω, παρεμπιπτόντως, ότι σε ορισμένες από τις μεγαλύτερες πέτρες, κάποιοι είχαν σκαλίσει χάρτες με συντομευμένα τοπωνύμια και αποστάσεις. Η ύπαιθρος, ολόγυρα, έμοιαζε πολύ ευχάριστη, κρυμμένη από κλήματα και ροδιές, και άλλα δέντρα που τα κλαδιά τους περιελίσσονταν πάνω από τα κεφάλια μας, εισηγήθηκα λοιπόν στον οδηγό ότι το σημείο εκείνο ήταν καλό για να κατασκηνώσουμε τη νύχτα. Συμφώνησε, και προχώρησε σε μια θαυμάσια ρωγμή, όπου έρεε ρυάκι λεπτό μα καθάριο. Παγώσαμε το κρασί μας στο ρέμα και απολαύσαμε ένα χορταστικό γεύμα με ψωμί, τυρί και φρούτα. Και μάλλον υπερβολικό κρασί! Ο Φίλων ήταν ο πρώτος που αποκοιμήθηκε, και ακολούθησα εγώ. Δεν πιστεύω να κοιμήθηκε καθόλου ο ημιονηγός.

Ίσως ο αναγνώστης να μπορεί να γράψει το τέλος αυτού του περιστατικού, χωρίς άλλη πληροφορία από μένα. Ας προσθέσω, παρόλ' αυτά, ότι εκτός από τα χρήματα και τα ρούχα που κουβαλούσαμε, είχα πάνω μου διάφορα ψιλοπράγματα και ενθύμια, χωρίς σπουδαία υλική αξία, μα με τα οποία είχα συνδεθεί – για να μην αναφέρω τα δώρα που είχα μαζέψει για φίλους και συγγενείς στην πατρίδα. Όταν ξυπνήσαμε ο Φίλων κι εγώ, σχεδόν ταυτόχρονα, ανακαλύψαμε ότι κυριολεκτικά όλα είχαν εξαφανιστεί: ο οδηγός, τα ζώα, τα σακίδια μας, τα λεφτά μας, το περιδέραιο για τη γυναίκα μου, η πόρπη για την αδελφή της, τα πουγκιά, τα αγαλματίδια, τα βότανα, τα πολύτιμά μου ομοιώματα του Αδώνιδος και της Αφροδίτης, και το εξαίσιο λιβάνι που πουλάνε κοντά στην αγορά της Αμαθούντας: τα πάντα.

Τι να έκανα; Βλακωδώς εμπιστεύτηκα έναν άνθρωπο που ήταν φως φανάρι απατεώνας. Δεν μας άφησε ούτε σανδάλι για να διευκολύνει το ταξίδι μας! Περπατήσαμε τα τέσσερα μίλια που έμεναν μέχρι το Κούριο, εξακοντίζοντας κατάρες για τον κλέφτη, τον αστρολόγο, εμάς, τα πόδια μας, και κυρίως τον κακοτράχαλο δρόμο που ήταν γεμάτος αγκάθια και απαίσιες πευκοβελόνες. Με το λαβωμένο μου πόδι και το τραύμα του Φίλωνα, μας πήρε έξι ολόκληρες ώρες. Βλέπετε, η πόλη είναι χτισμένη σε ψηλό οροπέδιο και, μέσα σε τόση ζέστη, ήταν το καλύτερο που μπορούσαμε να κάνουμε.

Το Κούριο είναι χωρισμένο σε δύο διακριτά μέρη, την Άνω Πόλη και την Κάτω Πόλη. Η πρώτη μας επίσκεψη έπρεπε αναγκαστικά να είναι στον πρόξενο που εκπροσωπούσε την Καρπασία, έναν ντόπιο ονόματι Χαρίτων, που είχε επιχειρηματικές και οικογενειακές διασυνδέσεις με την πόλη μας. Κατοικεί στην Άνω Πόλη, κοντά στην κεντρική πλατεία, και πρόσχαρα μας έκανε δάνειο χωρίς τις συνήθεις προφυλάξεις «απόδειξης και ταυτότητας», διότι, όπως αποδείχτηκε, είχε συμβληθεί κάποτε σε μια καλή συμφωνία με τον πατέρα μου, τις μέρες που ο γέρος ήταν ακόμη ακμαίος. Μας πίεσε, μάλιστα, να μείνουμε εκεί ως φιλοξενούμενοί του, προσφορά που δεχτήκαμε ευχαρίστως. Δεν είχα συνειδητοποιήσει νωρίτερα πόσο πλούσιος ήταν, μα η έπαυλή του ήταν μεγαλοπρεπής, με πολλά δωμάτια ξένων σε μια καλοδιατηρημένη πτέρυγα με ξεχωριστή είσοδο. Αυτό σήμαινε ότι θα είχαμε την ησυχία μας, που ήταν σίγουρα πολυτέλεια! Κουβέντα στην κουβέντα, είχε νυχτώσει για τα καλά, και ανακαλύψαμε ότι ήταν επίσης δεινός φιλάνθρωπος, που κάλυπτε με δικά του έξοδα πέντε διαγωνισμούς δράματος. Την επόμενη μέρα, ενώ εξερευνούσαμε την πόλη, εντοπίσαμε μια στήλη στη δημόσια πλατεία, προς τιμήν της γενναιοδωρίας του, αν και ο ίδιος δεν το είχε αναφέρει στη συζήτησή μας. Μας τάισε και μας πότισε κρασί τόσο πολύ, που για δεύτερη συνεχόμενη νύχτα αφεθήκαμε σε έναν απολαυστικό ύπνο.

Τόσο το Άνω όσο και το Κάτω Κούριο διαθέτουν δημόσιες πλατείες, ευρύχωρες και καλοδιατηρημένες, μαρμαρόστρωτες. Το παλάτι του βασιλιά και το Ιερό του Απόλλωνα Υλάτη – προστάτη της πόλης – βρίσκονται στο Άνω Κούριο. Κατά τα άλλα, οι δρόμοι είναι σκοτεινοί και στενοί, και μόνο πεζοί άντρες δικαιούνται να τους περπατούν κατά τη διάρκεια της μέρας. Προφανώς, υπήρξαν πολλά μοιραία δυστυχήματα με ζώα και καρότσια. Το Ιερό είναι ένα σύμπλεγμα που περιλαμβάνει το θησαυροφυλάκιο, την παλαίστρα και έναν ξενώνα, πέρα από τα συνήθη ιερά κτίρια. Για το παλάτι, δεν μπορώ να πω. Φαίνεται μια χαρά απ' έξω. Με εντυπωσίασαν ειδικά τρία κτίρια: τα δημόσια λουτρά στο Κάτω Κούριο, που κατοπτεύουν την πλατεία και περιλαμβάνουν κρύα και ζεστά λουτρά, καθώς και

115

ατμόλουτρα, δύο εστιατόρια, τρεις ταβέρνες, μια αρένα και ένα ιδιαίτερα πολυτελές, αν και ακριβό, χαμαιτυπείο. Ένα αμφιθέατρο στο νότιο άκρο της πόλης, φωλιασμένο στο χείλος του γκρεμού, πολύ όμορφο και επικίνδυνο. Κι όχι μακριά από κει, στα δυτικά, μια ερημωμένη κυκλική πλατφόρμα εντυπωσιακών διαστάσεων με βωμό στο κέντρο.

Πήγα μαζί με τον Χαρίτωνα στην πλατφόρμα που μόλις έχω περιγράψει: μεγάλο, γιορταστικό πλήθος είχε ήδη μαζευτεί εκεί, με τα συνήθη θρησκευτικά εργαλεία. Ο Χαρίτων είχε φέρει και κάποιον άλλο μαζί του, και συζητούσαν για δουλειές, αφήνοντας ελάχιστο περιθώριο για κουβέντα. Τότε, κάποιος δίπλα μου είπε «Έρχεται!» κι αναρωτήθηκα ποιον εννοούσε. Είχα αρκετά καλή θέα από κει που στεκόμουν, γι' αυτό έγειρα μπροστά, εστιάζοντας σε μια μικρή ομάδα αντρών που είχαν μπει στον κεντρικό χώρο. Ήταν διάφοροι νέοι, τρεις ιερείς και ένας άντρας που φαινόταν δεμένος: περπατούσε ανάμεσά τους, επιτηρούμενος στενά. Αυτό που μαρτυρούσα έμοιαζε με δημόσια εκτέλεση ή με κάποια δοκιμασία. Οι ιερείς στάθηκαν πλάι στον βωμό και προσεύχονταν, ενώ ο αιχμάλωτος ανέβηκε στην πλατφόρμα. Τον αναγνώρισα! Ήταν ο ημιονηγός, ο κακούργος που μας είχε καταληστέψει καθ' οδόν προς το Κούριο! «Ναι», μου είπαν οι διπλανοί μου, «είναι ο Πάνδωρος, φονιάς (δυάκις), κλέφτης και απατεώνας. Τον έπιασαν, τον δίκασαν και τον καταδίκασαν αργά χθες το βράδυ». «Τι θα του κάνουν;» ρώτησα. «Είχα την εντύπωση ότι αυτό ήταν θρησκευτική γιορτή, όχι τόπος εκτέλεσης». «Μα όντως είναι θρησκευτική γιορτή», με διαβεβαίωσαν, «πραγματοποιείται κάθε χρόνο. Ένας εγκληματίας, που αίρει τις αμαρτίες μας, θυσιάζεται στον Απόλλωνα. Είναι σαν να αποβάλλεις το δηλητήριο».

Δυσκολεύτηκα να παρακολουθήσω. Στο κάτω-κάτω, δεν μου ήταν άγνωστος ο άνθρωπος! Ακόμη κι αν ήταν ο χειρότερος κακούργος, καμία εκτέλεση δεν αποτελεί ευκαιρία

116

αγαλλίασης. Ο άντρας αναγκάστηκε να τρέξει περιμετρικά τον χώρο, και έπειτα οι νέοι τον σήκωσαν και βγήκαν τρέχοντας από την αρένα. Το πλήθος ξεχύθηκε προς την άκρη του γκρεμού. Εδώ, ταλάντευσαν τον Πάνδωρο τέσσερις-πέντε φορές στον αέρα, προτού τον πετάξουν με το κεφάλι κάτω στη θάλασσα. Αυτό ήταν το τέλος του ημιονηγού μας. Η κλοπή για την οποία είχε κατηγορηθεί δεν συνδέθηκε ποτέ με τη δική μας.

Πάφος, επιτέλους! Δεν είναι και μεγάλη η απόσταση από το Κούριο, αλλά ο δρόμος ελίσσεται μέσα από λόφους, σε κάποια σημεία είναι απόκρημνος, και η διαδρομή δυσκολεύει. Καθώς πλησιάζαμε στην πόλη, συναντούσαμε ένα όλο και πιο πυκνό ρεύμα προσκυνητών, κάποιοι ήταν πεζοί, κάποιοι πάνω σε μουλάρια ή άλογα, να συγκλίνουν προς την πόλη. Ανάμεσα στην Πάφο και το Κούριο, βρίσκεται ένα πευκόδασος, όπου τριγυρίζουν ελάφια σε μεγάλους αριθμούς, ατρόμητα και άμωμα: το δάσος του Απόλλωνα Υλάτη. Πρέπει μόνο να αναφέρω κάτι προτού προχωρήσω. Τα ελάφια είναι πολύ ήμερα. Δύο ή τρία μάς πλησίασαν και ακούμπησαν τη μουσούδα τους στο στέρνο μας, ελπίζοντας για τροφή. Εννοείται ότι δεν μπορέσαμε να τους αντισταθούμε! Αφού βρίσκονται υπό την προστασία του Απόλλωνα, θα ήταν ιεροσυλία να τα βλάψουμε, γι' αυτό και εκλάβαμε την πρόσκλησή τους ως σημάδι τής ευμένειας του θεού. Σε δύο σημεία του δάσους, αναβλύζουν από το έδαφος ρυάκια με καθαρό νερό, κι εδώ ήταν που καθίσαμε για να φρεσκαριστούμε λίγο. Προτού φύγουμε, ρίξαμε ένα κέρμα στη λιμνούλα, κάνοντας ταυτόχρονα μια ευχή. Αυτά είναι τα Λουτρά της Αφροδίτης.

Λίγο αργότερα, περίπου στα μισά του δρόμου ανάμεσα στις δύο πόλεις, ακούσαμε την κραυγή των γλάρων και βρεθήκαμε μπροστά σε μια συστάδα νησίδων που αποτελούνταν εξ ολοκλήρου από συμπαγή βραχώδη σώματα. Κάθε προεξοχή ήταν κατειλημμένη από κάποιο θαλασσοπούλι, να παίρνει ύψος και να βουτά με δυνατές τσιρίδες! Ήταν αδύνατο να ακολουθήσει το μάτι σου ένα συγκεκριμένο. Τρεις άλλοι άντρες στέκονταν και παρακολουθούσαν τα πουλιά. Αφού ανακαλύψαμε ότι και εκείνοι βρίσκονταν καθ'οδόν προς την Πάφο, συμπορευτήκαμε. Το σύνορο ανάμεσα σε Κούριο και Πάφο ορίζεται από ένα ποτάμι που πηγάζει από το όρος Όλυμπος. Το διασχίσαμε αναγκαστικά, και έπειτα από μακρά, μονότονη ανάβαση φτάσαμε στην ήπια πλαγιά που βγάζει στη θάλασσα. Αν και ακατοίκητη, αρδεύεται και καλλιεργείται επιδέξια, σημάδι ότι ανήκε στο Ιερό της Παφίας Αφροδίτης.

Παρακάμψαμε την Παλαίπαφο και προχωρήσαμε στο λιμάνι, για καμιά εξηνταριά στάδια, διότι αυτή είναι η παραδοσιακή εκκίνηση για τους προσκυνητές. Αυτό, το τελευταίο σκέλος του ταξιδιού μας, ήταν απόλαυση: οι επίπεδες, λευκές στέγες μπροστά μας αντανακλούσαν το ηλιόφως μπροστά στη διάφανη γαλάζια θάλασσα.

Χαρούμενοι, σπεύσαμε προς το μέρος της. Και στις δύο πλευρές του δρόμου, υπήρχαν ιερά δέντρα, επιβλητικά σε διάμετρο και ύψος, κι ανάμεσά τους τα φροντισμένα χωράφια εκτείνονταν σε πλούσιες χρυσοπράσινες αποχρώσεις. Καθώς πλησιάζαμε στην πόλη, η κίνηση πύκνωνε όλο και πιο πολύ: μουλάρια, γαϊδούρια, καρότσια, αφέντες και δούλοι έφρασσαν τη δίοδο κι έπρεπε να διασχίσουμε τα χωράφια. Όχι ότι με ενοχλούσε. Στην άκρη της πόλης, μάλλον αναπάντεχα, βρεθήκαμε στο χείλος ενός γκρεμού, και από κάτω θεόρατοι βράχοι. Κατεβήκαμε από ένα απότομο μονοπάτι κι εκεί, μπροστά στα μάτια μας, απλωνόταν η Πάφος. Μπορεί κανένας τόπος να μην είναι τόσο όμορφος όσο ο δικός σου τόπος, μα η Πάφος ανοίχτηκε μπροστά μας σαν οπτασία!

Το πρώτο πράγμα που έπρεπε να φροντίσουμε ήταν να βρούμε διαμονή, όχι και τόσο εύκολο καθήκον. Καθ'οδόν, είχαμε δει εκατοντάδες ανθρώπους να περιπλανώνται με πασσάλους και αυτοσχέδιες σκηνές. Μάλιστα, κάποιοι τις είχαν ήδη στήσει σε απόσταση βοής από την ίδια την πόλη. Φυσικά, η Πάφος δεν είναι καμιά μητρόπολη. Σε εορταστικές περιόδους, οι ντόπιοι είναι λιγότεροι από τους επισκέπτες, που συρρέουν εδώ απ' όλα τα μέρη του κόσμου. Ορισμένοι πλούσιοι καταφέρνουν με δωροδοκίες να μπουν σε κρατημένα δωμάτια, άλλοι μπορεί να έχουν εδώ φίλους που θα τους φιλοξενήσουν, και άλλοι μπορεί να είναι αρκετά τυχεροί ώστε να φτάσουν σε ένα καταγώγιο πάνω στην ώρα που φεύγει κάποιος άλλος. Όπως και να' χει, οι περισσότεροι δεν το διακινδυνεύουν: φέρνουν μαζί τους κατασκηνωτικό εξοπλισμό. Εμείς ανήκαμε στην τρίτη κατηγορία. Σερνόμασταν αποκαρδιωμένοι σε παράδρομο, όταν δύο μεθυσμένοι σωριάστηκαν στα πόδια μας, βρίζοντας βίαια και παρασύροντας χάμω τον Φίλωνα. Από μια πόρτα, κάποιος φώναζε ότι δεν είχε νοικιάσει το δωμάτιο σε γουρούνια κι ότι κάποιοι σαν και του λόγου τους θα περνούσαν καλύτερα σε χοιροστάσιο! Υπολογίσαμε την κατάσταση και γρήγορα κλείσαμε τα δωμάτια που είχαν κενωθεί, με κατιτίς πρόσθετο σε μια ήδη εξωφρενική τιμή – ευγνώμονες, παρόλ' αυτά, που η πολύωρη έρευνά μας απέδωσε επιτέλους καρπούς.

Εντούτοις, το πρόβλημα του συνωστισμού έχει και μια άλλη πλευρά που, όπως αποδείχτηκε, προσφέρει μιαν αναπάντεχη ευκολία! Την κατάλληλη εποχή, κάθε μέρα έρχονται και φεύγουν άνθρωποι, πολίτες από χωριουδάκια, κάτοικοι ξένων πόλεων, προσκυνητές που ακολούθησαν διαφορετική πορεία απ' τη δική μας. Άρα, δεν είναι καθόλου δύσκολο να παραδοθεί ένα γράμμα! Μια κουβέντα ανταλλάζεις με τον άλλο, και αντιλαμβάνεσαι ότι είτε ο ίδιος είτε κάποιος φίλος του προέρχεται από την ίδια ακριβώς περιοχή στην οποία επιθυμείς να στείλεις μήνυμα.

Η γιορτή θα αρχίσει σε εφτά ολόκληρες μέρες, μα μπορείς να ασχοληθείς με ένα σωρό πράγματα. Οι ταβέρνες είναι γεμάτες με χορεύτριες και καλό κρασί, και αν τα γούστα σου παρεκκλίνουν προς τη γυναικεία συντροφιά, τότε θα βρεις πολλούς οικίσκους για να σε περιποιηθούν θαυμάσια. Ωστόσο, πρέπει να προσέξεις λίγο, διότι η διαμονή κοστίζει ακριβά σε περίοδο αιχμής, και εύκολα θα μπορούσες να μείνεις απένταρος μέσα σε μερικές μέρες. Τα κορίτσια στο Ιερό έχουν χαμηλότερες οικονομικές απαιτήσεις, και αφήνουν την πληρωμή στη διακριτική ευχέρεια του πελάτη, ο οποίος, πάντως, οφείλει να προσφέρει κάτι για τη συντήρηση του ναού, αλλά και για τα προς το ζην των κοπέλων. Σίγουρα είναι φθηνότερα, αλλά υπάρχει και μια άλλη πτυχή, πέρα απ' το κόστος: η ίδια η φύση του Ιερού. Εδώ εισέρχεσαι με εντελώς διαφορετική ψυχολογία.

Η θεά επέλεξε το Ιερό ως ενδιαίτημά της: εκείνη καταλαμβάνει το σώμα του κοριτσιού, που εκτελεί τα καθήκοντά του πρόθυμα, και πρέπει επίσης να παραδεχτώ ότι δεν έχω δει φωτεινότερη, πυκνότερη ανθοφορία από τους κήπους του Ιερού της Αφροδίτης.

Ένας άλλος τρόπος για να περάσεις την ώρα σου είναι να προσλάβεις ξεναγό να σε συνοδεύσει στην πόλη. Τείνουν να είναι εξαιρετικά φλύαροι, και είτε σε κουράζουν με απαγγελίες ή ανακριβείς ιστορήσεις ή, αν ψυλλιαστούν πως είσαι εύπιστος, επινοούν διάφορα, με αμετροέπεια που συνήθως χαρακτηρίζει γυμναστές και χορεύτριες του πιο παράτολμου είδους. Λένε πως σε κάθε γωνιά του δρόμου εκτυλίσσονται μάχες, θαύματα, φόνοι. Οι ξεναγοί είναι δαπανηροί, μα αν είσαι τυχερός, μπορεί να βρεις έναν γνήσιο

120

ψυχαγωγό που θα κάνει τη διαμονή σου πιο ενδιαφέρουσα απ' ό,τι θα ήταν κανονικά.

Από τότε που έφτασα εδώ, είχα χρόνο να ρωτήσω για τυχόν εναλλακτικές διευθετήσεις διαμονής. Οι αρχές της πόλης παρέχουν προσωρινό καταφύγιο σε ένα άδειο χωράφι. Σίγουρα δεν είναι άνετα και πρόκειται κυρίως για μέτρο απελπισίας, τουλάχιστον για ανθρώπους κάποιου επιπέδου: οι φτωχοί, εννοείται, δεν έχουν άλλη επιλογή. Υπάρχουν ακόμα οι διάφορες λέσχες στις οποίες μπορείς να «ενταχθείς» για ένα αντίτιμο. Σου προσφέρουν πάτωμα για να κοιμηθείς και είκοσι ανθρώπους για να το μοιραστείς: υποκριτές, στρατιώτες, εμπόρους, ό,τι κι αν δηλώσεις πως είσαι. Οι λέσχες είναι πιο ακριβές, αλλά σχεδόν εξίσου ανεπιθύμητες, αφού αποτελούν ιδανικό λημέρι για τους κλέφτες. Όπως ανέκαθεν έλεγα, η τύχη είναι απαραίτητη. Η οικοδέσποινά μου λέγεται Τυραννίδα, όνομα που της πάει γάντι! Την καταφέραμε να μας δώσει το άδειο δωμάτιο μετά από καθόλου ευκαταφρόνητη προκαταβολή, δήθεν επειδή ήταν κρατημένο για άλλους κυρίους, αλλά τής φανήκαμε ευυπόληπτοι, και άνθρωποι που θα παρείχαν μια κάποια προστασία σε μια φτωχή γυναίκα, διότι εξάλλου κυκλοφορούσαν τόσο κακόφημοι τύποι, που θα εκμεταλλεύονταν τη γενναιοδωρία της, ενώ διακήρυττε πόσο λογικό ήταν το ενοίκιο, ευτελές ποσό, αν σκεφτεί κανείς πόσο καθαρό ήταν το σπίτι, και σε πόσο βολική τοποθεσία. Δεν έχω ιδέα από τις τυπικότητες τέτοιων συναλλαγών: για εκείνην πρέπει να ήταν φως φανάρι πως θα παίρναμε το δωμάτιο, όποια τιμή κι αν μας έλεγε, κι όμως ήταν αδύνατο να την σταματήσουμε! Σε καμία περίπτωση δεν δεχόταν ξένο νόμισμα. Να πηγαίναμε, παρακαλώ, στο λιμάνι, όπου θα βρίσκαμε τους ντόπιους αργυραμοιβούς στα τραπέζια τους, και να ζητούσαμε κάποιον Έρειδο, φίλο της, που θα μας χρέωνε μόνο 5% αντί το σύνηθες 6% για αλλαγή

121

συναλλάγματος. Έστειλα τον Φίλωνα να το αναλάβει. Όση ώρα έλειπε, εκείνη με βομβάρδιζε με προσφορές για κορίτσια και αγόρια με ανελέητο αντίτιμο, ενώ εγώ την βεβαίωνα, ας πούμε με επιτυχία, ότι το μόνο πράγμα που με ενδιέφερε εκείνη τη στιγμή ήταν ένα μέρος για να ακουμπήσω το κεφάλι μου, προνόμιο για το οποίο εκείνη θα μπορούσε να θεωρηθεί ήδη πληρωμένη.

Για να μην την αδικώ, το σπίτι είναι συγκριτικά καθαρό, μα πρέπει να βγάζει μια περιουσία, διότι είναι επίσης τεράστιο, και οι περισσότεροι θαμώνες, όπως κι εμείς, κοιμούνται πάνω από τους στάβλους. Οι στάβλοι είναι δέκα, τοποθετημένοι σε ημικύκλιο γύρω από την αυλή. Φτάνουμε στο δωμάτιό μας περνώντας έναν επιμήκη εξώστη που διατρέχει ολόκληρο το συγκρότημα, με σκάλες στις δύο άκριες του. Το δωμάτιό μου δεν προορίζεται για «σπιτόγατους»: όλη κι όλη η επίπλωση αποτελείται από ένα μονό κρεβάτι.

Η κοινωνική ζωή της πόλης περιστρέφεται γύρω από λέσχες. Κάθε κάτοικος της περιοχής ανήκει σε κάποια λέσχη. Παραμένουν ανοιχτές μέρα-νύχτα, και είναι κοιτίδες συζητήσεων: κουτσομπολιά, πληροφορίες, αόριστοι καβγάδες, εμπορικές συναλλαγές. Εκτός αιχμής είναι ουσιαστικά επαγγελματικά σωματεία, αλλά, αυτή την εποχή του χρόνου, θολώνουν οι διαχωριστικές γραμμές. Οι εκλεκτοί τους αντιπρόσωποι παρακάθονται στο Δημοτικό Συμβούλιο που, με την σειρά του, γνωμοδοτεί στον Βασιλιά. Υποκριτές, κεραμείς, οικοδόμοι, ακόμη και οι δούλοι έχουν τις αντίστοιχες λέσχες – κατ' ακρίβειαν, ο Φίλων εντάχθηκε στη λέσχη δούλων κι έχει αποκτήσει χρήσιμες επαφές. Υπάρχουν, όμως, και λέσχες με αποκλειστικά κοινωνική λειτουργία, όπου το κριτήριο είναι μάλλον η κοινή κοσμοθεωρία παρά η κοινή επαγγελματική κατεύθυνση. Υπάρχει Λογοτεχνικός Όμιλος, Γυναικείος Κύκλος, Περιηγητική Λέσχη, όπου μπορεί να ενταχθεί οποιοσδήποτε με ετήσια συνδρομή, η οποία καλύπτει

122

τα έξοδα κηδείας και μια αναμνηστική πλακέτα μετά θάνατον. Οι περισσότερες λέσχες διαθέτουν δικό τους ταφικό θάλαμο – κάποιοι απ' αυτούς σωστά ανάκτορα – όπου ενταφιάζονται τα μέλη. Μπορεί κανείς να ανατρέξει σε γενεές οικοδόμων και ψαρεμπόρων σε έρημες υπόγειες αίθουσες, περιφρουρούμενες από δωρικούς κίονες, προσιτές μόνο μέσα από αθόρυβα αίθρια. Οι παλαιότεροι τάφοι ανήκουν στους Φοίνικες της πόλης, που είχαν εγκαινιάσει το έθιμο.

Ο Φίλων παρευρέθηκε σε γιορτή με το όνομα Ιερόδουλοι, που γιορτάζεται από τους ντόπιους δούλους. Είχε ακούσει γι' αυτήν στη λέσχη του, και μου περιέγραφε με μεγάλο ενθουσιασμό τις εκδηλώσεις. Θα ήταν, λοιπόν, άδικο εκ μέρους μου να του αρνηθώ την άδεια. Είναι πραγματικά πολύ καλός άνθρωπος, ο καλύτερος δούλος που είχα ποτέ, και ιδιαίτερα ευφυής.

Οι Ιερόδουλοι, μου εξήγησε, είναι γιορτή που πραγματοποιείται πάντα μια βδομάδα πριν τα καθαυτό Αφροδίσια, και η προετοιμασία της παίρνει μερικές μέρες. Φτιάχνουν καλύβες με κλαδιά μυρτιάς, και μέσα στις καλύβες τοποθετούν τα συνήθη λίθινα και κέρινα ομοιώματα της θεάς, πάνω σε στρώμα από μαλακό γρασίδι ή άλλη πρασινάδα. Αποτίνουν τιμές σε φιλντισένιο άγαλμα της Αφροδίτης, στο οποίο αποδίδονται μαγικές δυνάμεις και ενέχει συμβολικούς συσχετισμούς με την ιστορία της Μύρρας και τη μεταμόρφωσή της, καθώς και με το άγαλμα του Πυγμαλίωνα, που ενσαρκώθηκε με τη συνδρομή της θεάς. Οι δούλοι φορούν λουλούδινα στεφάνια και παίρνουν τη θέση τους στις καλύβες, θεωρώντας ότι η τελετουργία θα ευνοήσει την ικανότητά τους για τεκνοφορία. Πολλοί βλέπουν οράματα ή περιέρχονται σε έκσταση. Λένε ότι κάποτε εμφανίζονται φαντάσματα των ελεύθερων προγόνων τους και των μακρινών χωρών τους. Όσο για την αποτελεσματικότητα του τυπικού, ο

123

Φίλων είναι άτεκνος, γι' αυτό και πρόθυμα προσευχήθηκα μαζί του.

Η Πάφος διαθέτει μόνο ένα αμφιθέατρο, μα μπορεί να φιλοξενήσει μέχρι και 30,000 ανθρώπους. Σήμερα, που ήταν η πρώτη μέρα των θεατρικών έργων, ήταν πιασμένες όλες οι θέσεις. Κατά τη διάρκεια της γιορτής, δίνονται διαρκώς παραστάσεις καθημερινά, από νωρίς το απόγευμα μέχρι αργά το βράδυ, και μια κριτική επιτροπή απονέμει βραβεία στους καλύτερους συγγραφείς και υποκριτές της μέρας. Αν κρίνω από τα απογευματινά θεάματα, θα έλεγα ότι ο μέσος όρος δεν αγγίζει το βέλτιστο, αλλά, μέσα από την ακατέργαστη απλότητά τους, τα έργα μπορούν να καταστούν πολύ συγκινητικά, έστω κάπως στομφώδη. Πρόκειται, κυρίως, για τραγωδίες: η τύχη και η ανθρώπινη απερισκεψία είναι οι δεσπόζουσες δυνάμεις, μα ελάχιστες καταφέρνουν να εγείρουν με αξιώσεις κάποιο ηθικό ζήτημα ή προβληματισμό: μετά την έκθεση, ακολουθεί η δέση και ουδείς αμφισβητεί τα κίνητρα των χαρακτήρων ή τις εικασίες της πλοκής. Ορισμένες έχουν ευτυχές τέλος, όπως η βραβευμένη παράσταση που παρακολούθησα. Ονομαζόταν ΚΙΝΥΡΑΣ και έδειχνε πώς ο Πάφιος Αγήτωρ χειρίστηκε αρκετά πετυχημένα αντικρουόμενες ηθικές και θρησκευτικές αρχές την εποχή του Τρωικού πολέμου. (Η πλοκή είχε ως εξής: ο Οδυσσέας φτάνει στην Πάφο με ελληνική στρατιωτική δύναμη και ζητά τη βοήθεια του Κινύρα για την επικείμενη εκστρατεία στην Τροία. Ο Κινύρας δεν μπορεί να αρνηθεί, επειδή οι ελληνικές δυνάμεις είναι συντριπτικές, ορκίζεται λοιπόν να συνεισφέρει σαράντα πλοία. Οι Έλληνες φεύγουν, και ο Κινύρας μένει να αναλογίζεται τη δεινή του θέση, διότι ως Αρχιερέας της Αφροδίτης δεν μπορεί να παράσχει δυνάμεις για την καταστροφή της Τροίας, την πλευρά που ευνοεί η θεά, ούτε, απ' την άλλη, μπορεί να αθετήσει τον όρκο του, από φόβο θεϊκής εκδίκησης. Ως πραγματιστής, καταλήγει στην

124

εφευρετική λύση να στείλει μονάχα ένα καράβι, με τριάντα-εννιά πήλινα ομοιώματα. Το πλοίο αποστέλλεται στον Αγαμέμνονα, στρατάρχη των ελληνικών δυνάμεων, ώστε να αποδεσμευτεί ο Κινύρας από τον όρκο του, και ταυτόχρονα να αποφύγει τυχόν προσβολή της Αφροδίτης. Για παρηγοριά, τοποθετεί στο καράβι ένα προστήθιο πανοπλίας με αποδέκτη τον Αγαμέμνονα – τον θώρακα που περιγράφει ο Όμηρος στην Ιλιάδα. Ηθικό δίδαγμα; Σε αυτό τον κόσμο, πρέπει να είσαι πολυμήχανος!

Πόσο πολυπληθής έχει γίνει η Πάφος! Είχα την εντύπωση, μόλις έφτασα εδώ, ότι η πόλη ήταν υπερπλήρης, αλλά αυτή τη στιγμή γίνεται πατείς με, πατώ σε! Έλληνες, Αιγύπτιοι, Πέρσες, Αιθίοπες συνωστίζονται στους δρόμους και το μόνο που ακούω είναι αλλοδαπές φωνές και ιαχές εμπόρων. Ορισμένα χαμαιτυπεία κλείνουν τις πόρτες τους και μόνο σε τακτικούς πελάτες επιτρέπουν την είσοδο ή σε όσους φαίνονται πλούσιοι ή περισπούδαστοι. Οι ναοί είναι δημοφιλείς, φυσικά, όπως και το μουσείο. Εκεί βρισκόμουν το πρωί, μα πώς να δω τα εκθέματα; Το μουσείο στεγάζεται στον περίβολο του κεντρικού ναού, και περιέχει πολλά λατρευτικά αντικείμενα: γλυπτά θεών και ηρώων, ζωγραφιές, πανοπλίες, λάφυρα πολέμου και άλλα ιστορικά θραύσματα. Τι θυμάμαι απ' αυτά; Το άγαλμα της Γαλάτειας του Πυγμαλίωνα, τη δορά και τους χαυλιόδοντες του κάπρου που σκότωσε τον Άδωνι, και τον μανδύα και τη λύρα του Κινύρα, τη λύρα με την οποία είχε νικήσει τον Απόλλωνα σε διαγωνισμό. Εδώ βρίσκεται και το σπαθί του Τεύκρου, ανάμεσα σε άλλα ομηρικά κατάλοιπα. Το χρυσό μήλο, που ο Πάρις χάρισε στην Αφροδίτη αντί στην Αθηνά ή την Ήρα, δίνοντας, ουσιαστικά, το έναυσμα για τον Τρωικό πόλεμο, και το κιβώτιο που έδωσε η Φυλλίς στον άπιστο άντρα της, Δημοφώντα, κι έχασε τα λογικά του μόλις το άνοιξε. Όλα αυτά τα πράγματα είναι τοποθετημένα εδώ κατά σειρά ενδιαφέροντος: κατάφερα να κοιτάξω φευγαλέα τα περισσότερα...

Τα Αφροδίσια ξεκινούν παραθαλάσσια, στο ίδιο μέρος όπου η Αφροδίτη πρωτοάγγιξε στεριά, και τώρα οριοθετείται από τον αγαπημένο της βωμό: δύο μεγάλους κωνικούς λίθους, ο ένας γερμένος πάνω στον άλλο, να σχηματίζουν καμάρα πάνω στην οποία είναι σμιλευμένο ένα περιστέρι, ενώ φιλοξενεί άγαλμα της θεάς να ατενίζει το πέλαγος. Αυτό το άγαλμα είναι τοποθετημένο σε βάθρο, ενώ στις δύο πλευρές της καμάρας, υψώνεται φρουρός στέρεος κίονας. Οφείλω να εξηγήσω ότι η καμάρα δεν είναι τεχνητή, αλλά φυσικό θαύμα, όπως αυτά που συχνά συνθέτει η φύση κατά τύχη ή με κρυφή πρόθεση (όπως το δέντρο έξω από την Καρπασία, σε σχήμα γριάς με κρεμασμένα στήθια) και η όλη εικόνα φαίνεται τελειότερη εντός της καμάρας παρά σε μια πιο οργανωμένη δομή: μοιάζει με την ίδια τη θεά.

Πρώτο στη σειρά ήταν το Άλειμμα με Λάδι. Σταθήκαμε σε στάση προσευχής, ενώ η ιέρεια άλειψε το άγαλμα με καλό ελαιόλαδο, και έπειτα το σκούπισε. Προσήλθαν οι παρθένες, έφηβα κορίτσια, κι έπλυναν τα γυμνά τους κορμιά στα κύματα. Έπειτα χόρεψαν για λίγο, καθώς χαΐδευαν ομοίωμα της θεάς, το οποίο περνούσαν από τη μια στην άλλη. Ο χορός τους είχε καθαρά αισθησιακό χαρακτήρα κι αποτελεί μύηση στις τέχνες της σαγήνης και της αισθησιακής ζωής. Ο ιερέας σημαίνει το τέλος του χορού με μια χειρονομία, προκειμένου να υποδεχτεί την άφιξη του φθινοπώρου, εποχή για τη συγκομιδή των καρπών, και τα κορίτσια χάνονται στο πλήθος, αναζητώντας εραστές. Ακολούθησε ξέφρενο παζάρι. Επιστρέφοντας, πρόσεξα κάμποσους άδειους πάγκους, μάλλον επειδή οι κάτοχοί τους είχαν ξεπουλήσει την πραμάτεια τους. Πάντως, συχνά, την ώρα που ο ένας πωλητής τα μάζευε, εμφανιζόταν άλλος με φρέσκιες προμήθειες για να πάρει τη θέση του. Αγόρασα θυμίαμα και μερικά αγαλματίδια.

Μόλις φτάσαμε στο Ιερό, μας πρόσφεραν δροσερά ποτά και μας προσκάλεσαν σε ξενάγηση. Ήξερα ήδη μερικά πράγματα για την ιστορία του, αφού παρατήρησα προσεκτικά κάποιους πίνακες στο μουσείο, που εικόνιζαν το οικοδόμημα σε διαφορετικά στάδια. Κάποτε υπήρξε ταπεινό κτίσμα, ούτε μεγάλο, ούτε ιδιαίτερα περίτεχνο, που έχτισε ο βασιλιάς Κινύρας στον χώρο παλαιότερου ναού, αφιερωμένου στη Μεγάλη Μητέρα, μα καθώς μεγάλωνε η φήμη του και διαδόθηκε σε όλο τον κόσμο, οι προσκυνητές συναθροίζονταν με πλούτη και ευλάβεια, να συμβουλευτούν τον μόνιμο μάντη, γι' αυτό και μεγάλωσε σε μέγεθος και μεγαλείο, σε σημείο που ελάχιστοι ναοί στον κόσμο θα μπορούσαν να το ανταγωνιστούν. Έτσι είναι και σήμερα. Μπροστά στη μεγάλη πύλη (λίγο πιο πέρα) υψώνονται δύο πυλώνες, στεφανωμένοι με ρόδια, και με περιστέρια. Πίσω τους, μια σειρά από θάμνους διαγράφει μιαν ημικυκλική περίφραξη, με βωμό στο κέντρο. Η ίδια η πύλη είναι διακοσμημένη με ανάγλυφα στρατιωτών, κυνηγών και ιερέων, ενώ δύο ψηλοί πύργοι, που ενώνονται στα τρία τέταρτα του ύψους τους από τρεις συγκοινωνούντες θαλάμους με παράθυρα, στέκονται σε κάθε πλευρά της. Στην επίπεδη οροφή των θαλάμων, επιδεικνύονται τα εμβλήματα της Αφροδίτης – η ημισέλινος και ένα αστέρι. Μετά την πύλη, ένα περιστύλιο εκτείνεται μέχρι το μαύρο άγαλμα της θεάς, το οποίο είναι εκτεθειμένο στις καιρικές συνθήκες, αν και κατά την παράδοση, δεν το άγγιξε ποτέ βροχή. Οι εξωτερικοί τοίχοι του ναού είναι χτισμένοι από τούβλα, και η οροφή από άργιλο. Η ιερή περίφραξη είναι μεγάλη και περιλαμβάνει τον βασικό ναό, πολυάριθμα ιερά δέντρα και τους χώρους διαμονής των επισήμων, ιερέων και ιερειών. Υπάρχει θησαυροφυλάκιο, αποθήκη με τις εκλεκτές δωρεές των πλούσιων επισκεπτών, και επίσης με διάφορα αρχεία και λάφυρα πολέμου, σε υπόγειο θάλαμο. Δεν πρέπει, όμως, να ξεχάσω έναν πιο φυσικό, κι όμως εξίσου ξεχωριστό πόλο έλξης, τους προπομπούς της Αφροδίτης, τα ιερά περιστέρια που αναχωρούν στο έμπα του καλοκαιριού, μα πάντα επιστρέφουν έγκαιρα για τη μεγάλη γιορτή! Λέγεται πως τα περιστέρια συνοδεύουν τη θεά στην ετήσια επίσκεψή της στη Λιβύη: ο γυρισμός τους είναι σημάδι της παρουσίας της Αφροδίτης στην Πάφο – αλλά και της επιδοκιμασίας και της συμμετοχής της.

Αυτά για τον ναό. Οι τρεις επόμενες μέρες περιλάμβαναν θυσίες, προσευχές, διαγωνισμούς τραγουδιού και χορού, αναγνώσεις ποίησης, αθλητικές εκδηλώσεις, ερωτικά συμπόσια στα δάση γύρω από τον ναό – τέτοιον οργασμό δραστηριοτήτων που δεν μπορώ να ισχυριστώ ότι τον αποδίδω αντάξια. Οι θυσίες είναι οι πιο εντυπωσιακές: συνήθως πραγματοποιούνται το πρωί, χάραμα, και καθορίζουν τη διάθεση για την υπόλοιπη μέρα. Φυσικά, όλοι μας είχαμε ξαναδεί θυσίες, μα ποτέ τέτοια επισημότητα, ακρίβεια ή σπουδαιότητα.

Ως πλήρες μέλος της Λέσχης Υποκριτών, είχα το δικαίωμα να συμμετάσχω σε οποιανδήποτε παραστατική τέχνη, αν και αυτό δεν είναι κάτι που αναμένεις από κάποιον που μόλις την περασμένη βδομάδα εντάχθηκε στη λέσχη, και μάλλον θα αποχωρούσε εντός της επόμενης βδομάδας! Παρόλ' αυτά, έδωσα παράσταση, κάπως έτσι: μια μέρα πριν ξεκινήσουν τα Αφροδίσια, επισκέφτηκα τη λέσχη και παρασύρθηκα σε μια συζήτηση για τη σχετική αξία διάφορων μετρικών σχημάτων στη θρησκευτική ποίηση, και ξαφνικά βρέθηκα να συντάσσομαι με έναν ντόπιο ειδήμονα, που ήταν ηθοποιός και ποιητής. Συμφωνούσαμε σε όλα τόσο εγκάρδια, που φύγαμε από κει και αποφασίσαμε να πίνουμε ο ένας στην υγειά του άλλου για το υπόλοιπο της βραδιάς! Μάλιστα, ήταν προγραμματισμένο να διαβάσει ένα από τα τελευταία του έργα, που συνέθεσε ειδικά για τα Αφροδίσια, και μου το απάγγειλε τρεις-τέσσερις φορές, με διαφορετικό επιτονισμό κάθε φορά, ζητώντας τη γνώμη μου για την αποτελεσματικότητα κάθε εκδοχής. Το δοκιμάσαμε με τον ένα τρόπο, έπειτα με τον άλλο, το αναλύσαμε, το βροντοφωνάξαμε, το ψιθυρίσαμε, ώσπου το έμαθα σχεδόν τόσο καλά όσο κι εκείνος! Πίναμε μέχρι τα βάθη της νυχτός, κι έπειτα τράβηξε ο καθένας τον δρόμο του για το σπίτι. Το επόμενο πρωί, ένα αγόρι μού χτύπησε την πόρτα με μήνυμα από τον καινούριο μου φίλο: να ακολουθήσω επειγόντως τον γιο του μέχρι το σπίτι του. Αυτό ακριβώς έκανα. Τελικά, καθ'οδόν προς το σπίτι του, το προηγούμενο βράδυ, ο ποιητής έπεσε και έσπασε τα παΐδια του, γι' αυτό κι έμεινε περιορισμένος στο δωμάτιό του. Θα είχα την καλοσύνη, με παρακάλεσε, να μάθω τους στίχους του και να τους εκτελέσω στη θέση του τη μεθεπόμενη μέρα; Υπήρχε τόση συμπάθεια αναμεταξύ μας, που ήταν σίγουρος ότι θα έδινα μια συγκινητική παράσταση και θα κέρδιζα βραβείο. Έτσι έγινα το επίκεντρο της προσοχής στους χώρους του ναού, ένα βράδυ! Είναι κρίμα να χαλάσω μια τόσο ωραία ιστορία με την παραδοχή ότι δεν κέρδισα κανένα βραβείο, και έτσι απογοήτευσα τον φίλο μου, αλλά η ειλικρίνεια με αναγκάζει να παραδεχτώ ότι ποτέ ξανά δεν πρόκειται να ανταγωνιστώ τους επαγγελματίες αφηγητές σε δραματικές και εικαστικές παρουσιάσεις (αν και υποψιάζομαι έντονα ότι η παράστασή μου έκανε περισσότερη αίσθηση και ερμηνεύτηκε πιο σωστά από τις περισσότερες που βραβεύτηκαν). Παρόλ' αυτά, ήταν πολύ συναρπαστικό, και ίσως τώρα, στα γηρατειά μου, να αποκτήσω μιαν εναλλακτική ενασχόληση.

Είναι τόσα πολλά αυτά που μπορεί να πει κανείς για τα Αφροδίσια, μα δεν μπορώ να συμπεριλάβω τα πάντα. Το φαγητό μοιράζεται άφθονα, δωρεάν, τόσο πολύ που έχω αμφιβολίες αν θα με αναγνωρίσουν σαν φτάσω σπίτι: έχω πρησμένη κοιλιά και κόκκινα μάγουλα, ανοίκεια σημάδια!

Τα Αφροδίσια είναι το κεντρικό γεγονός της εποχής αλλά με αυτά συμπίπτουν – και σχετίζονται πλαγίως – τα Μυστήρια των Κινυραδών, που επίσης προσελκύουν πλήθος επισκεπτών. Προσωπικά, δεν μπόρεσα να παρευρεθώ στο μεγαλύτερο μέρος αυτών των ιεροτελεστιών, αν και είχα πολλές φορές την ευκαιρία να γίνω μάρτυρας του προπαρασκευαστικού τετραημέρου στο οποίο υποβάλλονται οι επίδοξοι μύστες: πολλοί τα παρατούν σ' αυτό το στάδιο, ενώ άλλοι μπορεί να αποκλειστούν λόγω ψέγματος στον χαρακτήρα τους, που σημαίνει, βέβαια, ότι όποιος έχει ένα δράμι συνείδησης θα το σκεφτεί διπλά προτού το επιχειρήσει. Έχω δει την διεκπεραιωτική αποπομπή ενός τύπου για τον οποίο ανακάλυψαν ότι είχε ποινικό μητρώο. Η μύηση είναι για τους εκλεκτούς, εκείνους που θα εισέλθουν σε στενή, μυστηριακή επικοινωνία με τη θεά.

Όσο για το τι συμβαίνει αναλυτικά, η πρώτη μέρα περιλαμβάνει μια προκαθορισμένη διαδοχή επίμοχθων αθλητικών δοκιμασιών με τρέξιμο, πάλη και γυμναστική. Δεν είναι όλοι οι υποψήφιοι εξίσου γυμνασμένοι και είναι αξιολύπητο – αν όχι οικτρό θέαμα – οι αγύμναστοι που επιχειρούν να κάνουν κατακόρυφο, τούμπες και άλλα τέτοια.

Η δεύτερη μέρα είναι αφιερωμένη κυρίως στα θαλάσσια μπάνια, αλλά την έχασα λόγω άλλων υποχρεώσεων.

Η τρίτη μέρα προϋποθέτει λιγότερο κόπο, και αποτελείται από αφιερωματικές ασκήσεις και τάματα, κυρίως τελετουργική προσφορά κρασιού, φρούτων και λουλουδιών. Μέχρι αυτό το στάδιο έχουν μείνει οι μισοί υποψήφιοι. Όσοι επιβιώνουν ως τώρα περνούν την τελευταία μέρα με νηστεία και αδιάλειπτη προσευχή. Εδώ κόβονται λίγοι ακόμα. Οι σκληραγωγημένοι που απομένουν καταβάλλουν την απαραίτητη αμοιβή στον αρχιερέα και εισπράττουν σε αντάλλαγμα έναν βώλο αλατιού και έναν λίθινο φαλλό (το αλάτι συμβολίζει τη θάλασσα, γενέτειρα της Αφροδίτης, και ο φαλλός τη δημιουργικότητα). Έτσι, εγκαταλείπουν τη ζωή των αισθήσεων, όπως συμβολίζεται από τα χρήματα, και ενστερνίζονται μια πιο πνευματική ύπαρξη. Ακόμη κι έτσι, προτού εισαχθούν στον ναό, οι αρχάριοι υποχρεώνονται να ξαναδώσουν όρκο αγνότητας και να λουστούν σε καθαγιασμένο νερό. Κι όλα αυτά είναι μόνο τα προκαταρκτικά στάδια – τώρα είναι που ξεκινά η μύηση. Περιττό να πω ότι δεν θα είχα ιδέα για τα παρακάτω, αν δεν μου έδινε τις πληροφορίες ένας γνωστός που μια φορά είχε φτάσει μέχρι σ' αυτό το στάδιο, αλλά προς μεγάλη του απογοήτευση ανέβασε πυρετό και δεν μπόρεσε να το ολοκληρώσει.

Σύμφωνα μ' αυτόν, λοιπόν, το πρώτο προχωρημένο στάδιο είναι η ανάγνωση των μυστηρίων από ιερέα. Ακολουθούν ερωτήσεις σε κρυπτική μορφή, που πρέπει να απαντηθούν σωστά. Ο γνωστός μου τα είχε καταφέρει, αλλά αρνείται να επεκταθεί στη φύση των μυστηρίων ή των ερωτήσεων – κι εγώ, φυσικά, δεν τον πίεσα. Έπειτα τους προσφέρονται πίτες και μέλι, και ανακηρύσσονται μύστες. Παραλίγο να ξεχάσω να προσθέσω ότι φορούν συγκεκριμένο ιματισμό κατά τη διάρκεια της τελευταίας τελετής, που αποτρέπει το κακό. Σε αυτό το σημείο είναι που ανέβασε πυρετό ο πληροφοριοδότης μου. Με πολύ κόπο άντεξε την πρώτη μέρα του δεύτερου σταδίου, αλλά μου είπε ελάχιστα πράγματα, εκτός απ' το ότι διήρκεσε δύο μέρες κι ότι ο ίδιος είχε συμμετάσχει σε κάποια ασαφή τελετουργικά, που σχετίζονται με τον μύθο του Αδώνιδος.

Ούτε εκείνος, ούτε κανείς άλλος γνωρίζει οτιδήποτε για το τρίτο και τελευταίο στάδιο, εκτός του ότι όντως υπάρχει τέτοιο στάδιο – αλλά φυσικά γίνονται διάφορες χυδαίες εικασίες για σαδιστικές και οργιαστικές μορφές. Μπορούμε με ασφάλεια να υποθέσουμε ότι πρόκειται για εκστατικές εμπειρίες και ότι, σύμφωνα με μία θεωρία, ενσωματώνουν με κάποιο τρόπο τα εμβλήματα της θεάς. Κάποιος διαβεβαιώνει ότι χρησιμοποιείται ένας οβελίσκος, καθώς και τα ιερά περιστέρια. Η έκσταση, για την οποία γίνεται λόγος, μπορεί να είναι ένα είδος θεϊκής τρέλας και ένδειξη κατάληψης από το θείο πνεύμα.

Έχω αποφασίσει να μείνω για λίγο στην Πάφο. Σε μερικές βδομάδες, οι περισσότεροι ξένοι προσκυνητές θα έχουν φύγει, κι έτσι θα μπορώ να κάνω τις βόλτες μου στην πόλη χωρίς βιασύνη. Την άλλη βδομάδα, η θάλασσα θα είναι άστατη, θα πρέπει να αναχωρήσουν σύντομα. Εξάλλου, τότε θα μπορώ να αναζητήσω κάπου αλλού να μείνω: αυτή η κυρά-Τυραννίδα είναι ανυπόφορη! Αν δεν είναι το ένα, είναι τ' άλλο! «Σκούπισε τα πόδια σου πριν πατήσεις μέσα!» και «Απ' εδώ η ξαδέλφη μου, παρθένα, νεαρή, αλλά πανέξυπνη, δεν θα πιστεύεις τι μπορεί να κάνει!» Πάντως, σ' ένα πράγμα έχει δίκαιο: τις περισσότερες φορές, δεν πιστεύω λέξη απ' όσα λέει!

Ωστόσο, μάταια τα παράπονά μου – θα συνεχίσω να ονειρεύομαι ένα αξιοπρεπές, άνετο κατάλυμα με πολιτισμένη παρέα. Αν όλα πάνε καλά, θα έχω επιστρέψει στο σπίτι μου πριν τα Αδώνια.

Σιγά-σιγά, αρχίζω να συνειδητοποιώ ότι κάποια στιγμή σύντομα θα γυρίσω. Δεν σας έχω αναφέρει πόσες φορές ένιωθα εντελώς κακόμοιρος επειδή πεθύμησα το σπίτι μου. Μα είναι πάντα λυπηρό να φτάνεις στο τέλος, ειδικά στην απόληξη μιας διαδρομής που σχεδίαζες για χρόνια. Θα μου λείψει το στοιχείο του κινδύνου, εκείνο το ευχάριστα μεθυστικό αίσθημα ότι δεν έχεις μήτε καθήκον μήτε σπίτι να σε έλκει στην κανονικότητα.

Εδώ στο Μάριον, μόλις τελείωσαν οι εορτασμοί της ντόπιας εκδοχής των Αδωνίων. Τα Αδώνια! Μα, θα μου πείτε, είναι λίγο παράκαιρα. Οι ντόπιοι, ωστόσο, υπεραμύνονται επίμονα αυτής της πρακτικής, σίγουροι ότι οι άλλες πόλεις ακολουθούν λάθος ημερολόγιο, παραθέτοντας ως απόδειξη το ένα και τ' άλλο. Κατ' ακρίβειαν, εστιάζουν σε μια διαφορετική πτυχή του θρύλου, γι' αυτό και δεν είναι τόσο εξωφρενικό όσο μπορεί να φαίνεται. Για εκείνους, το φθινόπωρο είναι άγονη εποχή και ο χειμώνας μια ευπρόσδεκτη αλλαγή προς τη γονιμότητα. Εξάλλου, οι χειμώνες τους είναι ήπιοι και ευχάριστοι.

Προτού περιγράψω τη διαδικασία που ακολουθούν, θα πω κάτι για τις τελευταίες μου βδομάδες στην Πάφο. Πράγματι, κατάφερα να βρω νέο μέρος διαμονής, μα μόνο μετά από μια δυσάρεστη σκηνή με την πανδοκεύτρα Τυραννίδα, που μου παρέδωσε έναν παραφουσκωμένο λογαριασμό, και προσπάθησε να με καλοπιάσει για να μείνω, σύμφωνα με τους όρους κάποιου συμβολαίου, το οποίο πρώτη φορά αντίκριζα! Το τι φωνές ακολούθησαν, και τι κροτάλισμα δαχτύλων! Στο τέλος, ο Φίλων κι εγώ την σπρώξαμε από μπροστά μας και την αφήσαμε να εξακοντίζει απειλές για δεινές μορφές εκδίκησης. Ελπίζω να μην ξανασυναντήσω τέτοιο τέρας! Όμως, το υπόλοιπο διάστημα ήταν πολύ ξεκούραστο: σιγά-σιγά, άδειασε η πόλη, και ο ρυθμός ζωής επιβράδυνε ώσπου έμοιαζε με χαλαρή βόλτα. Ο Φίλων κι εγώ συχνάζαμε έκαστος στη λέσχη του, ενώ ο φίλος μου ο ποιητής ανέρρωσε και με συγχώρεσε που τον απογοήτευσα στον διαγωνισμό. Το βράδυ πίναμε μαζί και περπατούσαμε παραθαλάσσια, επισκεπτόμασταν συχνά τον ναό και το μουσείο, κι εγώ έπιασα φιλίες με τον καινούριο σπιτονοικοκύρη μας, που μετά χαράς μάς νοίκιασε ένα άδειο δωμάτιο. Έτσι κύλησαν οι μέρες και κρύωσε ο καιρός, κι εγώ παραλίγο να ξεχάσω τον σκοπό της επίσκεψής μου, ώσπου κάποια στιγμή συνειδητοποίησα ότι κόντευε η μέρα για τα Αδώνια στο Μάριον. Μετά λύπης μαζέψαμε τα πράγματά μας και αποχαιρετίσαμε τους καινούριους γνωστούς που αποκτήσαμε, με την υπόσχεση να γυρίσουμε, να κρατήσουμε επαφή, και τα λοιπά. Φύγαμε. Δεν ξέρω πότε θα γυρίσω, τέτοιο ταξίδι δεν είναι κάτι που το κάνεις συχνά, αλλά ίσως τώρα να έχω ένα πρόσχημα, με τις χρήσιμες επαφές που απέκτησα.

Μετά την Πάφο, το Μάριον μοιάζει μάλλον επουσιώδες. Δεν νομίζω ότι θα καταφέρω να περιγράψω μακροσκελώς τους συνηθισμένους δρόμους του και τους ταπεινότερους ναούς. Υποθέτω πως αυτό είναι λίγο άδικο για την πόλη, αλλά θα αφιερώσω μερικές παραγράφους στα ίδια τα Αδώνια.

Η πρώτη μέρα είναι μέρα πένθους για τον θάνατο του Αδώνιδος, και φάγαμε μόνο πράσινα λαχανικά. Οι γυναίκες μασούσαν σκόρδο για να αποτρέψουν τις ερωτικές περιπτύξεις, αφού απαγορεύεται τόσο το κρασί όσο και η συνουσία. Ο εξαγνισμός άρχισε την αυγή: ψάλθηκαν προσευχές, οι τοίχοι και οι πόρτες του ναού αλείφθηκαν με ρετσίνι μυρτιάς, και θυσιάστηκε αμνός. Αυτή η τελευταία πράξη είναι πράξη εξορκισμού. Γδέρνουν το ζώο, και με το τομάρι του σκουπίζουν το αίμα που χύθηκε στο δάπεδο του ναού. Απαγορεύεται να αγγίξεις τη σάρκα του, διότι εκεί θεωρούν ότι καταφεύγουν τα εξορκισμένα πνεύματα.

Οι γυναίκες έφεραν λουλούδια και αρωματικά βότανα, και τα τοποθέτησαν σε μια βάση μέσα στον ναό. Στο μεταξύ, άλλοι έριχναν ζωντανά περιστέρια στην πυρά, σε έναν ειδικά σχεδιασμένο φούρνο που περιείχε δύο ξεχωριστές φωτιές, έτσι ώστε τα περιστέρια να πετούν μακριά απ' τη μια φωτιά και να πέφτουν μέσα στην άλλη. Ο ήχος είναι αξιοθρήνητος αλλά και συναρπαστικός: το φτεροκόπημα των πουλιών και οι κραυγές τους πάνω από τη μαινόμενη φωτιά, πάνω-κάτω, πάνω-κάτω και μετά σιγή. Είναι πραγματικά εκπληκτικό το πώς μπορείς να ταυτιστείς μαζί τους: δεν ξέρω πώς, αλλά κάποτε έριχναν ανθρώπους στην πυρά. Ο στόχος είναι να ενσαρκωθεί ο θάνατος και η ανάσταση του θεϊκού Αδώνιδος.

Μετά απ' αυτό, γυρίσαμε στα σπίτια και τα καταλύματά μας, και ετοιμάσαμε έναν μικρό βωμό με λίθινα ομοιώματα του Αδώνιδος. Τα ομοιώματα τοποθετούνται στις εισόδους και περιβάλλονται από φρούτα και λαχανικά, και αρτοσκευάσματα σε φαλλικά σχήματα. Κάθε σπίτι στην πόλη είχε να επιδείξει μια τέτοια σύνθεση. Έπειτα, το βράδυ έρχεται το κεντρικό γεγονός, οι Κήποι του Αδώνιδος. Οι καθαυτό «Αδώνιδος Κήποι» δεν είναι παρά μια πολυποίκιλη συλλογή από χρυσά και ασημένια δοχεία, με εφήμερα καλλωπιστικά φυτά, κάποια απ' αυτά μόλις οκτώ ημερών, μα όλα μαζί συναποτελούν ένα εντυπωσιακό θέαμα, ειδικά στο βραδινό φως, που αιχμαλωτίζει το πολύτιμο μέταλλο και του αποδίδει αμβλεία λάμψη. Οι γυναίκες κρατούν τα δοχεία, μαζί με τα ομοιώματα του Αδώνιδος, σε μια άφωτη παρέλαση στους δρόμους, μοιρολογώντας τον νεκρό ήρωα. Γυμνώνουν τα στήθη τους, και όσες έχουν ελεύθερα τα χέρια, τα χτυπούν στον ρυθμό του θρήνου.

Θα προτιμούσα να αντιμετωπίσω οποιονδήποτε αριθμό αγρίων παρά πέντε ή έξι αποτρελαμένες γυναίκες. Υπήρχαν περιπτώσεις που οι γυναίκες περιέρχονταν κυριολεκτικά σε έξαλλη κατάσταση, σε σημείο που οι αρχές της πόλης έκριναν ότι έπρεπε να θεσπίσουν αυστηρές κατευθυντήριες γραμμές σε σχέση με τη διεξαγωγή της διαδήλωσης. Κατ' ακρίβειαν, η πομπή ελίσσεται κατηφορικά προς τη θάλασσα χωρίς βίαια ξεσπάσματα, και εκεί ρίχνουν τους Κήπους, με τη συνοδεία ξέφρενων προσευχών και ακόμη πιο ξέφρενων τραγουδιών, πέρα μακριά στα κύματα.

Αργότερα, τερματίζεται η νηστεία με χοιρινό γεύμα. Ακόμη και σ' αυτή τη λεπτομέρεια, οι κάτοικοι του Μάριου διαφέρουν από την υπόλοιπη ανθρωπότητα. Όλοι εμείς ούτε καν θα ονειρευόμασταν να γευτούμε χοιρινό κατά τη διάρκεια των Αδωνίων, διότι το συνδέουμε με τον κάπρο και όχι με το θύμα του. Εδώ, όμως, ισχύει το αντίθετο: πιστεύουν πως ο Άδωνις ενσαρκώνεται στο γουρούνι, γι' αυτό και θεωρούν ότι είναι ευάρμοστο να θυσιάσουν και να καταβροχθίσουν το ζώο. Ομολογώ ότι για το συγκεκριμένο σημείο είχα περισσότερες επιφυλάξεις παρά για οποιανδήποτε άλλη απόκλιση από το κανονικό έθιμο, μα τελικά έφαγα κι εγώ. Έπρεπε να εξετάσω τα μύχια της συνείδησής μου για να βεβαιωθώ ότι δεν ήταν μόνο η πείνα από την παρατεταμένη νηστεία που με έπεισε να αγγίξω το κρέας. Με το πέρας του γεύματος, το λίπος και τα κόκκαλα καίγονται στον βωμό εν είδει θυσίας.

Τη δεύτερη μέρα, η διάθεση ήταν πολύ πιο χαρμόσυνη. Έριξαν λουλούδια στη θάλασσα και γιορτάσαμε την ανάσταση του Αδώνιδος. Ακολούθησαν θυσίες ζώων, συμπόσια και ζευγαρώματα: η Αφροδίτη επανενώθηκε με τον εραστή της. Αναπαραστάθηκε γαμήλια τελετή ανάμεσα στον Αρχιερέα, που αντιπροσώπευε τον Άδωνι, και μία απ' τις ιέρειες που είχε προηγουμένως επιλεχθεί για να παραστήσει τη θεά. Το δρώμενο συνοδευόταν από άφθονη μουσική και προσευχή, και οι μάρτυρες έραναν το ζευγάρι με στάχυα, σύκια και ξηρούς καρπούς, πάνω από τα κεφάλια και γύρω από τα πόδια τους. Στο μεταξύ, είχε ετοιμαστεί ένα δωμάτιο, στρωμένο με λουλούδια και πλουμισμένο με κάθε είδους βλάστηση, όπου το ζευγάρι έσπευσε να ολοκληρώσει τον γάμο του. Εννοείται ότι δεν ήμασταν παρόντες, και ο χώρος του ναού όπου βρισκόταν ο θάλαμος είχε σφραγιστεί, μα η ένωση διαλαλείται απ' άκρου εις άκρον της πόλης, κι οι άνθρωποι ευφραίνονται διότι πιστεύουν ότι η συγκεκριμένη πράξη κομίζει γονιμότητα στη γη τους.

Η ώρα είχε περάσει και ο κόσμος σκορπίστηκε, οδηγώντας τη γιορτή στο τέλος της. Γύρισα πίσω στο κατάλυμά μου, στα περίχωρα της πόλης, με το ταξίδι του γυρισμού στη σκέψη μου. Συχνά, τις τελευταίες μέρες, οι σκέψεις μου επέστρεφαν στην Πάφο, κι είχα μπει στον πειρασμό να στραφώ πίσω για ακόμη μερικές βδομάδες. Όμως αυτά τα πράγματα είναι ανέφικτα: ουδείς μπορεί ν' απαλλαγεί απ' τα δεσμά της κανονικής ζωής, όπως δεν μπορεί να απαλλαγεί από το χρώμα των μαλλιών του. Εντούτοις, σίγουρα θα φροντίσω να επισκεφτώ ξανά την Πάφο. Έχω κάποια χρήματα στο πουγκί μου, που μου αρκούν να πληρώσω τον σπιτονοικοκύρη και να αγοράσω τρόφιμα για το ταξίδι.

ΚΕΦΑΛΑΙΟ ΤΕΤΑΡΤΟ

ΚΑΤΑΛΟΙΠΑ ΤΗΣ ΛΑΤΡΕΙΑΣ ΤΗΣ ΑΦΡΟΔΙΤΗΣ ΣΤΗΝ ΚΥΠΡΟ

Μέχρι αυτή τη μέρα, η Αφροδίτη δεν έχει πάψει να αποτελεί μέρος της θρησκείας τού κυπριακού λαού. Έχουμε ήδη αναφέρει ότι ο μαύρος λίθος της θεάς, εντοιχισμένος σε εκκλησία, λατρευόταν μέχρι πρόσφατα από τις Κύπριες, που πίστευαν στη δύναμή του να θεραπεύει τη στειρότητα. Πολλά παρόμοια παραδείγματα λαϊκών εθίμων απαντούν και σε άλλες περιοχές. Στην επαρχία της Πάφου, υπάρχουν ερείπια Ορθόδοξης εκκλησίας, αφιερωμένης στην Παναγία Αφροδίτισσα. Άλλη εκκλησία, στην ίδια επαρχία, ονομάζεται Παναγία Γαλαταριώτισσα, προσωνυμία που πηγάζει από τη Γαλάτεια, γυναίκα του Πυγμαλίωνα. Η Παρθένος Μαρία, που τιμάται σ' αυτή την εκκλησία, έχει τη δύναμη να θεραπεύει μητέρες που έχασαν την ικανότητα τής γαλακτοφορίας. Μέχρι και η ζώνη της Αφροδίτης, περιλάλητη για τη δύναμή της να σκλαβώνει τις καρδιές των αντρών, χρησιμοποιείται ακόμη στο μοναστήρι τής Τροοδίτισσας: τώρα ονομάζεται «ζώνη της Ευλογημένης Θεοτόκου» και δίδεται σε άτεκνες χριστιανές που επιθυμούν να κυοφορήσουν. Το μοναστήρι τής Χρυσορρογιάτισσας, στην ίδια οροσειρά, σε ελεύθερη απόδοση θα πει «με τις χρυσές ρώγες», ωστόσο κάποιοι ισχυρίζονται ότι το όνομα αρύεται από τον λόφο στον οποίο υψώνεται, και έχει σχήμα γυναικείου στήθους. Οι επισκέπτες, που αποζητούν ίαση σε αυτά τα δύο μοναστήρια, προσφέρουν στην Πλατυτέρα των Ουρανών κέρινα ομοιώματα, τάματα με το πονεμένο μέρος του σώματος, όπως ακριβώς θα έκαναν για την Αφροδίτη.

Τα αρραβωνιασμένα ζευγάρια, και γενικότερα οι εραστές, επισκέπτονται τον Άγιο Γεώργιο της Γερόνησσου, που εγκύπτει με κατανόηση στα προβλήματά τους. Οι νεαροί έρχονται εδώ για να προσευχηθούν να τους δοθεί το κορίτσι της επιλογής τους. Η εκκλησία του βρίσκεται στην επαρχία Πάφου, κατοπτεύοντας την ακτή, απέναντι από ένα μικρό, ακατοίκητο νησί, ενώ στην εικόνα του αποτυπώνεται ως ωραίος, αρρενωπός νέος, όπως και ο Άδωνις.

Επίσης, αν περπατήσεις απ' το Κτήμα ως την Παλαίπαφο, ανακαλύπτεις αναπάντεχα ότι οι παλιοί σύντροφοι της Αφροδίτης, Έρως και Αντέρως, έχουν γίνει χριστιανοί άγιοι. Δύο ξωκλήσια που ανήκουν στον Άγιο Έρωτα και τον Άγιο Αντέρωτα, έχουν σμιλευτεί στον βράχο, ενώ και οι δυο περιέχουν ένα μικρό βωμό, όπου οι επισκέπτες ανάβουν κεριά ή αφιερώνουν λωρίδες από ρούχα. Οι ιδιότητες των δύο αγίων είναι παρόμοιες με εκείνες των αρχαίων ομολόγων τους, δηλαδή ο ένας προκαλεί ερωτικά αισθήματα, και ο άλλος είτε τιμωρεί όσους δεν ανταποκρίνονται στον έρωτα, είτε βάζει τέλος σε ρομαντικές σχέσεις που θεωρεί ανάρμοστες. Υπάρχουν δύο τρόποι για να εξασφαλίσεις τη βοήθεια των δύο αυτών αγίων: αφιερώνεις ένα κομμάτι ρούχο που ανήκει στο άτομο που επιθυμείς να προσελκύσεις ή παίρνεις λίγο χώμα από το ξωκλήσι και το σκορπίζεις πάνω από το πρόσωπο που αγαπάς. Προφανώς, οι άγιοι μεταχειρίζονται αυτά τα αντικείμενα για να εντοπίσουν τον στόχο τους. Ενέχει, ωστόσο, κάποιο ρίσκο η χρήση του συγκεκριμένου χώρου για να κερδίσεις την προσοχή αυτού που σε ενδιαφέρει, διότι ελάχιστοι ξεχωρίζουν ποιο ξωκλήσι ανήκει σε ποιον άγιο κι όπως ξέρουμε, οι δύο θεότητες επιτελούσαν αντίθετες λειτουργίες. Ενώ περιεργαζόμουν τους βωμούς, με πλησίασε μια γριά, που με συμβούλευσε να γυρίσω στο ίδιο σημείο τη δύση του ήλιου και να σταθώ στη σωστή απόσταση απ' τους βράχους. Τότε, θα έπρεπε να περιμένω την εμφάνιση σκιάς σε σχήμα γουρουνιού σε έναν από τους δύο βωμούς, που θα ανήκε στον Άγιο Αντέρωτα.

Το γουρούνι, βέβαια, είναι συνδεδεμένο με τη λατρεία της Αφροδίτης. Ο Άδωνις σκοτώθηκε από κάπρο, κι ακόμη και τώρα, δεν προσφέρεται χοιρινό κρέας σε γαμήλιο γλέντι, από φόβο μήπως χηρέψει η νύφη. Τα γλέντια αυτά κρατούν τρεις μέρες, όπως τα Αφροδίσια, που γιόρταζαν την ένωση της θεάς με τον εραστή της, Άδωνι. Μετά την τελετή στην εκκλησία, συνηθίζεται σε κάποια χωριά να προσφέρουν στον γαμπρό ένα ρόδι (ιερό για την Αφροδίτη) το οποίο θα σπάσει στην πόρτα της νυφικής κάμαρας. Σε άλλα χωριά, ο γαμπρός πρέπει να σκοτώσει έναν κόκορα (ιερό για τον Έρωτα) και να ραντίσει το αίμα του στο κατώφλι της κάμαρας. Και οι δύο εκδηλώσεις είναι τύποι θυσίας, που ανήκουν πιο πολύ σε αρχαίες παραδόσεις παρά στη χριστιανική κουλτούρα.

Ένας μάλλον παράλογος συμβιβασμός ανάμεσα στη λατρεία της Αφροδίτης και τον κυπριακό χριστιανισμό είναι η πεποίθηση των σύγχρονων Κυπρίων ότι μόνο οι γυναίκες μπορούν να διαπράξουν ερωτικό αμάρτημα. Έτσι εξηγείται και η συστολή των Κυπρίων γυναικών, που αντιπαραβάλλεται με τις υπερβολές των ανδρών. Σε αντίθεση με τους προγόνους τους, οι Κύπριοι απαιτούν από τις γυναίκες τους να είναι παρθένες τη μέρα του γάμου, και βρίσκουν την απόλυτη ικανοποίηση στην εκπαρθένευση. Αυτή η διφορούμενη στάση έχει σταθεί αφορμή για τραγικά συμβάντα, μέχρι και φόνους σε ορισμένες περιπτώσεις.

Μια από τις γνωστότερες πανήγυρεις στην Κύπρο πραγματοποιείται την Κυριακή της Πεντηκοστής, και φαίνεται να έλκει την καταγωγή της από τα Αφροδίσια. Πραγματοποιείται στις παραλιακές πόλεις και περιλαμβάνει διαγωνισμούς τραγουδιού, χορού, κολύμβησης και κατάδυσης. Η Ορθόδοξη Εκκλησία έκανε ό,τι μπορούσε για να την περιβάλει με χριστιανική όψη, ονομάζοντάς την Κατακλυσμό (με αναφορά στην Κιβωτό του Νώε), αλλά είναι σχεδόν βέβαιο ότι οι Κύπριοι που κατακλύζουν τα πλησιέστερα παράλια για να διασκεδάσουν, υποσυνείδητα συμμετέχουν σε μια μάλλον πιο παγανιστική τελετή.

141

Δέκα μίλια δυτικά της Λάρνακας (στην τοποθεσία του αρχαίου Κιτίου), βρίσκεται ενα κωνικό βουνό, περιώνυμο για το μοναστήρι του Σταυροβουνίου, που φωλιάζει επίφοβα στην κορυφή του. Στα αρχαία χρόνια, και για χίλια χρόνια πριν τη γέννηση του Χρστού, σ' αυτό ακριβώς το σημείο υψωνόταν ο ναός της Αφροδίτης Ακραίας, όπου προσέρχονταν οι Κύπριοι να προσευχηθούν για βροχή. Η ιστορία του Σταυροβουνίου αξίζει ν' αναφερθεί, επειδή οι λειτουργίες και ο χαρακτήρας των δύο θρησκευτικών θεσμών που το έχουν μοιραστεί, προσομοιάζουν μεταξύ τους σε αξιοπερίεργο βαθμό.

Έπειτα από παρατεταμένη αναβροχιά, που διήρκεσε δέκα χρόνια και σχεδόν αποδεκάτισε το νησί, η Αγία Ελένη έφτασε στην Κύπρο, φέρνοντας μαζί της τον Σταυρό του Χριστού, που είχε βρει στην Ιερουσαλήμ. Λίγο μετά την άφιξή της, άρχισε να βρέχει, και η βροχή έδωσε νέα ζωή στον τόπο. Στους πρόποδες του Σταυροβουνίου, το ποτάμι άρχισε πάλι να ρέει και ο λαός, από ευγνωμοσύνη, το ονόμασε «Βασιλοπόταμο» διότι η Ελένη ήταν η βασιλομήτωρ του Βυζαντίου. Ένα βράδυ, η Ελένη κοιμήθηκε στην όχθη του ποταμού, και το πρωί που ξύπνησε ανακάλυψε έντρομη ότι το Άγιο Ξύλο είχε εξαφανιστεί από τη σκηνή της. Μετά από πολύωρη αναζήτηση, ανακαλύφθηκε στο όρος της Αφροδίτης, όπου η θεά του έρωτα διατηρούσε ναό. Η Αγία Ελένη εξέλαβε το συμβάν ως σημάδι ότι έπρεπε να χτίσει μοναστήρι σε εκείνο το σημείο. Αυτό ακριβώς έκανε. Μέσα στο μοναστήρι, άφησε μέρος του πραγματικού Σταυρού, ενώ άλλαξε το όνομα τού Μοναστηριού σε Σταυροβούνι. Με τα χρόνια, οι μοναχοί έχουν επιτελέσει, με τη βοήθεια του Σταυρού, αμέτρητα θαύματα ιάσεως και βροχοποίησης.

Θρυλείται ότι το Σταυροβούνι χτίστηκε με την καταναγκαστική εργασία μιας ορδής διαβόλων, κι ο μύθος γίνεται εύκολα αποδεκτός από οποιονδήποτε γνωρίζει την τοπογραφία του μέρους. Πάντως, για να προσεγγίσει κανείς

142

τόσο απόκρημνη περιοχή, θα είχε καταβάλει διαβολεμένο κόπο! Λένε, λοιπόν, πως η Ελένη επιστράτευσε 40 δαίμονες ως κτίστες, κι όταν τελείωσε η δουλειά τους, τους παρέσυρε σε βαθύ πηγάδι, δήθεν για να φέρουν νερό. Ωστόσο, όταν μπήκαν όλοι μέσα, εκείνη σφράγισε το πηγάδι. Όπως και η Αφροδίτη Απατουρία, η Αγία Ελένη ήταν ικανή για απάτη. Τα ερείπια του παγανιστικού ναού είναι ακόμα ορατά, στη νοτιανατολική γωνιά του μοναστηριού.

Κάποια δέντρα στο Σταυροβούνι θεωρούνται ιερά, όπως και οι πρόγονοί τους την παγανιστική εποχή, κυρίως ένας παμπάλαιος πεύκος που έχει προσλάβει βιομορφικό σχήμα και μοιάζει να γονατίζει σε στάση προσευχής. Το δέντρο αυτό φέρει σταυρό καρφωμένο στον κυρτωμένο κορμό και δέχεται τρόφιμα, ποτά και προσευχές από προσκυνητές που πιστεύουν ότι υποκλίθηκε ευλαβικά, καθώς περνούσε από μπροστά του η Ελένη. Άλλοι πιστεύουν ότι ο πεύκος ήταν στην αρχή αλαζόνας κι είχε αγνοήσει την αγία, που τον τιμώρησε χτυπώντας τον με κεραυνό, αναγκάζοντάς τον να γονατίσει μετανοημένος. Η λατρεία των δέντρων επιβιώνει σε πολλά μέρη της Κύπρου. Θαυματουργά δέντρα που πιστεύεται ότι θεραπεύουν ασθένειες απαντούν συνήθως κοντά σε τάφους αγίων, και είναι πάντα καλυμμένα με κουρέλια και ανθρώπινες τούφες, που αφήνουν στα κλαδιά τους οι πιστοί. Το πιο περιλάλητο απ' αυτά τα ιερά δέντρα είναι εκείνο της Αγίας Σολομωνής, στην Πάφο.

Νοτιοδυτικά του Σταυροβουνίου, σε λόφο ανάμεσα στα τουρκικά χωριά Απλάντα και Κιβισίλι, βρίσκεται ένα παράξενο ξωκλήσι αφιερωμένο στην Αγία Μαύρη. Όπως και οι συνοδοί της Αφροδίτης, Ευδαιμονία, Ηδονή, και άλλες, η Αγία Μαύρη δεν διαθέτει διακριτή προσωπικότητα και μάλλον έλκει το όνομά της από τις μαύρες πέτρες που αφθονούν γύρω από τη σπηλιά της. Πρόκειται για θαυματουργή αγία, με αναπαραγωγικές ιδιότητες, και όσοι

143

επιθυμούν να ζητήσουν τη μεσιτεία της, προσφέρουν μια λωρίδα ύφασμα από τα ρούχα τους. Οι θάμνοι γύρω από το ξωκλήσι είναι καλυμμένοι με πολύχρωμα υφάσματα, που κρέμονται από τα κλαδιά σαν λάβαρα.

Υπάρχουν και άλλα ιερά σπήλαια, κάποια από τα οποία συνδέονται με πηγές και πηγάδια. Το πιο γνωστό απ' αυτά βρίσκεται έξω από την Αμμόχωστο, και πιστεύεται ότι είναι ο τάφος του Αποστόλου Βαρνάβα. Η είσοδός του βρίσκεται στη σκιά των ευκαλύπτων. Σκαλοπάτια οδηγούν σε υπόγειο θάλαμο, που στην απέναντι άκρη του βρίσκεται βαθύ πηγάδι με αγίασμα. Το λείψανο του αγίου δεν είναι εδώ, αφού προηγήθηκε η μετακομιδή του στην Κωνσταντινούπολη επί αυτοκράτορα Ζήνωνα, τον 5ο αιώνα, αλλά προσκυνητές από όλο το νησί συνηθίζουν να επισκέπτονται τον τάφο, για να πάρουν αγίασμα για τους νοσούντες. Την είσοδο της σπηλιάς κοσμούν κομμάτια από ρούχα ανθρώπων που γιατρεύτηκαν.

Είναι προφανές, απ' αυτά τα παραδείγματα, ότι επιβιώνει ένα είδος πολυθεΐας. Αληθεύει ότι η εκκλησιαστική ιεραρχία δεν εγκρίνει τη λατρεία των αγίων, μα στα χωριά οι ιερείς και οι ενορίτες τους πιστεύουν σε εξειδικευμένα πνεύματα, ημίθεα, που μπορούν να τους συνδράμουν σε συγκεκριμένες περιπτώσεις. Έτσι, επικαλούνται τον Άγιο Θεράποντα για στομαχόπονο, τον Άγιο Κύριλλο για τη δυσπεψία, τον Άγιο Κυριακό για ωταλγία, και την Αγία Άννα για να αμβλύνει τις ωδίνες του τοκετού. Υπάρχουν επίσης προστάτες άγιοι ναυτικών, οδηγών, πεζοπόρων και άλλων ταξιδιωτών. Ο αξιοσημείωτος Άγιος Μνάσων, ο Κύπριος άγιος που αναφέρεται στην Καινή Διαθήκη, είναι ο προστάτης των φοροφυγάδων. Ο Απόστολος Παύλος θα σκανδαλιζόταν από ορισμένες απ' αυτές τις πρακτικές, μα οι θρησκευτικοί ταγοί τις δικαιολογούν με το αιτιολογικό ότι οι άγιοι έχουν τη δύναμη να μεσολαβούν στον Θεό. Οι άγιοι δωροδοκούνται με τον ίδιο ακριβώς τρόπο όπως η Αφροδίτη, προκειμένου να

144

παράσχουν εύνοια. Οι εκκλησίες θαυματουργών αγίων κοσμούνται πλούσια με δώρα με χρυσά και ασημένια στολίδια, και σε πολλές αγροτικές περιοχές υπάρχουν ιερά δέντρα, αφιερωμένα σε αγίους για τις υπηρεσίες τους προς τις οικογένειες των αγροτών.

Η ιερότητα των κειμηλίων, οικεία στους ακολούθους της Αφροδίτης, συντηρείται ακόμη από τους Κύπριους, που πιστεύουν στις μαγικές ιδιότητες ορισμένων εικόνων, στα λείψανα αγίων, και σε οποιοδήποτε αντικείμενο συνδέεται με αυτούς.

Ο Άδωνις και η Αφροδίτη είχαν ασκήσει ισχυρή επιρροή στη φαντασία των αρχαίων Κυπρίων, και δεν είναι δύσκολο να βρεθούν αντιστοιχίες ανάμεσα στις δύο αυτές φιγούρες και εκείνες του Ιησού και της Παρθένου. Όπως και στην περίπτωση της Αφροδίτης, οι πανήγυρεις, οι θρύλοι και τα εμβλήματα της Παναγίας ποικίλλουν σημαντικά από το ένα λατρευτικό μέρος στο άλλο, σε βαθμό που κάποιος ξένος μπορεί να θεωρήσει ότι λατρεύονται πολλές διαφορετικές θεότητες και όχι μία. Οι προσωνυμίες της Παναγίας είναι τόσες πολλές όσο κι εκείνες της Αφροδίτης – Παναγία του Κύκκου, Χρυσοπολίτισσα, Σωτήρα κ.α. – και ο τίτλος τής Παντάνασσας ομοιάζει με τον τίτλο τής Αφροδίτης ως βασίλισσας των ουρανών. Ο Ιησούς και ο Άδωνις ήταν και οι δύο άμωμοι, πέθαναν βίαια και αναστήθηκαν.

Μέχρι σήμερα, επινοούνται θρύλοι που σχετίζονται με την Παναγία και τα θαύματά της, θρύλοι που ιστορούνται σε διάφορες εκδοχές. Ορισμένοι από αυτούς τους μύθους αποτελούν παραλλαγές ιστοριών για την Αφροδίτη, και η αφήγησή τους ξεκινά συνήθως με το παθητικό ρήμα «Λέγεται...». Δηλαδή: «Λέγεται ότι η ανεμώνη ανέβλυσε από το αίμα της Παρθένου Μαρίας, που πλήγωσε τα πόδια της διασχίζοντας τους αγρούς, αναζητώνας ακόμα τον Ιησού, μετά τη Σταύρωσή Του». Και άλλα λουλούδια λέγεται πως ανέβλυσαν από τα δάκρυα που έχυσε σαν έμαθε για τον θάνατο του γιου της.

Υπάρχουν πολλές ομοιότητες ανάμεσα στη λατρεία του Ιησού και τη λατρεία τού Αδώνιδος. Και οι δύο Θεοί θεωρούνται ενσαρκωμένοι στα όργανα του θανάτου τους: ο σταυρός λατρεύεται από τους χριστιανούς τόσο βαθιά όσο και ο κάπρος από τους ακολούθους του Αδώνιδος. Ακόμα, ο Ιησούς, όπως και ο Άδωνις, θυσιάζεται και προσφέρεται προς βρώση των πιστών στο μυστήριο της Θείας Κοινωνίας. Τα δέντρα έχουν σημαντικό ρόλο στις λατρείες και των δύο, καθώς η ελιά είναι για τον σύγχρονο Κύπριο τόσο ιερή όσο ήταν η μυρτιά για τους προγόνους του. Πιστεύεται ότι όσοι κοιμούνται κάτω από ελιόδεντρα, θα έχουν ευχάριστα όνειρα, διότι η ελιά θωρακίζει κατά των μοχθηρών πνευμάτων. Το ελαιόλαδο είναι εκ των ων ουκ άνευ για το χριστιανορθόξο τελετουργικό – όπως και η ρητίνη της μυρτιάς ήταν απαραίτητη για τις ιεροτελεστίες του Αδώνιδος. Οι Κύπριοι γιορτάζουν την Κυριακή των Βαΐων, μέρα κατά την οποία παίρνουν στην εκκλησία κλαδιά ελιάς για να καθαγιαστούν και να χρησιμοποιούνται ως θυμίαμα. Τα κλαδιά μένουν στην εκκλησία για σαράντα μέρες, και έπειτα μεταφέρονται στα σπίτια από τους ιδιοκτήτες τους. Στη συνέχεια, κατά την περίσταση, τα καίνε σε καπνιστήρια για να εξορκίσουν το κακό πνεύμα από το σπίτι ή να κρατήσουν μακριά το κακό μάτι. Τη μέρα της Πρωτοχρονιάς, αγόρια και κορίτσια ρίχνουν νωπά φύλλα ελιάς στη φωτιά, ενώ παράλληλα ψέλνουν ένα τρίστιχο παρακαλώντας τον Άγιο Βασίλειο να τους φανερώσει αν τους αγαπά ο καλός τους ή η καλή τους. Τα νωπά φύλλα συνήθως αναπηδούν από τις φλόγες και το μήκος του άλματος δηλώνει το βάθος των αισθημάτων τού αγαπημένου. Η μυρτιά δεν έχει αντικατασταθεί πλήρως από την ελιά, αφού χρησιμοποιείται ακόμη σε εκκλησίες, σε γιορταστικές περιόδους, ενώ τα λεωφορεία που μεταφέρουν τους προσκυνητές από τα χωριά στις θρησκευτικές πανήγυρεις είναι πάντα στολισμένα με κλαδιά μυρτιάς.

Ωστόσο, η μεγαλύτερη γιορτή στο εκκλησιαστικό ημερολόγιο είναι το Πάσχα, και εδώ συναντά κανείς και άλλες αντιστοιχίες ανάμεσα στις ιεροτελεστίες των παλιών Αδωνίων και την τωρινή χριστιανική μορφή. Της γιορτής προηγείται περίοδος νηστείας. Τώρα, όπως και στις παλιές μέρες, η νηστεία συνοδεύεται από σεξουαλική αποχή. Έπειτα, οι νοικοκυρές του χωριού ετοιμάζουν παξιμάδια και κουλούρια σε φαλλικό σχήμα, για να φαγωθούν κατά τη διάρκεια του Πάσχα. Τέτοια σκευάσματα εμφανίζονται συχνά σε κυπριακές προχριστιανικές ιεροτελεστίες. Αναφέρονται σε κάποια μέρη ως προσφορές στον Άδωνι και την Αφροδίτη, αφού τα σπάσουν σε μικρά κομμάτια και τα τοποθετήσουν σε δοχεία γύρω από αγάλματα του Αδώνιδος. Στις θυσιαστικές τελετές, όταν το θύμα οδηγούνταν στον βωμό, ράντιζαν πάνω από το κεφάλι του ψίχουλα. Στις γαμήλιες τελετές, ο γαμπρός και η νύφη έτρωγαν ειδικά γαμήλια αρτοσκευάσματα, ενώ παρόμοια σκευάσματα από αλεύρι, λάδι και μέλι προσφέρονταν σε πολλά πνεύματα της φύσης, συνδεδεμένα με την Αφροδίτη. Τα φαλλικά κουλούρια που παρασκευάζουν οι σύγχρονες Κύπριες νοικοκυρές δεν καταναλώνονται μόνο από μέλη της οικογένειας. Κάποια δίνονται στα οικόσιτα ζώα, και τη νύχτα της 5ης Ιανουαρίου, πετούν στις στέγες των σπιτιών ειδικά σκευάσματα βουτηγμένα στο μέλι, τους λουκουμάδες, προς βρώση μιας φανταστικής ράτσας αποκρουστικών μα φιλικών πνευμάτων, που λέγονται Καλικάντζαροι.

Την Αγία Παρασκευή, νεαρές γυναίκες συλλέγουν αρωματικά άνθη με τα οποία διακοσμούν την ντόπια εκκλησία και χρησιμοποιούν ό,τι περισσέψει για να στολίσουν τη βάση όπου τοποθετείται ο Επιτάφιος, που συμβολίζει το σώμα του

147

Ιησού. Το βράδυ της ίδιας μέρας, η βάση του Επιταφίου, ολάνθιστη, μεταφέρετα σε πομπή στους δρόμους, ώστε οι πιστοί να αποχαιρετήσουν τον νεκρό Θεό τους. Η περιφορά καταλήγει στην εκκλησία, απ' όπου είχε αρχίσει, και τα λουλούδια διανέμονται από τον ιερέα προς το εκκλησίασμα. Την επόμενη μέρα, ακολουθεί άλλη λειτουργία, που ολοκληρώνεται τα μεσάνυχτα, όταν ο ιερέας αναφωνεί την ανάσταση του Κυρίου. Το χαρμόσυνο μήνυμα αποδίδεται με τη φράση «Χριστός Ανέστη»: στο άκουσμά της, οι πιστοί ανάβουν κεριά, εύχονται ευτυχία ο ένας στον άλλο, χτυπούν τις καμπάνες, και ανάβουν βεγγαλικά... Ο ιερέας απλώνει κλαδιά μυρτιάς στο πάτωμα της εκκλησίας. Μετά απ' αυτά τα τελετουργικά, οι άνθρωποι επιστρέφουν στα σπίτια τους, και χαιρετούν τα φυτά τους με τη φράση «Χριστός Ανέστη», ενημερώνοντάς τα, έτσι, για τον ερχομό της άνοιξης. Έπειτα αρχίζουν τις προετοιμασίες για τη μέρα του Πάσχα. Οι άντρες σφάζουν και γδέρνουν τα ζώα, οι γυναίκες λιανίζουν το κρέας και το μαγειρεύουν, ώστε νωρίς το πρωί ο αέρας να μοσχομυρίζει με τη γλυκιά ευωδία του οβελία στη σούβλα.

ΚΕΦΑΛΑΙΟ ΠΕΜΠΤΟ

Η ΙΣΤΟΡΙΑ ΤΗΣ ΚΥΠΡΟΥ

ΟΙ ΕΛΛΗΝΕΣ ΕΓΚΑΘΙΣΤΑΝΤΑΙ ΣΤΗΝ ΚΥΠΡΟ

Μετά την εγκατάσταση των Μηκυναίων, και λίγο μετά το 1200 π.Χ., έφτασαν στην Κύπρο οι πρώτοι Αχαιοί, ενώ η άφιξή τους προοιωνίζεται με τη λήξη του Τρωικού πολέμου. Αυτοί οι φιλικοί εισβολείς δεν άργησαν να αφήσουν το σημάδι τους. Πολλοί ήρωες του Τρωικού κύκλου αποτυπώθηκαν ανεξίτηλα στην ιστορία της Κύπρου, με τα ονόματα που έδωσαν στις πόλεις τις οποίες πολλοί εξ αυτών ίδρυσαν.

Ο Τεύκρος ίδρυσε τη Σαλαμίνα, ο Χαλκάνωρ το Ιδάλιον, ο Αλέξανδρος τη Λάπηθο, και ο Χύτρος έδωσε το όνομά του στους Χύτρους. Ο Ακάμας, που δεν αρκέστηκε στην ονομασία πόλης, έδωσε το όνομά του σε μια ολόκληρη περιοχή, εκείνην της βορειοδυτικής γωνιάς της Κύπρου, όπου βρίσκονται τα περίφημα Λουτρά της Αφροδίτης. Άλλος, ο Αγαπήνωρ, εγκαταστάθηκε στο Βασίλειο του Κινύρα στην Πάφο και ίδρυσε τη Νέα Πάφο.

Ωστόσο, δεν έμειναν εδώ όλοι οι Αχαιοί στρατιώτες που παρασύρθηκαν στις ακτές της Κύπρου. Κάποιοι, θύματα καταιγίδων και ναυαγίων, νοσταλγούσαν την πατρίδα τους. Είχαν κουραστεί από τους ξένους τόπους, όσο όμορφοι κι αν ήταν. Αναχώρησαν, λοιπόν, αμέσως μόλις έφτασαν εδώ, χωρίς να αφήσουν ούτε ένα χνάρι. Έφυγαν για την Ελλάδα, ή ίσως για κάποιο άλλο πεπρωμένο, διότι εκείνους τους δύσκολους καιρούς, κανένας άνθρωπος δεν διαφέντευε τη μοίρα του. Ούτε καν οι σπουδαίοι ήρωες ή οι μεγάλοι βασιλείς: ούτε καν ο ίδιος ο Μενέλαος, βασιλιάς της Σπάρτης, ή η περιβόητη γυναίκα του, η Ελένη, για την οποία επί δέκα χρόνια μαινόταν ο Τρωικός πόλεμος. Ούτε και ο Δημοφών, ήρωας της πολιορκίας της Τροίας, φίλος του Μενέλαου, και Πρίγκιπας των Αθηνών.

Ο Δημοφών είχε πολεμήσει σκληρά και επί μακρόν σε αυτό τον ανελέητο, θρυλικό πόλεμο. Πιο πολύ από ανάγκη για επάξια ξεκούραση παρά από αγάπη, φαίνεται, ξελόγιασε την όμορφη Φυλλίδα, πριγκίπισσα της Θράκης, με την οποία είχε ζήσει για λίγο μετά το τέλος του πολέμου. Η Φυλλίδα πίστευε ότι ο ήρωάς της ήταν ο ωραιότερος άντρας στη γη, και κάθε λεπτό της μέρας τού επιδαψίλευε τρυφερή αγάπη. Όμως, μετά από μερικούς μήνες ευτυχίας, ο Δημοφών βαρέθηκε. Ξύπνησε μέσα του το πολεμικό πνεύμα τού πλάνη, καθώς και η λαχτάρα να ξαναγίνει στρατιώτης, η δίψα για νέες περιπέτειες.

Με τη χαρακτηριστική ατολμία που βιώνουν συχνά οι σπουδαίοι στρατηλάτες ενώπιον του απρόβλεπτου – για παράδειγμα, στο ενδεχόμενο της γυναικείας οργής – ο Δημοφών αποφασίζει να το σκάσει ύπουλα παρά να αποκαλύψει έντιμα στην αγαπημένη του τη θλιβερή αλήθεια των συναισθημάτων του. Λέει στη Φυλλίδα αυτό που, για αιώνες τώρα, λένε οι άντρες, ότι έχει «επείγουσα δουλειά» στην Αθήνα, και πρέπει να φύγει πάραυτα, μα υπόσχεται να γυρίσει σε έναν μήνα.

Η Φυλλίδα δεν ήταν ανόητη. Ως αποχαιρετιστήριο δώρο, δίνει στον ήρωά της ένα όμορφο κουτί, λιθοκόσμητο, και του λέει να μην το ανοίξει ποτέ – εκτός και αν αποφασίσει, ένα μήνα μετά την αναχώρησή του, πως δεν θα ξαναγυρίσει.

Απολαμβάνοντας εκ νέου την ελευθερία του, ο Δημοφών βγαίνει στη θάλασσα με προορισμό την Αθήνα, μα δεν προλαβαίνουν καλά-καλά να ανοίξουν πανιά, και μια θαλασσοταραχή τούς βγάζει εκτός πορείας, αναγκάζοντάς τους να αράξουν στην Κύπρο, όπου την ίδια εποχή μένει ο Μενέλαος με την Ελένη.

Ένα πρωινό, καθώς ο ίδιος ήλιος που είχε δύσει πάνω από την Τροία, ούτε τέσσερις μήνες νωρίτερα, άρχισε τώρα να ανατέλλει, ο Δημοφών ενέδωσε στην περιέργεια και άνοιξε το δώρο που του είχε χαρίσει η Φυλλίδα. Ανακουφισμένος, ίσως, που επιδέξια κατάφερε να αποδράσει από τα φόβητρα της οικιακής ζωής, ο Πρίγκιπας των Αθηνών άνοιξε αργά το κουτί και κοίταξε μέσα.

Εκείνο που αντίκρυσε τον πλημμύρισε με τρόμο που ποτέ πιο πριν δεν είχε ξανανιώσει! Ουρλιάζοντας, τρελαμένος απ' τον φόβο, ανέβηκε στο γενναίο του άλογο για τελευταία φορά, και χίμηξε μέσα στη θάλασσα – τη θάλασσα που τον είχε σώσει από μια νεκρή αγάπη και που τώρα τον δεχόταν στα σπλάχνα της.

Ο βασιλιάς Μενέλαος κάθισε μόνος στην κάμαρά του, και αναρωτιόταν τι θα μπορούσε να είχε σπρώξει τον φίλο του στην αυτοχειρία. Μα αυτό δεν θα το μάθαινε ποτέ, ούτε και εμείς θα το μάθουμε, γιατί το φρικτό μυστικό του αποχαιρετιστήριου δώρου των δύο εραστών τάφηκε από τον Μενέλαο με τον φίλο του, στα χώματα της Κύπρου, όπου κείτεται εσαεί μαζί με τα απόκρυφα της γης.

Λίγο μετά από το συγκεκριμένο συμβάν, ο Μενέλαος και η Ελένη γύρισαν στη Σπάρτη και δεν ξαναγύρισαν σε εκείνο τον τόπο.

ΑΣΣΥΡΙΟΙ, ΑΙΓΥΠΤΙΟΙ ΚΑΙ ΠΕΡΣΕΣ: Η ΧΡΥΣΗ ΕΠΟΧΗ ΤΗΣ ΚΥΠΡΙΑΚΗΣ ΓΛΥΠΤΙΚΗΣ

Η κατάκτηση της Κύπρου από τους Ασσυρίους έληξε στα τέλη του 8ου αι. π.Χ., όταν και το νησί πέρασε διαδοχικά σε χέρια αλλεπάλληλων κατακτητών. Το 560 π.Χ., η Κύπρος κατακτήθηκε από τον Αιγύπτιο Βασιλιά Άμασι, που ανάγκασε τους Κύπριους βασιλείς να γίνουν υποτελείς του, καταβάλλοντας ετήσιο φόρο. Το 540 π.Χ., το νησί κατέκτησε ο Κύρος ο Πρεσβύτερος, ιδρυτής της Περσικής Αυτοκρατορίας.

Υπό κατοχή, οι Κύπριοι ηγεμόνες είχαν το δικαίωμα να διατηρήσουν τη βασιλική τους ιδιότητα, και εκτεταμένη αυτονομία. Το μόνο που τους ζητήθηκε ήταν να πληρώνουν φόρο υποτελείας στους κατακτητές τους, και να τους προμηθεύουν με καράβια και στρατό όποτε το απαιτούσε η περίσταση. Πέραν τούτου, μπορούσαν να κυβερνούν τους υπηκόους τους κατά βούληση, να κόβουν δικά τους νομίσματα, ακόμη και να υπογράφουν συνθήκες με ξένους βασιλείς. Τα προνόμια αυτά οφείλονταν εν μέρει στο γεγονός ότι η Κύπρος ήταν η κοιτίδα της λατρείας της Αφροδίτης, θεάς που λατρευόταν σε ολόκληρη τη Μέση Ανατολή, επομένως, ως θρησκευτικό κέντρο αντιμετωπίστηκε από τους κατακτητές με λιγότερη σκληρότητα. Αυτό το δεδομένο επέτρεψε την ανάπτυξη ντόπιας κουλτούρας, που γέννησε την κυπριακή σχολή γλυπτικής.

Η κυπριακή γλυπτική επηρεάστηκε από την τέχνη των τριών μεγάλων πολιτισμών τής Ανατολικής Ευρώπης και της Μέσης Ανατολής: του ελληνικού, του αιγυπτιακού και του ασσυριακού πολιτισμού. Ένα από τα βασικά της χαρακτηριστικά είναι ο τρόπος με τον οποίο σταχυολογεί τεχνοτροπικά στοιχεία και ιδέες από τις συγκεκριμένες πηγές. Οι επιρροές αυτές ήταν αναπόφευκτες λόγω της γεωγραφικής και πολιτικής κατάστασης του νησιού. Ωστόσο, ανεξάρτητα απ' αυτές, η κυπριακή γλυπτική εξελίχθηκε σε μια δημιουργική, πρωτότυπη σχολή. Οι Κύπριοι γλύπτες εμφανίζονται λιγότερο συγκρατημένοι, λόγω θρησκευτικών και τεχνοτροπικών συμβάσεων, από τους ομόλογους τους σε γειτονικές χώρες. Ανέπτυξαν μια ημιρεαλιστική μορφή έκφρασης που μάς θυμίζει την τέχνη του 20ου αιώνα. Σε πολλά παραδείγματα, η θεματική τους εστιάζει πάνω σε ανθρώπινα όντα, σε καθημερινές στιγμές. Στρατιώτες, τεχνήτες και ευγενείς αναπαρίστανται με τρόπο που παραπέμπει στο επάγγελμά τους, την κοινωνική τους τάξη (σε ομαδικές συνθέσεις), τις τάσεις του συρμού, ακόμα και τα προσωπικά τους χαρακτηριστικά. Ορισμένα κυπριακά αγάλματα τής προκλασικής εποχής μοιάζουν με προσωπογραφίες.

Σημαντικό επίτευγμα της κυπριακής γλυπτικής ήταν ότι έδωσε στην τέχνη ένα από τα διαχρονικά της θέματα, τον Ηρακλή Λεοντοφόνο, την ιστορία του οποίου εκμεταλλεύονταν γλύπτες του αρχαίου κόσμου για αιώνες επί αιώνων. Ο πρωτότυπος Λεοντοφόνος κοσμούσε μία από τις πλατείες της κυπριακής πόλης Αμαθούντας. Το άγαλμα είχε ύψος 14 πόδια και παρίστανε τον περιλάλητο ήρωα Ηρακλή να γραπώνει τα πίσω πόδια νεκρής λέαινας, ενώ οι μπροστινές της πατούσες άγγιζαν το έδαφος. Το άγαλμα ανασκάφηκε από αρχαιολόγους το 1873 και μεταφέρθηκε στην Κωνσταντινούπολη, όπου έγινε περιβόητο ως αντικείμενο ασχήμιας και βαρβαρότητας. Στην πραγματικότητα, το γλυπτό είναι έργο μεγάλης δεξιοσύνης, αλλά την εποχή του ιμπρεσιονισμού και της αρ νουβώ, οι Ευρωπαίοι λόγιοι δεν ήταν σε θέση να αναγνωρίσουν κάλλος σε μια δυναμική μορφή όπως ο Κολοσσός της Αμαθούντας.

Είναι δύσκολο να πούμε εάν η κυπριακή γλυπτική άσκησε επιρροή στη γλυπτική τής Ασσυρίας και της Αιγύπτου, μπορούμε όμως να είμαστε σίγουροι ότι άσκησε βαθιά επιρροή στην ελληνική γλυπτική. Σε πολλά μέρη της Ελλάδας έχουν βρεθεί κυπριακά αγάλματα, τα οποία μεταφέρθηκαν εκεί ως ενθύμια από προσκυνητές που επισκέπτονταν κάθε χρόνο ανά χιλιάδες τους ναούς της Αφροδίτης. Πολλά από αυτά τα μικρόσωμα αγάλματα ήταν γυμνές φιγούρες της θεάς μητέρας και περιλάμβαναν ενδελεχείς παρατηρήσεις του ανθρώπινου σώματος. Έλληνες γλύπτες της αρχαϊκής περιόδου είχαν εντυπωσιαστεί από τις νατουραλιστικές αναλογίες στην κυπριακή γλυπτική, και ως εκ τούτου άρχισαν οι ίδιοι να αποδίδουν περισσότερη προσοχή στις φυσικές μορφές και αναλογίες των έργων τους. Άλλη μια πτυχή της κυπριακής γλυπτικής που τους εντυπωσίασε ήταν η ελευθερία των Κυπρίων καλλιτεχνών ως προς την επιτέλεση της δουλειάς τους: φαίνονταν ανεπηρέαστοι από περιοριστικές παραδόσεις και θρησκευτικούς κανόνες. Ο αντίκτυπος της κυπριακής γλυπτικής στα αγάλματα των Ελλήνων θεών άρχισε να εκδηλώνεται με τη φθίνουσα χρήση ρουχισμού, ώσπου, την εποχή του γλύπτη Φειδία, εγκαταλήφθηκαν όλοι οι αρχαϊκοί κανόνες χάριν φυσικότερης αναπαράστασης. Η ελληνική γλυπτική είχε εισέλθει στην κλασική της περίοδο. Η έμπνευση για ένα από τα πιο περίφημα ελληνικά αγάλματα της κλασικής περιόδου, την Αφροδίτη της Κνίδου, του Πραξιτέλους, αντλείται από αγαλματίδιο της θεάς από την Κύπρο.

Παρά τη σχετική ελευθερία που απολάμβανε η Κύπρος υπό τους Πέρσες, επικρατούσε ισχυρό αντιπερσικό αίσθημα στο νησί, που κορυφώθηκε με την εξέγερση του 499. Τα προπύργια της στάσης αυτής ήταν οι πόλεις της Σαλαμίνας και των Σόλων.

Εκείνη την εποχή, ο Γόργος ήταν Βασιλιάς της Σαλαμίνας. Ο αδελφός του, Ονήσιλος, τον ενθάρρυνε για καιρό να εξεγερθεί, εις μάτην. Μια μέρα, όταν ο βασιλιάς απουσίαζε, ο Ονήσιλος έκλεισε τις πύλες της πόλης. Ο Γόργος κατέφυγε στους Πέρσες, ενώ ο Ονήσιλος αυτοανακηρύχθηκε βασιλιάς, και έπεισε όλες τις κυπριακές πόλεις, πλην της Αμαθούντας, να συνταχθούν σε εξέγερση κατά των Περσών.

Ο Ονήσιλος περικύκλωσε τη φιλοπερσική Αμαθούντα, μα πριν μπορέσει να την καταλάβει, ισχυρή περσική δύναμη είχε φτάσει στις πύλες της δικής του πόλης, αναγκάζοντάς τον να γυρίσει στη Σαλαμίνα. Οι Κύπριοι παρέταξαν τα καλύτερά τους στρατεύματα ενάντια στους Πέρσες εισβολείς, και ο βασιλιάς Ονήσιλος προσφέρθηκε εθελοντικά να αντιμετωπίσει τον Πέρση Στρατηγό Αρτύβιο, που διοικούσε

155

τις εχθρικές δυνάμεις. Στη συμπλοκή που ακολούθησε, ο Αρτύβιος έπεσε, μα η μάχη κατά των Κυπρίων συνεχίστηκε, ώσπου σκοτώθηκε και ο Ονήσιλος. Οι Αμαθούσιοι, που είχαν συμμαχήσει με τους Πέρσες, έστειλαν την κεφαλή του για να κρεμαστεί πάνω από τις πύλες της πόλης τους. Μήνες μετά, φώλιασαν μέλισσες στο ξασπριμένο καύκαλο, και μάντης συμβούλεψε τους κατοίκους να το θάψουν και να αποδώσουν στον Ονήσιλο τιμές ήρωα. Οι Αμαθούσιοι υπάκουσαν και θέσπισαν ετήσια γιορτή, τη Γιορτή του Κρανίου, προς τιμήν του σκοτωμένου τους εχθρού.

ΒΑΣΙΛΙΑΣ ΕΥΑΓΟΡΑΣ Α΄
ΤΗΣ ΣΑΛΑΜΙΝΑΣ

Το 415 π.Χ., ο Αβδήμων, τυχοδιώκτης εκ Τύρου, με την υποστήριξη του βασιλιά του Κιτίου, δολοφόνησε τον βασιλιά της Σαλαμίνας και εγκαταστάθηκε στον θρόνο του. Η πόλη είχε καταστεί επικίνδυνο μέρος για τους Έλληνες ευγενείς, και ο πρίγκιπας Ευαγόρας, απόγονος του Τεύκρου, ιδρυτή της πόλης, κατέφυγε στην Κιλικία. Εκεί, συγκέντρωσε μια ομάδα πενήντα περίπου ακολούθων. Τέσσερα χρόνια μετά, επέστρεψε με την ολιγάριθμη ομάδα του και, εισβάλλοντας μέσω πλευρικής πόρτας, επιτέθηκε κατευθείαν στο παλάτι και το κατέλαβε, μπροστά στα έκπληκτα μάτια των πολιτών, που έβλεπαν τη ραγδαία μάχη από ασφαλή απόσταση.

Ο Μέγας Βασιλέας της Περσίας δεν φάνηκε να αντιτίθεται σε επανεγκατάσταση της ελληνικής δυναστείας στη Σαλαμίνα, όταν όμως ο Ευαγόρας αύξησε σταδιακά τη δύναμή του εις βάρος των άλλων Κυπρίων βασιλέων, οι Πέρσες έγιναν καχύποπτοι. Εντούτοις, ο Ευαγόρας κατάφερε να κερδίσει την εμπιστοσύνη τους, συνεχίζοντας να καταβάλλει ετήσιο φόρο υποτελείας και δωροδοκώντας

156

Πέρσες αξιωματούχους με ανάλογα δώρα. Τελικά, είτε διά της δύναμης των όπλων είτε διά της πειθούς, έθεσε το μεγαλύτερο μέρος της Κύπρου υπό την ηγεμονία του. Τρεις Κύπριοι βασιλείς που αντιστάθηκαν στον Ευαγόρα, φοβούμενοι για την ασφάλειά τους, αποτάθηκαν στον Μεγάλο Βασιλέα για βοήθεια, προβάλλοντας τον ισχυρισμό ότι ο Ευαγόρας είχε δολοφονήσει τον βασιλιά Αναξαγόρα, φίλο της Περσίας. Ο Πέρσης βασιλιάς έλαβε σοβαρά υπόψη τους ισχυρισμούς, και έστειλε εκστρατευτική δύναμη, δαπανώντας το τεράστιο ποσό των 15,000 ταλάντων. Η εκστρατεία απέτυχε και ο Ευαγόρας εκμεταλλεύτηκε την ευκαιρία για να εξολοθρεύσει τους υπόλοιπους εχθρούς του στην Κύπρο.

Μετά την αποτυχία της περσικής αποστολής εναντίον του, ο Ευαγόρας έμοιαζε ανίκητος. Είχε συνάψει συμμαχία με την Αίγυπτο, δεχόταν μυστική βοήθεια από την Αθήνα, διέθετε στόλο από ενενήντα τριήρεις, προσωπικό στρατό έξι χιλιάδων, και άλλες πολλές χιλιάδες στις προσταγές των συμμάχων του. Κάποια στιγμή πέρασε στη Φοινίκη και κατέλαβε σημαντικές παραλιακές πόλεις, περιλαμβανομένης της Τύρου, ενώ απέσπασε την Κιλικία από την Περσική Αυτοκρατορία. Ο Μέγας Βασιλέας έπρεπε να αντιδράσει. Διέταξε χερσαία και θαλάσσια εκστρατεία κατά της Κύπρου υπό την κοινή διοίκηση Ορόντη και Τιρίβαζου. Όταν ξεκίνησε η μάχη, ο Ευαγόρας πέτυχε κάποιες σημαντικές νίκες, αλλά σε μια κρίσιμη καμπή του πολέμου, οι Αιγύπτιοι σύμμαχοί του τον εγκατέλειψαν κι αναγκάστηκε να δεχτεί τους όρους των εχθρών του για ειρήνη. Σύμφωνα με αυτούς τους όρους, ο Ευαγόρας διατήρησε τον θρόνο της Σαλαμίνας, μα συμφώνησε να παραδώσει την υπόλοιπη Κύπρο, να πληρώνει προκαθορισμένο φόρο υποτελείας και να υπόκειται στον Αρταξέρξη ως «βασιλιάς προς βασιλιά». Η συμφωνία ήταν καλή για τον Ευαγόρα, και λέει πολλά για τις διαπραγματευτικές του ικανότητες, διότι ο Μέγας Βασιλέας δεν συνήθιζε να συμβιβάζεται με τους εχθρούς του, προτού συμφωνήσουν, αλυσοδεμένοι, να τον υπηρετήσουν όπως «ο δούλος τον αφέντη».

Έτσι, έληξε άδοξα ο δεκαετής πόλεμος της Κύπρου κατά των Περσών. Οδήγησε την πόλη της Σαλαμίνας σε πτώχευση, κάτι που προκάλεσε εσωτερικές διενέξεις ανάμεσα στον δυσαρεστημένο πληθυσμό. Ο Ευαγόρας έζησε για άλλα έξι χρόνια, όμως η διακυβέρνησή του γινόταν όλο και λιγότερο δημοφιλής. Το 374 π.Χ. δολοφονήθηκε κατόπιν εντολής κάποιου Νικοκρέοντα, που είχε ισχυριστεί ότι τόσο ο βασιλιάς όσο και ο γιος του διατηρούσαν ερωτική σχέση με την κόρη του.

Ο ΜΕΓΑΣ ΑΛΕΞΑΝΔΡΟΣ ΚΑΙ ΟΙ ΔΙΑΔΟΧΟΙ ΤΟΥ

Μετά την αποτυχία των πολέμων του Ευαγόρα, οι Πέρσες εφάρμοσαν καταπιεστική πολιτική έναντι των Ελλήνων Κυπρίων και της κουλτούρας τους. Αυτό προκάλεσε, αν μη τι άλλο, αισθήματα αγανάκτησης και εχθρότητας ανάμεσα στους Κύπριους, που εκμεταλλεύτηκαν την πρώτη ευκαιρία για να απαλλαγούν από την περσική κυριαρχία. Όταν ο Μέγας Αλέξανδρος ξεκίνησε την εκστρατεία του στην Ασία, οι Κύπριοι τον υποστήριξαν ενθουσιωδώς, με άψυχο και έμψυχο υλικό. Στην πολιορκία του λιμανιού της Τύρου, την οποία ο Αλέξανδρος έπρεπε να καθυποτάξει προτού προελάσει ανατολικότερα, οι Κύπριοι τον προμήθευσαν με στόλο 120 πεντήρεων, τα πιο αποτελεσματικά πολεμικά πλοία της εποχής. (Κυπριακή εφεύρεση: πολεμικά πλοία με πέντε κωπηλάτες ανά κουπί. Προηγουμένως, τα πλοία που ήταν αρκετά μεγάλα ώστε να έχουν πέραν των δύο αντρών ανά κουπί, συνήθως μοιράζονταν στα δύο). Οι Κύπριοι διαδραμάτισαν σημαντικό ρόλο στην κατάληψη του στρατηγικού αυτού λιμανιού, με τον βασιλιά Πνυταγόρα της

158

Σαλαμίνας να μοιράζεται τη διοίκηση του στόλου με τον Αλέξανδρο.

Πολλοί Κύπριοι ακολούθησαν τον Αλέξανδρο στην Αίγυπτο και τον βοήθησαν να κατακτήσει τη Γη των Φαραώ, έπειτα επέστρεψαν μαζί του στην Κύπρο και τιμήθηκαν με μεγαλοπρεπείς πομπές, θυσίες και διαγωνισμούς. Έχει καταγραφεί ότι ο Αθηναίος τραγωδός Αθηνόδωρος συμμετείχε στον δραματικό αγώνα και κέρδισε το πρώτο βραβείο. Οι Κύπριοι βασιλείς ανταγωνίζονταν μεταξύ τους ποιος θα ήταν πιο γενναιόδωρος προς τον Αλέξανδρο. Εκείνος, με τη σειρά του, τους έδωσε πολύτιμα δώρα. Ο βασιλιάς Πνυταγόρας της Σαλαμίνας, που η προσωπική του ναυαρχίδα βυθίστηκε στη μάχη της Τύρου, και που κόντεψε να χάσει τη ζωή του, ανταμείφθηκε με τη χαλκοφόρα πόλη της Ταμασού.

Από την Κύπρο, ο Αλέξανδρος πέρασε στη Συρία για να συνεχίσει τον πόλεμο κατά του Δαρείου, παίρνοντας μαζί του πολλούς από τους Κύπριους ακολούθους του. Κάποιους εξ αυτών τους διόρισε Επαρχιακούς Κυβερνήτες της νέας του Αυτοκρατορίας. Άλλοι έφτασαν μαζί του μέχρι και στην Ινδία. Κυπριακός στόλος, τον οποίο διοικούσε ο Ιέρων ο Σόλιος, περιέπλευσε την Αραβική Χερσόνησο και έφτασε μέχρι τον Περσικό Κόλπο. Ήταν ίσως η πρώτη φορά που ναυτικοί από τη Δύση ταξίδευαν τόσο βαθιά στην Ανατολή, σε αχαρτογράφητα νερά.

Μετά τον θάνατο του Αλέξανδρου, η Κύπρος περιέπεσε σε αλλεπάλληλες και αιματηρές έριδες επίδοξων διαδόχων. Ο διχασμός ανάμεσα στους Κύπριους βασιλείς, ως προς το ποιον στρατηγό υποστήριζαν για να διαδεχθεί τον Αλέξανδρο, οδήγησε σε συγκρούσεις ανάμεσα στις πόλεις, ακόμη και σε τραγωδία. Λόγου χάρη, η βασιλική οικογένεια της Πάφου, που η ιστορία της ξεδιπλώνεται σε προηγούμενο κεφάλαιο, εξαναγκάστηκε σε μαζική αυτοκτονία το 311 π.Χ. Εν τέλει, ο Πτολεμαίος, που είχε διατελέσει στρατηγός του Αλέξανδρου, και που αυτοχρίστηκε βασιλιάς της Αιγύπτου, ανέλαβε τον έλεγχο του νησιού. Τα παρωχημένα συστήματα

159

των πόλεων-βασιλείων καταργήθηκαν και αντικαταστάθηκαν από ένα κοινό σύστημα διακυβέρνησης για ολόκληρο το νησί. Η θέση τού κυβερνήτη θεωρούνταν μεγάλη τιμή και δόθηκε στα πιο διακεκριμένα μέλη της αιγυπτιακής αυλής. Το συγκεκριμένο σύστημα διακυβέρνησης υπό τους Πτολεμαίους διήρκησε για 250 χρόνια, από το 294 π.Χ. μέχρι το 581 π.Χ. Ως επί το πλείστον, οι Πτολεμαίοι υπήρξαν αδίστακτοι ως προς την εκμετάλλευση των πόρων της Κύπρου προς όφελος της Αιγύπτου. Εντούτοις, παρά την αποστράγγιση τής χώρας, η Κύπρος υπέφερε λιγότερο υπό πτολεμαϊκή διοίκηση σε σχέση με τους προηγούμενους αιώνες, όταν ρημαζόταν ανηλεώς από εισβολές και αντιπαλότητες ανάμεσα στους ντόπιους βασιλείς.

ΥΠΟ ΡΩΜΑΪΚΗ ΚΥΡΙΑΡΧΙΑ

Το 58 π.Χ., ο Ρωμαίος Κλαύδιος κατέλαβε την Κύπρο με τη βοήθεια Κιλίκων πειρατών, και το νησί έγινε μέρος της ρωμαϊκής επαρχίας της Κιλικίας. Μέχρι αυτή τη χρονική στιγμή, το Πτολεμαϊκό Βασίλειο της Αιγύπτου έφτανε στο τέλος της ύπαρξής του ως μεγάλη δύναμη, διχασμένο από εσωτερικές έριδες και την επέμβαση των Ρωμαίων στις υποθέσεις του.

Τα πρώτα χρόνια της ρωμαϊκής εκμετάλλευσης της Κύπρου ήταν σκληρά. Ο Κάτων, πρώτος Ρωμαίος Κυβερνήτης της Κύπρου, κατέσχε τον θησαυρό του νησιού και πώλησε το περιεχόμενό του για 7,000 τάλαντα. Ο φόρος δανεισμού ανερχόταν αρχικά στο 48%, και οι εκπρόθεσμοι οφειλέτες υπόκεινταν σε αυστηρή τιμωρία. Σε μία περίπτωση, όταν η εξαθλιωμένη πόλη της Σαλαμίνας αδυνατούσε να καταβάλει φόρο δανεισμού, οι σύμβουλοί της εξαναγκάστηκαν σε εγκλεισμό, ώσπου κάποιοι απ' αυτούς πέθαναν από λιμό. Αργότερα, όταν ο φιλόσοφος Κικέρων ανέλαβε ως Ανθύπατος, άλλαξε το επιτόκιο δανεισμού σε 12%. Ο Κικέρων συμπαθούσε τους Κύπριους, ειδικά τους Πάφιους, και έγραψε γι' αυτούς με κολακευτική διάθεση σε επιστολή προς τον φίλο του, Ρούφο.

Το 47 π.Χ., ο Μάρκος Αντώνιος χάρισε την Κύπρο στην Κλεοπάτρα, ερωτικό δώρο που άρμοζε στη Βασίλισσα της Αιγύπτου, η οποία ισχυριζόταν ότι ενσάρκωνε τη Θεά του Έρωτα. Ωστόσο, η επιστροφή της Κύπρου στην πτολεμαϊκή διοίκηση ήταν βραχυπρόθεσμη, καθώς οι Ρωμαίοι επανακατέλαβαν το νησί μετά τη ναυμαχία του Ακτίου, όπου ο Αντώνιος και η Κλεοπάτρα ηττήθηκαν και αυτοκτόνησαν.

Ένα από τα πιο αξιοσημείωτα γεγονότα που διαδραματίστηκαν στην Κύπρο τη Ρωμαϊκή περίοδο ήταν ο προσηλυτισμός του Σέργιου Παύλου, του Ρωμαίου Προξένου, στον Χριστιανισμό, από τον Απόστολο Παύλο. Η σημασία του γεγονότος αυτού οφείλεται στο ότι ο Σέργιος Παύλος ήταν ο πρώτος υψηλόβαθμος αξιωματούχος της ρωμαϊκής αυτοκρατορίας, που ενστερνίστηκε τον χριστιανισμό. Στην Καινή Διαθήκη, το γεγονός αποδίδεται ως εξής:

«Αὐτοὶ μὲν οὖν ἐκπεμφθέντες ὑπὸ τοῦ ἁγίου πνεύματος κατῆλθον εἰς Σελεύκειαν, ἐκεῖθέν τε ἀπέπλευσαν εἰς Κύπρον, καὶ γενόμενοι ἐν Σαλαμῖνι κατήγγελλον τὸν λόγον τοῦ θεοῦ ἐν ταῖς συναγωγαῖς τῶν Ἰουδαίων· εἶχον δὲ καὶ Ἰωάννην ὑπηρέτην· διελθόντες δὲ ὅλην τὴν νῆσον ἄχρι Πάφου εὖρον ἄνδρα τινὰ μάγον ψευδοπροφήτην Ἰουδαῖον ᾧ ὄνομα Βαριησοῦ, ὃς ἦν σὺν τῷ ἀνθυπάτῳ Σεργίῳ Παύλῳ, ἀνδρὶ συνετῷ. Οὗτος προσκαλεσάμενος Βαρνάβαν καὶ Σαῦλον ἐπεζήτησεν ἀκοῦσαι τὸν λόγον τοῦ θεοῦ· ἀνθίστατο δὲ αὐτοῖς Ἐλύμας ὁ μάγος, οὕτως γὰρ μεθερμηνεύεται τὸ ὄνομα αὐτοῦ, ζητῶν διαστρέψαι τὸν ἀνθύπατον ἀπὸ τῆς πίστεως. Σαῦλος δέ, ὁ καὶ Παῦλος, πλησθεὶς πνεύματος ἁγίου ἀτενίσας εἰς αὐτὸν εἶπεν· Ὦ πλήρης παντὸς δόλου καὶ πάσης ῥαδιουργίας, υἱὲ διαβόλου, ἐχθρὲ πάσης δικαιοσύνης, οὐ παύση διαστρέφων τὰς ὁδοὺς Κυρίου τὰς εὐθείας; καὶ νῦν ἰδοὺ χεὶρ κυρίου ἐπὶ σέ, καὶ ἔση τυφλὸς μὴ βλέπων τὸν ἥλιον ἄχρι καιροῦ. Παραχρῆμα δὲ ἔπεσεν ἐπ’ αὐτὸν ἀχλὺς καὶ σκότος, καὶ περιάγων ἐζήτει χειραγωγούς. Τότε ἰδὼν ὁ ἀνθύπατος τὸ γεγονὸς ἐπίστευσεν ἐκπλησσόμενος ἐπὶ τῇ διδαχῇ τοῦ Κυρίου».

ΒΥΖΑΝΤΙΝΗ ΠΕΡΙΟΔΟΣ:
ΟΙ ΑΡΑΒΙΚΕΣ ΕΠΙΔΡΟΜΕΣ

Όταν ο Μέγας Κωνσταντίνος μετέφερε την πρωτεύουσα της Ρωμαϊκής Αυτοκρατορίας στην Κωνσταντινούπολη, μοιράζοντας, ουσιαστικά, στα δύο την αυτοκρατορία, η Κύπρος περιήλθε στο Ανατολικό Βυζάντιο. Μέχρι αυτή τη χρονική περίοδο, το νησί διέθετε ευμεγέθη χριστιανικό πληθυσμό, αφ' ενός χάρη στο πρώιμο ιεραποστολικό έργο του Αποστόλου Παύλου, και αφ' ετέρου χάρη στη ρωμαϊκή πολιτική τής μεταφοράς χριστιανών μεταλλωρύχων από την Παλαιστίνη στην Κύπρο για να εργαστούν στα χαλκωρυχεία. Η απόφαση του Κωνσταντίνου να εγκαθιδρύσει τον χριστιανισμό ως επίσημη θρησκεία του κράτους αποδείχτηκε δημοφιλής ανάμεσα στους Κύπριους χριστιανούς, που αξιοποίησαν την ευκαιρία προκειμένου να εκδικηθούν για χρόνια καταπίεσης στα χέρια των ειδωλολατρών. Οι ειδωλολατρικοί ναοί κάηκαν ή μετατράπηκαν σε εκκλησιές, και οι διόλου ευκαταφρόνητες περιουσίες τους κατασχέθηκαν. Οι ακόλουθοι των παλιών θρησκειών καταδιώχθηκαν, οι ιερείς τους εξευτελίστηκαν και θανατώθηκαν. Τα αγάλματα των θεών αποκεφαλίστηκαν ή καταστράφηκαν, και όσα επιβίωσαν μεταφέρθηκαν σε διάφορα μουσεία, όπου εκτίθενται με αποκομμένα γεννητικά όργανα, καθώς ο ακρωτηριασμός συμβολίζει τη νίκη της χριστιανικής σεμνότητας επί του ελληνορωμαϊκού πολιτισμού.

Κατά τη διάρκεια της σύντομης βασιλείας του Ιουλιανού του Αποστάτη, που διαδέχτηκε τον Κωνσταντίνο, η ειδωλολατρεία αποκαταστάθηκε ξανά ως νόμιμη θρησκεία, και οι ειδωλολάτρες της Κύπρου, που οι αριθμοί τους παρέμεναν σημαντικοί, ανδρώθηκαν και πλήρωσαν τους μισαλλόδοξους Κύπριους με το ίδιο νόμισμα. Ένα παράδοξο αποτέλεσμα των ανατροπών και στις δύο θρησκείες είναι ότι ορισμένα καταφύγια των διωκόμενων, όπως οι Τάφοι των Βασιλέων στην Πάφο, παρουσιάζουν μια πρόσμειξη παγανιστικών και χριστιανικών θρησκευτικών συμβόλων, χαραγμένων στα τοιχώματά τους. Ωστόσο, η πολιτισμένη διοίκηση του Ιουλιανού έληξε άδοξα δύο χρόνια μετά την ανάρρησή του, όταν σκοτώθηκε στη μάχη. Η ειδωλολατρεία απαγορεύτηκε ξανά και οι Κύπριοι απολάμβαναν μια συγκριτικά ειρηνική ζωή, ενώ ανέπτυξαν καινούριο πολιτισμό.

Μέχρι τον 7° αιώνα, η θρησκευτική τέχνη και αρχιτεκτονική ανήλθαν σε επίπεδα που μπορούσαν να συγκριθούν με οτιδήποτε ένδοξο είχε ξαναβιώσει το νησί. Υπήρχαν μεγαλοπρεπή δημόσια και ιδιωτικά οικοδομήματα, βασιλικές, και μοναστήρια κοσμημένα με εκλεκτά ψηφιδωτά, εικόνες, αγάλματα και περίτεχνα μωσαϊκά. Ώσπου, στο απόγειο της ωριμότητας της νέας αυτής βυζαντινής κουλτούρας, ήρθε η καταστροφή με τη μορφή αλλεπάλληλων αραβικών επιδρομών, που σκόρπισαν τον όλεθρο στο νησί και σχεδόν αποδεκάτισαν τον πληθυσμό του.

Οι Άραβες, που είχαν ενστερνιστεί τον μωαμεθανισμό τον 7° αι. μ.Χ., βάλθηκαν να επιβάλουν τη θρησκεία τους στους άλλους λαούς διά πυρός και σιδήρου. Ως αποτέλεσμα του ζήλου τους, όλες οι μεσογειακές χώρες, σε κάποιο βαθμό, υπέφεραν σφαγές και καταστροφές, μα η Κύπρος φαίνεται να υπέφερε βαρύτερα απ' όλες, μέχρι σήμερα (η τελευταία τουρκική [μουσουλμανική] εισβολή στην Κύπρο διαπράχθηκε το 1974 και οδήγησε σε 6,000 νεκρούς, εκτοπισμό 250,000 Κυπρίων από τα σπίτια τους, εκτεταμένες λεηλασίες, διαρπαγές και βιασμούς, και την καταστροφή εκκλησιών και χριστιανικής θρησκευτικής τέχνης).

Οι Άραβες εισέβαλλαν στην Κύπρο με μονότονη τακτικότητα επί διακόσια χρόνια. Σε κάθε επιδρομή, διαγούμιζαν λάφυρα και σκλάβους κι έφευγαν, χωρίς να εκδηλώσουν ποτέ ενδιαφέρον για μόνιμη παραμονή. Το 692, η κατάσταση είχε γίνει τόσο απελπιστική, που πολλοί Κύπριοι, με επικεφαλής τον Αρχιεπίσκοπο Ιωάννη, δέχτηκαν τη συμβουλή του Βυζαντινού αυτοκράτορα Ιουστινιανού και μετοίκησαν στις όχθες του Ελλήσποντου. Εκεί ίδρυσαν οικισμό, που τον ονόμασαν Νέα Ιουστινιανή, προς τιμήν του αυτοκράτορα που τους είχε προσφέρει υλική βοήθεια. Ωστόσο, τα δεινά των δύσμοιρων Κυπρίων δεν σταμάτησαν με τη μετοικεσία τους από την Κύπρο. Λίγο πριν την άφιξή τους στην Ιουστινιανή, συνάντησαν καταιγίδα, με αποτέλεσμα πολλοί από αυτούς να πνιγούν, ενώ άλλοι πέθαναν από κάποια φρικτή νόσο λίγο μετά.

Οι επιζήσαντες αποφάσισαν να γυρίσουν στην πατρίδα μετά παρέλευση επτά ετών, αλλά για να οικίσουν ξανά επαρκώς το νησί, οι αυτοκρατορικές αρχές αναζήτησαν στις επαρχίες της αυτοκρατορίας άλλους Κύπριους, ενώ έπεισαν τους Σαρακηνούς της Συρίας να επιτρέψουν στους Κύπριους αιχμαλώτους τους να γυρίσουν πίσω. Ο εκάστοτε Αρχιεπίσκοπος της Κύπρου ακόμη φέρει τον τίτλο «Αρχιεπίσκοπος Νέας Ιουστινιανής και Πάσης Κύπρου», διά αθύμησιν της ατυχούς εμπειρίας των προγόνων τους στην εξορία.

Η χειρότερη αραβική επιδρομή πραγματοποιήθηκε το 806 και είχε ως αποτέλεσμα την ισοπέδωση όλων των μεγάλων πόλεων και χωριών. Εκκλησίες και μοναστήρια καταστράφηκαν, ενώ χιλιάδες άνθρωποι σκοτώθηκαν. Όσους κατέφυγαν στα βουνά, τούς καταδίωξαν και «τους περισυνέλεξαν έναν προς έναν σαν αβγά από εγκαταλειμμένες φωλιές, κι ύστερα συνέθλιψαν τα κεφάλια τους, το ένα πάνω στ' άλλο». Όταν έφυγαν οι εισβολείς, πήραν μαζί τους 16,000 αιχμαλώτους, περιλαμβανομένου του Αρχιεπισκόπου, και τους πούλησαν σκλάβους στη Συρία. Δημοπράτης ήταν ο Δικαστής Αμπού Ελ Μπακτάρα, ενώ η τιμή πώλησης του Αρχιεπισκόπου ανήλθε στα 2,000 δηνάρια. Μετά απ' αυτή την επιδρομή, οι εναπομείναντες Κύπριοι εγκατέλειψαν τις παράκτιες περιοχές και μετακινήθηκαν στη σχετική ασφάλεια της ορεινής ενδοχώρας. Ειδεχθής συνέπεια των αραβικών επιδρομών είναι η απουσία παραδειγμάτων Βυζαντινής Τέχνης και Αρχιτεκτονικής από τη συγκεκριμένη χρονική περίοδο της Κύπρου, με εξαίρεση τα θεμέλια κτιρίων και τα επιδαπέδια μωσαϊκά.

Η Κύπρος απαλλάχθηκε από τους Άραβες χάρη στον αυτοκράτορα Νικηφόρο Φωκά, που τους νίκησε κατά κράτος σε στεριά και θάλασσα. Χρειάστηκαν εκατό χρόνια για να συνέλθουν από την ήττα τους. Μνημείο των επιδρομών τους είναι το μουσουλμανικό τέμενος της Ουμ Χαράμ, κοντά στη Λάρνακα, που οφείλει την ύπαρξή του σε μία από τις επιδρομές. Η ιστορία του αποτυπώνεται στο χειρόγραφο που διατηρείται εκεί:

Το 649, ο Μωαβίας, Κυβερνήτης της Συρίας, εισέβαλε στην Κύπρο. Ανάμεσα στους ακολούθους του ήταν ο Ουβάδα Ιμπντ-ας-Σαμίτ, Σύντροφος του Προφήτη, και η σύζυγός του, Ουμ Χαράμ, συγγενής του Μωάμεθ. Σύμφωνα με το παλιό χειρόγραφο,

"...εκείνος ο πυκνόνωτος του κήπου της ευφράδειας, εκείνο το αηδόνι τού ανθόκηπου του αιθέριου λόγου, ο Προφήτης μας (η εύνοια και η ευλογία του Θεού ας είναι μαζί του!) τίμησε με επίσκεψή του τον καλότυχο οίκο της Ουμ Χαράμ... κι αφού καταδέχτηκε να φάει, η χρηστή γυναίκα καθάρισε τη σεβαστή και ιερή κεφαλή του από τις ψείρες, κι όπως εκείνος έσκυψε την άγια κεφαλή του... αποκοιμήθηκε. Όταν, λοιπόν, ξύπνησε από τον ιερό του ύπνο με εκδήλωση χαράς και φανερή ευφορία, αντλημένη σε εκείνο το μεσοδιάστημα από τη χάρη θείας αποκάλυψης και θεϊκών ενοράσεων, η βαθυσέβαστη γυναίκα ζήτησε να μάθει τον λόγο του μειδιάματός του, της τέλειας χαράς και ευθυμίας. Ο Μωάμεθ αποκρίθηκε ως εξής: «Από την παρουσία του Θεού ήρθε σε μένα έμπνευση και ευχάριστα νέα: μια ομάδα οπαδών μου θα... κάνει ιερό πόλεμο και επιδρομές, για να δοξάσουν το όνομα του Θεού... και να κατακτήσουν τις Νήσους της Θαλάσσης και τις πόλεις των όχθεών τους, και όσοι από τους δικούς μου θα πεθάνουν, θα μπουν πρώτοι στον παράδεισο, χωρίς βασανιστήρια και δοκιμασίες. Έτσι, από την παρουσία του Θεού ήρθαν προς εμέ έμπνευση και χαρμόσυνα μαντάτα».

Λέγοντας αυτά, ανήγγειλε στη χρηστή γυναίκα τα καλά νέα και έκανε τη φωτισμένη της καρδιά να αγαλλιάσει. Εκείνη η τιμημένη γυναίκα, αδημονώντας για ένα τέτοιο εγχείρημα, και ανυπομονώντας να λάβει τη θέση της με τους νικητές στη θάλασσα, πρόφερε την παράκλησή της, και με το «Εσύ θα είσαι εκ των πρώτων...» δηλώθηκε ανάμεσα στους πρώτους που θα πολεμούσαν στη θάλασσα, «και έτσι... ευφράνθηκε η καρδιά της».

Τελικά, η ατρόμητη Ουμ Χαράμ και ο σύζυγός της, μαζί με άλλους ακολούθους του Προφήτη, κίνησαν να κατακτήσουν την Κύπρο. Η παλιά ιστόρηση συνεχίζει ως εξής...

«Και από τους λιμένες της Τρίπολης συγκέντρωσαν πλοία και βάρκες, και επιβιβάστηκαν σ' αυτά, κι έφτασαν στο νησί της Κύπρου. Με το που άραξαν... η αγία γυναίκα (είθε να έχει την εύνοια του Θεού), τοποθετήθηκε μετά τιμών σε μούλα. Και σαν έφτασαν εκεί που τώρα διακρίνεται ο φωτεινός της τάφος, τους επιτέθηκαν άπιστοι Γενοβέζοι, και όπως έπεσε από το ζωντανό τσάκισε τον διάφωτο αυχένα της κι ανύψωσε τη νικηφόρα ψυχή της, και σε εκείνο τον ευωδιαστό τόπο τάφηκε μεμιάς».

Ο συγγραφέας του παλιού χειρόγραφου συνεχίζει, λέγοντας... «δεν υπάρχει αμφιβολία πως για εκείνους που με ζήλο και πλήρωση πίστεως κάνουν τη συνήθη κι αποδεκτή επίσκεψη στον τετιμημένο τάφο και λατρευτό βωμό που περικλείνει το σεπτό της σώμα, ο Ευλογών με απαράμιλλη σοφία ικανοποιεί όλες τους τις ανάγκες. Είναι η τέλεια εύνοια και χάρη του Πανύψιστου και Δοξασμένου Θεού που έχει καταστήσει τη Θεία εκείνου του πανένδοξου όλων των πλασμάτων μεσίτρια για τους κατοίκους του νησιού και τους επισκέπτες που ολόψυχα κάνουν παράκληση προς αυτήν...»

Η Ουμ Χαράμ είναι το έβδομο ιερότερο προσκύνημα του μουσουλμανικού κόσμου. Όλα τα τουρκικά πλοία που φτάνουν σε ορατή απόσταση από το τέμενος, χαμηλώνουν τις σημαίες τους προς τιμή της, διότι για τους Τούρκους η Ουμ Χαράμ μεσιτεύει στον Αλλάχ, και σε εποχές ανομβρίας πιστεύουν πως εκείνη θα ικετεύσει τον Πολυεύσπλαχνο να στείλει την περιπόθητη βροχή.

168

ΒΑΣΙΛΙΑΣ ΡΙΧΑΡΔΟΣ Α΄
Ο ΛΕΟΝΤΟΚΑΡΔΟΣ

Ο τελευταίος Βυζαντινός ηγεμόνας της Κύπρου, Ισαάκιος Κομνηνός, ήταν ένας τυχοδιώκτης που απέκτησε το νησί με δόλο. Ανεψιός του Βυζαντινού Αυτοκράτορα, διετέλεσε για σύντομο χρονικό διάστημα Κυβερνήτης της Κιλικίας, αλλά έχασε την επαρχία του από τους Αρμένιους, που τον συνέλαβαν και τον έριξαν στη φυλακή. Αργότερα, αγοράστηκε από τους Ναΐτες Ιππότες, με στόχο την αποκόμιση κέρδους. Ο Αυτοκράτορας ήταν εξαιρετικά απρόθυμος να αγοράσει την ελευθερία του ανεψιού του, λόγω προφητείας ότι θα έχανε τον θρόνο από κάποιον Ισαάκιο, μα στο τέλος τον έπεισε η γυναίκα του και δύο διακεκριμένοι ευγενείς, που συμφώνησαν να εγγυηθούν την καλή διαγωγή του.

Μετά την αποφυλάκισή του, ο Ισαάκιος έλαβε συγκεκριμένο ποσό για να συγκεντρώσει στρατό στην Ισαυρία, προτού επιστρέψει στην πρωτεύουσα, που βρισκόταν υπό τη διαρκή απειλή των Σταυροφόρων στη Δύση και των Μουσουλμάνων στην Ανατολή. Έχοντας συγκεντρώσει στρατό και ναυτικό, έπλευσε για την Κύπρο, όπου αυτοχρίστηκε Κυβερνήτης. Δεν δυσκολεύτηκε καθόλου να εδραιώσει την εξουσία του, για πολλούς λόγους. Ήταν γνωστό μέλος της Βασιλικής Οικογένειας, πλαστογράφησε τα έγγραφα διορισμού του, και οι στρατιωτικές δυνάμεις υπό το πρόσταγμά του ήταν ισχυρότερες απ' οποιανδήποτε άλλη δύναμη στην Κύπρο. Όταν η είδηση του προδοσίας του έφτασε στην Κωνσταντινούπολη, ο Αυτοκράτορας έγινε έξαλλος, φοβούμενος επίθεση κατά της πρωτεύουσας από τον ίδιο τον Ισαάκιο και τους αντάρτες του. Διέταξε την άμεση εκτέλεση των εγγυητών του Ισαάκιου με αργό θάνατο, μα προτού προλάβει να λάβει μέτρα κατά του ίδιου του Ισαάκιου, δολοφονήθηκε. Ο διάδοχός του έστειλε στρατό και ένα αναποτελεσματικό ναυτικό, υπό τη διοίκηση τυφλού ναυάρχου, για να ανακτήσει την Κύπρο. Ωστόσο, ο Ισαάκιος είχε προειδοποιηθεί για την άφιξή τους και κατάφερε να τους νικήσει με τη βοήθεια του εξ αγχιστείας συγγενή του, Γουλιέλμου της Σικελίας. Μετά τη νίκη του, ο Ισαάκιος απέκτησε αλαζονεία. Αυτοανακηρύχθηκε Άγιος Αυτοκράτωρ της Κύπρου, διέταξε τον κλήρο να διορίσει Πατριάρχη έναντι του Πατριάρχη Κωνσταντινουπόλεως, και απαίτησε να τοποθετηθεί χρυσό άγαλμά του σε κάθε εκκλησία στο νησί. Πέρα από αυτά τα εξαιρετικά αντιλαϊκά μέτρα, πιστεύεται ότι διέπραξε αλλεπάλληλα εγκλήματα, ανάμεσα στα οποία η δολοφονία της συζύγου και του μοναχογιού του, ότι δέσμευσε τις περιουσίες των πλουσίων, μίανε τις παρθένες του νησιού, και ότι σε μια έκρηξη οργής, τσεκούριασε το πόδι του παλιού του δασκάλου. Προκειμένου να διασφαλίσει τη θέση του ως Αυτοκράτορα υποσχέθηκε στον Σαλαντίν ότι θα αρνιόταν κάθε βοήθεια στους Σταυροφόρους. Ως αντάλλαγμα, ο Σαλαντίν υποσχέθηκε να μην εισβάλει στην Κύπρο. Έτσι είχαν τα πράγματα όταν ο Ριχάρδος ο Λεοντόκαρδος προσέγγισε την Κύπρο αναγκαστικά λόγω καταιγίδων κατά τη διάρκεια της Γ' Σταυροφορίας.

Την τρίτη μέρα του ταξιδιού τους από την Ιταλία στους Αγίους Τόπους, οι Σταυροφόροι έπεσαν σε σφοδρή καταιγίδα, που σκόρπισε τα καράβια τους. Το καράβι του βασιλιά Ριχάρδου κατέφυγε στην Κρήτη, ενώ εκείνο της αρραβωνιαστικιάς του, Βερεγγάριας, και της αδελφής του, Ιωάννας, έφτασε στην Κύπρο. Ο Αυτοκράτορας Ισαάκιος αρνήθηκε να επιτρέψει στις κυρίες να αποβιβαστούν. Μερικές μέρες μετά, έφτασε ο Ριχάρδος για να βρει το καράβι ανοιχτά της Λεμεσού, στο έλεος των κυμάτων. Οι ναυαγοί που ξεβράστηκαν στις ακτές είχαν ριχθεί στα μπουντρούμια, και τα προσωπικά τους αντικείμενα, καθώς και τα υπάρχοντα των πνιγμένων, κατασχέθηκαν. Εκτός από τη συμφωνία με τον

170

Σαλαντίν, ο Ισαάκιος είχε προσωπικούς λόγους να μισεί τους Σταυροφόρους. Λίγο πριν το συγκεκριμένο περιστατικό, αριθμός Φράγκων αποστατών, που υπήρξαν μέλη της Γ' Σταυροφορίας, έφτασαν στην Κύπρο και ψυχαγωγήθηκαν από τους κατοίκους παραθαλάσσιου χωριού. Προτού φύγουν, οι αποστάτες διαγούμισαν το χωριό, αιχμαλώτισαν τους χωρικούς και τους μετέφεραν στη Λαοδίκεια, όπου τους πούλησαν ως σκλάβους. Ανάμεσα στους αιχμαλώτους βρίσκονταν είκοσι επτά γυναίκες. Το περιστατικό έγινε γνωστό σε ολόκληρη την Ευρώπη, σκανδαλίζοντας τη χριστιανοσύνη, αφού υποτίθεται ότι οι χριστιανοί δεν πουλούσαν χριστιανούς σε μουσουλμάνους. Από τη συγκεκριμένη συναλλαγή, οι Φράγκοι αποστάτες είχαν κέρδος 7,000 βυζαντινά έκαστος.

Ο Ριχάρδος έστειλε δύο ιππότες του στον Ισαάκιο, αξιώνοντας την απελευθέρωση των αιχμαλώτων και επιστροφή των σορών των νεκρών με τα προσωπικά τους αντικείμενα. Ο Ισαάκιος αρνήθηκε. Ακολούθησαν τα δραματικά γεγονότα που άλλαξαν τον ρου της ιστορίας της Κύπρου.

Σύμφωνα με χρονικογράφο, όταν οι αγγελιαφόροι επέστρεψαν με άδεια χέρια, ο Ριχάρδος διέταξε τους άντρες του να ετοιμαστούν για μάχη, κι όταν ετοιμάστηκαν, τους είπε: «Ακολουθήστε με, για να εκδικηθούμε τα δεινά που αυτός ο δόλιος Αυτοκράτορας προκάλεσε ενώπιον Θεού και ανθρώπων, άδικα αλυσοδένοντας τους προσκυνητές μας». Στο μεταξύ, ο Ισαάκιος, αναμένοντας φασαρίες, είχε εξοπλίσει τον λαό της Λεμεσού με μαχαίρια, ράβδους και παρόμοια, ενώ τους παράταξε κατά μήκος της ακτής, πίσω από αυτοσχέδια οδοφράγματα, φτιαγμένα από οικιακά αντικείμενα, και ό,τι άλλο υπήρχε εύκαιρο. Ο ίδιος ο Ισαάκιος ήταν έφιππος, με πλήρη πανοπλία, επικεφαλής ένοπλης στρατιάς. Μετά από επίμονη μάχη στήθος με στήθος, οι Άγγλοι κατάφεραν να απωθήσουν τους Κύπριους και να μπουν στη Λεμεσό, όπου τους υποδέχτηκαν οι μόνιμοι Λατίνοι έμποροι. Ο ελληνικός πληθυσμός παρέμεινε αμέτοχος, μα ο Ριχάρδος διέταξε

171

κανένας να μην πάθει κακό. Ο Ισαάκιος και οι άντρες του κατέφυγαν στην ύπαιθρο. Έτσι, η Λεμεσός, με τα πλούσια αποθέματα σε στάχυα, κρασί και λάδι, έπεσε στα χέρια των Σταυροφόρων.

Νωρίς το επόμενο πρωί, οι Σταυροφόροι καταδίωξαν τον Ισαάκιο, που είχε στρατοπεδεύσει πέντε μίλια έξω από τη Λεμεσό, και τον αιφνιδίασαν με τις πολεμικές τους ιαχές την ώρα που και εκείνος και οι στρατιώτες του κοιμούνταν. Οι Κύπριοι ξανά διέφυγαν, αφήνοντας πίσω τους θησαυρούς τους, τα περισσότερα όπλα τους, το αυτοκρατορικό λάβαρο και τη σκηνή του Ισαάκιου. Η σκηνή μεταφέρθηκε στη Λεμεσό για χρήση του βασιλιά Ριχάρδου, ενώ το λάβαρο στάλθηκε ως δώρο στην Εκκλησία του Αγίου Εδμόνδου στο Bury St Edmunds, όπου βρίσκεται μέχρι σήμερα.

Την επόμενη Κυριακή, ο Ριχάρδος παντρεύτηκε την Βερεγγάρια της Ναβάρρας στο εκκλησάκι του Αγίου Γεωργίου, στη Λεμεσό. Μετά τη γαμήλια τελετή, η Βερεγγάρια στέφθηκε Βασίλισσα της Αγγλίας από τον Αρχιεπίσκοπο του Μπορντώ. Την ίδια μέρα, ο Ισαάκιος έστειλε απεσταλμένους στον Ριχάρδο, για διαπραγμάτευση ειρήνης, και διευθετήθηκε συνάντηση ανάμεσα στους δύο άντρες. Οι Άγγλοι χρονικογράφοι έχουν καταγράψει ότι ο Ισαάκιος υποσχέθηκε να ενταχθεί στη Σταυροφορία προς την Παλαιστίνη με 100 ιππότες, ελαφρύ ιππικό 400 ανδρών και 500 πεζομάχους. Συμφώνησε, επίσης, να παραδώσει τη μοναχοκόρη του ως όμηρο στον Ριχάρδο. Ακόμη κι αν έδωσε αυτές τις υποσχέσεις, δεν είχε καμία πρόθεση να τις κρατήσει. Ήξερε ότι αν έφευγε από το νησί θα έχανε το βασίλειό του μετά από εξέγερση. Η επίσκεψή του μάλλον είχε σκοπό να τον βοηθήσει να αποσπάσει πληροφορίες για τις δυνάμεις τού Ριχάρδου. Καταμεσής της νύχτας, ο Ισαάκιος έφυγε απαρατήρητος από το στρατόπεδο του Ριχάρδου, με προορισμό τη Λευκωσία.

Ο Ριχάρδος αδημονούσε να ολοκληρώσει την κατάκτηση της Κύπρου και να προχωρήσει στην Παλαιστίνη. Προέλασε κατά μήκος των ακτών μέχρι τη Λάρνακα και έπειτα έπλευσε στην Αμμόχωστο, την οποία βρήκε ανοχύρωτη και την κατέλαβε. Έπειτα προέλασε προς τη Λευκωσία, όπου έδωσε μάχη με τον Ισαάκιο, που τον συνάντησε έξω από την πόλη. Η μάχη ήταν σφοδρή και ο Ισαάκιος κατάφερε να λαβώσει τον Ριχάρδο με το απελατίκι του. Εντούτοις, ο Ριχάρδος πήρε τη νίκη και κατέλαβε τη Λευκωσία, όπου τον υποδέχτηκαν οι πολίτες. Στη Λευκωσία, ο Ριχάρδος αρρώστησε, ίσως εξαιτίας του πλήγματος που δέχτηκε, και έστειλε τον Γκυ Λουζινιάν να καταλάβει την Κερύνεια. Η πόλη παραδόθηκε αμαχητί και η κόρη του Ισαάκιου, που διέμενε στο Κάστρο της Κερύνειας, πιάστηκε αιχμάλωτη. Ο Ισαάκιος ταράχτηκε από τα νέα της κόρης του, που δείχνει ότι έτρεφε πατρικά αισθήματα, παρά τη φήμη του για σκληρότητα και βαρβαρότητα. Διέταξε τα εναπομείναντα οχυρά να υποχωρήσουν και παραδόθηκε στον Ριχάρδο, υπό έναν μόνο όρο: να μην αλυσοδεθεί. Ο Ριχάρδος αποδέχτηκε τον όρο, αλλά κατά παράβαση του πνεύματος της συμφωνίας, του φόρεσε ασημένιες αλυσίδες.

Ο Ισαάκιος οδηγήθηκε στην Άκρα από τους Σταυροφόρους, όπου πέθανε, δύο χρόνια μετά. Η κόρη του χρίστηκε κυρία επί των τιμών της Βασίλισσας Βερεγγάριας και εν τέλει οδηγήθηκε στη Γαλλία, όπου έζησε μια πολύχρωμη ζωή. Ο Ριχάρδος συγκέντρωσε τεράστια λάφυρα από την Κύπρο, ενώ ο πληθυσμός αναγκάστηκε να καταβάλει στον βασιλιά το ένα δεύτερο των κτήσεών τους. Έπειτα, πούλησε το νησί στους Ναΐτες Ιππότες για 100,000 χρυσά δηνάρια.

ΟΙ ΦΡΑΓΚΟΙ

Οι Ιππότες του Ναού δεν μπορούσαν να ελέγξουν τους Κύπριους, που ήταν αγανακτισμένοι με τη σκληρότητά τους, και ζήτησαν από τον Ριχάρδο να πάρει πίσω την Κύπρο. Ο Ριχάρδος συμφώνησε με το αίτημά τους και πούλησε το νησί σε έναν νέο αγοραστή, τον Γκυ ντε Λουζινιάν, βασιλιά της Ιερουσαλήμ, που έχασε το βασίλειό του από τον Σαλαντίν.

Η δυναστεία των Λουζινιάν κράτησε τριακόσια χρόνια, και από μια άποψη, αυτή η περίοδος ήταν χρυσή εποχή για την Κύπρο. Οι Λουζινιάν ανέγειραν μεγαλοπρεπείς γοτθικούς καθεδρικούς, κάστρα και ανάκτορα, κάποια από τα οποία έχουν επιβιώσει μέχρι σήμερα, προήγαγαν τις τέχνες, το εμπόριο, τη γεωργία και την επικερδή βιομηχανία ζάχαρης. Η Κύπρος απέκτησε παροιμιώδη πλούτο, μα η ευημερία ήταν αποκλειστικό προνόμιο των μελών της Καθολικής κυβερνώσας τάξης, που προέρχονταν από διάφορα μέρη της Ευρώπης. Ο αυτόχθων πληθυσμός δεν επωφελήθηκε καθόλου. Οι Λατίνοι εισήγαγαν ένα Μεσαιωνικό Ευρωπαϊκό σύστημα διακυβέρνησης, σύμφωνα με το οποίο το νησί ήταν μοιρασμένο σε 100 φέουδα, διανεμημένα σε ισάριθμους φεουδάρχες, που τους ανήκε τόσο η γη όσο και οι άνθρωποι που ζούσαν στα κτήματά τους.

Οι Έλληνες Κύπριοι, που είχαν πια υποβιβαστεί σε ακτήμονες δουλοπάροικους, υπόκεινταν σε πολιτισμικές και θρησκευτικές διώξεις. Κατά καιρούς ξεσηκώνονταν κατά του αφέντη τους, μα κάθε φορά αποτύγχαναν και τιμωρούνταν με βαρύτερη καταπίεση. Οι επίσκοποί τους περιορίστηκαν σε χωριουδάκια, κάποιοι Ορθόδοξοι μοναχοί κάηκαν ζωντανοί και, για μεγάλο διάστημα, τούς απαγορευόταν να εκλέξουν νέο Αρχιεπίσκοπο.

Ο πιο αξιόλογος Βασιλιάς της Κύπρου κατά την περίοδο των Λουζινιάν ήταν ο Πέτρος Α' (1359-1369), που διαπίστωσε κίνδυνο στην αυξανόμενη δύναμη των Τούρκων και προσπάθησε να συνενώσει εναντίον τους τούς ηγέτες της Ευρώπης. Για τον σκοπό αυτό, επισκέφτηκε τα περισσότερα

Ευρωπαϊκά κέντρα εξουσίας, αλλά επέστρεψε ουσιαστικά μόνο με υποσχέσεις. Εντούτοις, ο Πέτρος ηγήθηκε αριθμού επιτυχημένων επιθέσεων κατά των Τούρκων, και σε μία περίσταση, κατάφερε να καταλάβει για λίγο την Αλεξάνδρεια. Ωστόσο, δεν μπορούσε να κατοχυρώσει τα κέρδη του χωρίς βοήθεια. Στο μεταξύ, όσο καιρό εκείνος έλειπε, η Κύπρος διχαζόταν από εσωτερικές έριδες, αντιζηλίες ανάμεσα σε άρχοντες και δολοπλοκίες ανάμεσα σε Γενουάτες και Ενετούς, που είχαν εδραιώσει ισχυρές εμπορικές αποικίες στο νησί. Ο Πέτρος δολοφονήθηκε το 1369 από ομάδα δυσαρεστημένων ευγενών, ενώ κοιμόταν με μία ερωμένη του. Έκοψαν τα γεννητικά του όργανα και τα περιέφεραν στους δρόμους της Λευκωσίας, προς τέρψιν πολλών απατημένων συζύγων. Ο Πέτρος ήταν πνεύμα γοητευτικό και περιπετειώδες, τον θαύμαζαν σε πολλά μέρη της Ευρώπης. Ο Πετράρχης και ο Τσώσερ έγραψαν γι' αυτόν στα έργα τους.

ΟΙ ΕΝΕΤΟΙ ΚΑΙ ΟΙ ΤΟΥΡΚΟΙ

Οι Ενετοί ανέλαβαν τον έλεγχο της Κύπρου το 1489 και κυβέρνησαν για ογδόντα χρόνια. Η ηγεμονία τους είχε στρατιωτικό χαρακτήρα, με έμφαση στην ανέγερση αμυντικών έργων κατά της τουρκικής απειλής, ενώ στο μεταξύ έγιναν πιο λαομίσητοι κι από τους Λουζινιάν. Όταν ήρθαν οι Τούρκοι, οι Κύπριοι διχάστηκαν. Κάποιοι κατέφυγαν στα βουνά και τους πολέμησαν, ευρισκόμενοι σε αυτοάμυνα, άλλοι εντάχθηκαν στον Ενετικό στρατό, και άλλοι πολέμησαν στο πλευρό των Τούρκων.

Λέγεται ότι κατά τη διάρκεια της πολιορκίας της Αμμοχώστου, το 1571, οι Ενετοί ανέγειραν σε έναν προμαχώνα μια νοσηρή, αν και αποτελεσματική, ανέμη με μαχαίρια, σχεδιασμένη να κατατεμαχίσει οποιονδήποτε άνθρωπο ή ζώο τολμούσε να πλησιάσει. Ο γενναίος Τούρκος Στρατηγός Τζαμπουλάτ Μπέης έκρινε ότι η ανέμη ήταν η σοβαρότερη απειλή που κατείχε ο στρατός των Ενετών και αποφάσισε να την καταστρέψει με κάθε τίμημα. Υψώνοντας το χέρι του με το σπαθί, θαρραλέα, οδήγησε το άλογό του κατευθείαν στο κέντρο της περιστρεφόμενης συσκευής, αφανίζοντας τον εαυτό του, το άλογο του, και τη φρικτή ενετική επινόηση.

Από εκείνο το σημείο μέχρι τη λήξη της πολιορκίας, που ανέδειξε τους Τούρκους ως νέους κατακτητές, το φάντασμα του Τζαμπουλάτ Μπέη, με το κεφάλι του παραμάσχαλα και το σπαθί υψωμένο, στεκόταν στον προμαχώνα και χαιρετούσε ενθαρρυντικά τους ευγνώμονες στρατιώτες του. Από εκείνη τη μέρα κι έπειτα, το συγκεκριμένο σημείο φέρει το όνομα του ηρωικού Τούρκου μάρτυρα, διαχρονικό μνημείο της ανδρείας και ανιδιοτελούς του πράξης: ο Προμαχώνας Τζαμπουλάτ.

Πάντως, και οι Ενετοί είχαν τους ήρωές τους: ξεχώρισε ο έχων το γενικό πρόσταγμα, Μαρκαντώνιος Βραγαδίνος, περιβόητος για τη γενναιότητά του στη μάχη και για τον ηρωικό, περήφανο τρόπο με τον οποίο αντιμετώπισε τα φρικτά βασανιστήρια των Τούρκων.

Αφού αιχμαλώτισε τον Βραγαδίνο μετά την πολιορκία, ο Τούρκος ηγέτης Μουσταφά Πασά τρεις φορές τον ανάγκασε να σκύψει το κεφάλι του στο σπαθί του δήμιου, και τρεις φορές ο δήμιος αργά, κοροϊδευτικά χαμήλωνε το σπαθί, ενώ ο Πασάς περιγελούσε τον αιχμάλωτο, ρωτώντας πώς και δεν παρενέβαινε ο Χριστός του να τον σώσει. Εν τέλει, ο Μουσταφά, έξαλλος με την περήφανη ηρεμία του αιχμαλώτου του, διέταξε τον δήμιο να του κόψει τα αυτιά και τη μύτη. Έπειτα, για δέκα μέρες, τον εξανάγκασε να μεταφέρει καλάθια με χώμα στους προμαχώνες, και κάθε φορά που περνούσε έξω από τη σκηνή του Πασά, να φιλάει το χώμα. Μετά απ' αυτό τον εξευτελισμό, και χωρίς να απωλέσει την υπερηφάνεια τού Ενετού ευγενούς, ο δύσμοιρος Βραγαδίνος δέθηκε στο ακροκέραιο της τουρκικής ναυαρχίδας, εκτεθειμένος στα σκώμματα των περιχαρών Τούρκων. Δείχνοντας πόσο ανηλεής ήταν, ο Μουσταφά παρέτεινε το μαρτύριο του Βραγαδίνου, ακόμη και στον θάνατο. Τον μετέφεραν εν πομπή και παρατάξει στη μεγάλη πλατεία της Αμμοχώστου, όπου τον έγδαραν αργά, και κατατεμάχισαν τις σάρκες του, για να τις κρεμάσουν, έπειτα, από τις πύλες της πόλης. Παραγέμισαν το τομάρι του με άχυρο και το έδεσαν σε μια αγελάδα, που πάνω της προσήλωσαν περιγελαστικά μια κόκκινη ομπρέλα, και την περιέφεραν μέσα από την πόλη. Το αποτρόπαιο ανδρείκελο κρεμάστηκε, στη συνέχεια, στο κατάρτι πλοίου, που έπλεε γύρω από τα λιμάνια της Μεσογείου, ώσπου ο άσπλαχνος Πασάς βαρέθηκε το αρρωστημένο αυτό παιχνίδι και το πούλησε στους γιους του Βραγαδίνου για καθόλου ευκαταφρόνητο ποσό.

Οι Κύπριοι χάρηκαν που απαλλάχθηκαν από τον αδυσώπητο στρατιωτικό ζυγό των Ενετών και στην αρχή καλωσόρισαν τους Τούρκους, που επανεγκατέστησαν την Ορθόδοξη Εκκλησία της Κύπρου και κατήργησαν τη δουλοπαροικία. Σύντομα, όμως, απογοητεύτηκαν πικρά διότι οι Τούρκοι θεωρούσαν την Κύπρο επένδυση παρά επαρχία για την αυτοκρατορία τους. Ο Μεγάλος Βεζύρης ανέθεσε σε άλλους τα έσοδα, με αντάλλαγμα προκαθορισμένη ετήσια πληρωμή. Η ηγεμονία του νησιού κατέληξε με δημοπρασία στον υψηλότερο πλειοδότη. Το αποτέλεσμα ήταν η ακατάσχετη αιμορραγία του πληθυσμού στα χέρια κυβερνητών, προσηλωμένων αποκλειστικά στην αποκόμιση κέρδους. Οι έφοδοι των φοροσυλλεκτών στα χωριά έμοιαζαν με ένοπλες ληστρικές επιδρομές. Σταδιακά, ο πληθυσμός της Κύπρου υπό τους Τούρκους συρρικνώθηκε λόγω λιμού από τις 150,000 στις 25,000.

177

Η ΚΥΠΡΟΣ ΚΕΡΔΙΖΕΙ ΤΗΝ ΑΝΕΞΑΡΤΗΣΙΑ ΤΗΣ

Το 1878, η πρωτόγονη και άτεγκτη ηγεμονία των Τούρκων έφτασε στο τέλος της. Τους διαδέχτηκαν οι Βρετανοί, στα πλαίσια αμυντικής συμφωνίας ανάμεσα στις δύο χώρες. Οι Κύπριοι καλωσόρισαν τους Βρετανούς, πιστεύοντας ότι σταδιακά θα παρέδιδαν την Κύπρο στην Ελλάδα, όπως είχαν πράξει με τα Ιόνια νησιά μερικά χρόνια νωρίτερα.

Η Βρετανική διοίκηση της Κύπρου ήταν μονότονη, αλλά αποτελεσματική και δίκαιη. Διεύρυναν την εκπαίδευση και απέδωσαν στον λαό μεγάλο βαθμό προσωπικής ελευθερίας. Ωστόσο, παρά την πρόοδο που σημειώθηκε, οι Κύπριοι συνέχισαν να διεκδικούν ένωση με την Ελλάδα, αξίωμα που οι Βρετανοί απέρριπταν. Το 1931, Κύπριοι προκάλεσαν εξεγέρσεις και φασαρίες σε πολλές πόλεις, με αποκορύφωμα την καταστροφή του Κυβερνείου στη Λευκωσία. Ως αντίποινα, οι Βρετανοί εισήγαγαν αριθμό καταπιεστικών μέτρων, ενώ εξόρισαν τους περισσότερους Έλληνες Κύπριους ηγέτες, περιλαμβανομένης της εκκλησιαστικής ηγεσίας.

Το 1955, υπήρξε ένοπλη εξέγερση υπό την ηγεσία του Αρχιεπισκόπου Μακαρίου και του Συνταγματάρχη Γεώργιου Γρίβα. Οι Βρετανικές αρχές επέβαλαν Έκτακτους Κανονισμούς και διόρισαν ως Κυβερνήτη τον Στρατηγό Χάρντινγκ. Μεγάλος αριθμός στρατιωτών κλήθηκε να αντιμετωπίσει την κατάσταση. Τα στρατεύματα είχαν τη συνδρομή των Τούρκων της Κύπρου και μια μονάδα μυστικών υπηρεσιών, που οι ανακριτικές τους μέθοδοι αποτελούν αισχύνη για τον Βρετανικό Στρατό. Ωστόσο, δεν κατάφεραν να νικήσουν τους αντάρτες του Γρίβα, ούτε στην πόλη ούτε και στα βουνά. Το 1960, υπό το βάρος αυξανόμενης διεθνούς πίεσης, η βρετανική κυβέρνηση συμφώνησε να διαπραγματευτεί τους όρους της ανεξαρτησίας της Κύπρου με τον Αρχιεπίσκοπο Μακάριο.

Η Κύπρος ανακηρύχθηκε ανεξάρτητη Δημοκρατία στις 16 Αυγούστου 1960. Ο τελευταίος Βρετανός Κυβερνήτης, Σερ Χιου Φιουτ, που είχε κερδίσει την αποδοχή του κυπριακού λαού κατά τη διάρκεια της σύντομης θητείας του, αποχώρησε από το νησί. Τα ηνία ανέλαβε ο εκλελεγμένος Πρόεδρος, Αρχιεπίσκοπος Μακάριος. Επιτέλους, η Κύπρος απέκτησε τη δική της κυβέρνηση μετά από 2,000 χρόνια υποτέλειας.

This book is also available in English and Turkish.

English title: *The Mythology of Cyprus*
ISBN: 978-09929247-7-5

Turkish title: *Kıbrıs Mitolojisi*
ISBN: 978-99636606-9-8

Also available from the Orage Press
(in English)

Tom Steele

Alfred Orage
and the Leeds Arts Club
1893-1923

Dr Tom Steele's seminal study into the first radical modernist
art group in Britain, co-founded by Alfred Orage. Located in
the northern English city of Leeds, the Leeds Arts Club helped
introduce a radical form of modernist art into Britain, bringing
into the country works of art by Expressionist artists such as
Wassily Kandinsky, and introducing Britain to the ideas of the
iconoclastic German philosopher Friedrich Nietzsche.

ISBN: 978-095445-238-4

Edited by Michael Paraskos

Stass Paraskos

Stass Paraskos was the most significant Cypriot artist of the
twentieth century, who not only gained an international
reputation, exhibiting at major art venues such as the Sao
Paulo Biennial and the Institute of Contemporary Arts
in London, but founded the first art college in Cyprus and has
work in London's Tate Gallery. With essays by with essays by
the distinguished art historians John Cornall, David Haste,
Norbert Lynton and Benedict Read, this book places
Stass Paraskos in context.

ISBN: 978-0-9544523-5-3

Rupert Gunnis

Historic Cyprus

Rupert Gunnis is one of the founding fathers of Cypriot historiography. Whilst working as an administrator in the British Colonial Government of Cyprus in the 1930s he visited every town and city on the island, recording its interesting historic buildings and sites.

In this facsimile of 1936 edition of the resulting book, not only do we gain a snapshot of a Cyprus that has now long gone, but find a text that is still surprisingly useable as a guide to the material culture of Cyprus.

ISBN: 978-0-9544523-9-1